걷는 망자

「괴민연」에서의 기록과 추리

걷는 망자
歩く亡者
'괴민연'에서의 기록과 추리
미쓰다 신조 지음 | 김은모 옮김
READbie

차례

歩く亡者

제1화
걷는 망자

1

도쇼 아이가 그 꺼림칙한 일을 체험한 건 열 살 적 여름, 해질 무렵이었다.

간사이 지방에서 나고 자란 아이는 여름방학이 되면, 세토우치 도리노우라의 나미토리초에 있는 외할머니 집에 머물곤 했다.

문제의 그날 늦은 오후, 아이는 함께 놀던 이소가이 무쓰코와 헤어지자마자 지역 향토사가인 소다의 집을 방문했다. 가져온 책을 다 읽었으므로, 할머니의 지인이자 장서가인 소다에게 자신이 읽을 만한 책을 빌리기 위해서였다. 용건은 금방 끝났지만, 수다 떨기를 좋아하는 소다에게 붙잡혀서 어느새 오후 6시 반이 지나 버렸다. 낮이 긴 여름철이라고는 하나, 주변이 점차 어스름해져서 아이는 몹시 조바심이 났다.

빨리 돌아가지 않으면 할머니가 걱정한다.

소다의 집은 바다 옆에 있었다. 따라서 지름길로 가려면, 할머니가 "옛날에 '망자길'이라고 불렀단다……."라고 일러 준 바다에 면한 길을 지나가야 한다. 마을 골목길은 자칫하면 헤맬 정도로 복잡해서, 사리 분별을 할 즈음부터 매년 여기에 오는 아이도 여태 익숙해지지 못했다. 거기에서 잡아먹힐 시간을 생각하면, 외길인 망자길을 선택해야 확실히 빨리 돌아갈 수 있다.

그 길을 지나갔다는 사실을 들키면 할머니에게 야단맞으려나.

그리고 만약 이상한 것이 보이면 어쩌지…….

아이는 몹시 망설였지만, 늦게 들어가면 늘 자신을 아끼고 귀여워해 주는 할머니가 괜히 걱정할까 봐서 싫었다.

재빨리 길을 지나서 바로 마을로 들어가면.

아이는 분명 괜찮으리라고 생각했다. 여러 가지 미신이 살아 숨 쉬는 도리노우라에서 여름을 몇 번 보냈지만, 지금까지 그런 유의 뭔가를 본 적은 없었다.

아이는 마음을 다지고 망자길로 들어섰다.

그 순간 저녁때라고는 하나 한여름이건만, 온몸에 소름이 쭉 끼칠 듯한 찬 바람이 불어서 아이는 절로 몸을 부르르 떨었다.

검붉은 구릿빛으로 반짝반짝 빛나는 눈앞의 바다에서 오른쪽으로 고개를 돌리자, 나미토리초 서쪽 끄트머리에 해당하는 벼랑 위에 자리한 이 마을에서 제일가는 선주(船主) 구지라다니 가문의 서양식 저택이 눈에 들어왔다. 왼쪽으로 고개를 돌리자, 마을 동쪽 끄트머리의 벼랑 위에 있는 에비스●님의 사당이 간신히 알아볼 수 있을 만큼 작게 보였다.

이 마을의 서쪽 끝에서 동쪽 끝으로 이어지는 바닷가 길이 모조리 망자길은 아니라는 모양이다. 옛날에는 대강 범위가 정해져 있었지만, 이제는 완전히 모호해졌다고 한다. 할머니조차 모른다니 누구에게 물어본들 헛수고이리라.

망자길로 들어선 아이는 구지라다니 저택을 힐끗 올려다본 후, 한눈 한번 팔지 않고 재빨리 동쪽으로 걸어갔다. 마을에 미로같이 뻗은 좁은 골목길과 달리 거의 일직선이다. 마을 골목길과 마찬가지로 그리 넓지는 않지만, 걷기가 훨씬 수월했다.

그런데도 가슴이 좀 답답하고, 가끔 묘하게 술렁거리는 것은 어째서일까. 집으로 빽빽한 마을 안에서도 느껴지지 않는 압박감이, 이 길을 나아갈수록 느껴지는 것은 어째서일까.

……역시 안 되겠어.

망자길을 걸은 지 얼마 지나지도 않아 마을 쪽으로 빠져나가야겠다고 마음먹었을 때였다. 아이는 검은 형체가 앞쪽 비탈길을 내려오는 것을 뒤늦게 알아차렸다.

● 칠복신 중 하나로 바다, 어업의 수호신

저건…… 구지라다니 가문의 쇼지 씨?

무쓰코 말로는 올해 봄철부터 당주의 조카가 구지라다니 저택에 머무르고 있다고 했다. 이런 어촌에는 어울리지 않게 몸집이 작고 살빛이 뽀얀 데다 병약하지만, 배우처럼 잘생겨서 젊은 여자들에게는 인기가 있다는 모양이다.

매일 저녁, 구지라다니 저택에서 에비스 님 사당 근처까지 산책하는 것이 쇼지의 최근 습관이라고 들었다. 검어 보이는 것은 쇼지가 걸친 얇은 특제 외투 때문이리라. 여름이라도 저녁 바람은 쌀쌀하므로, 몸이 약한 쇼지를 걱정해 구지라다니 가문 사람이 마련해 주었다고 한다.

과보호가 따로 없네.

소문으로만 듣던 모습을 직접 보자, 열 살 먹은 어린애답지 않게 비판적인 감상이 아이의 머릿속에 떠올랐다. 하지만 그것도 잠깐이었다. 반대 방향으로 향한다지만, 망자길을 걷는 사람이 또 있다니 마음이 든든했다.

쇼지 씨, 최고.

과보호라고 무시했던 것도 잊어버리고서, 아이는 비탈을 거의 다 내려온 사람에게 고마움의 눈빛을 던지려다 뭐라고도 표현하기 힘든 감각에 사로잡혔다.

……응?

대체 뭔지 짐작이 가지 않아서, 아이는 무심코 고개를 갸웃했다.

……이상하지 않나?

그런 말이 갑자기 머릿속에 울려 퍼졌다.

뭐가?

하지만 시선을 모아도 전혀 알 수가 없었다. 술에 취한 듯 휘청휘청 몸이 흔들리는 것도, 어깨를 축 늘어뜨린 채 두 발을 끌면서 걷는 것도, 이상하리만큼 빠르게 걸어오는 것도 결코 아니다. 어디까지나 평범하게 걸어온다. 그렇게밖에 보이지 않는다. 하지만 어쩐지 이상한 기분이 들어서 견딜 수 없었다.

그럼 대체 뭐가?

가장 중요한 그 점이 확실하지 않은 탓에 기분이 몹시 안 좋았다.

……아무튼 이상해.

그러는 동안 비탈에서 내려온 사람은 평평하고 곧은 망자길을 따라 느릿느릿하면서도 착실하게 아이 쪽으로 다가왔다.

저건…….

이제는 아이도 그 사람에게 조금이라도 늦게 다다르기를 바라듯이 속도를 늦춰서 천천히 걸었다.

저건…….

그런데도 그 사람에게서 눈을 뗄 수가 없었다. 오히려 빤히 바라보았다. 그러는 동안에도 불안감이 점점 쌓였다. 수상하다,

뭔가 이상하다, 으스스하다…… 라는 마음이 자꾸 강해졌다.

저건…….

그러다가 스스로도 당장은 믿을 수 없는 감각에 사로잡혔다.

이쪽으로 다가오는 저것은…….

……죽었지만 살아 있다.

……살아 있지만 죽었다.

그런 모순된 존재처럼 느껴지기 시작했다. 난생처음 느껴 보는 기묘한 분위기가 이쪽으로 다가오는 사람에게 감도는 것 같았다.

저건 대체…….

뭘까. 구지라다니 쇼지가 아닌 걸까. 인간과는 다른 뭔가일까. 그렇다면 망자일까. 여기는 망자길이다. 묘한 존재가 이 길을 걸어 다닌다면, 당연히 망자 아닐까.

할머니, 살려 줘. 무서워, 살려 줘. 제발…….

아이는 필사적으로 빌었다. 할머니라면 손녀의 위기를 감지해, 정말로 여기로 달려와 줄 것 같았다.

하지만 아무리 느릿느릿한 걸음으로 시간을 벌어도 할머니는 나타나지 않았다. 도우러 올 낌새는 일절 없었다. 반대로 정체 모를 형체와는 거리가 점점 좁혀졌다. 여전히 느릿느릿한 걸음이지만, 일정한 속력을 유지하는 것처럼 보였다. 묘한 정확성 또한 뭐라고 표현할 수 없을 만큼 으스스했다.

마을 안으로 도망쳐 들어갈까 싶기도 했지만, 저것으로부터 등을 돌리기가 너무 무서웠다. "망자와 마주쳤을 때는 망자길에서 벗어나지 말고, 모른 척 스쳐 지나가야 한다……." 할머니는 그렇게 말했다. 섣불리 도망치면 쫓아와서 순식간에 씐다고 한다.

할머니, 무서워.

아이는 금방이라도 터져 나올 것 같은 울음을 꾹 참으며, 상대의 모습이 확실히 보일 만한 거리에 다다르자 시선을 살짝 돌렸다. 하지만 완전히 외면하기도 무서웠으므로, 바다 쪽을 걷는 상대와 스쳐 지나가도록 마을 쪽에 바싹 붙어서 앞을 똑바로 바라보았다. 이러면 시야에는 들어오지만 상대의 표정까지는 보이지 않는다.

저것도 얼굴을 정면으로 향한 채 걸어와서 그나마 위안이 됐다.

나를 못 봤나?

그렇다면 다행이지만, 서로의 거리를 고려하면 이상하다. 이쪽이야 상대를 무시할 이유가 엄연히 존재하지만, 저것이 망자라면 아이에게 씔 작정으로 이쪽을 응시하고 있어도 이상하지 않다.

무슨 생각을 하는 거야.

이만큼 바람직한 상황은 또 없다. 이대로 서로를 보지 않고 아무 일도 없이 지나가는 것이 제일 아닐까.

조금만 더 가면 저것의 표정을 완전히 알아볼 수 있는 거리였다.

살짝만…….

보고 싶다는 호기심이 솟구쳤다. 터무니없는 짓인 줄은 알지만, 왜 이상하게 느껴지는지 그 수수께끼를 풀기 위해서는 봐야 할 것 같았다.

딱 한순간만…….

시선을 주는 정도라면 괜찮지 않을까. 그것도 스쳐 지나가는 찰나에 살짝 시선을 주는 것이다. 그리고 쏜살같이 달아나면 된다.

하지만…….

할머니는 "만약 보더라도 모르는 척하면 돼." 하고 평소에 충고했다. 또 상담하러 온 사람에게 "괴이한 존재의 정체만 알아내면, 어떻게 대처해야 하는지 알게 되는 법이지."라고 말하는 것도 몇 번 들었다.

저것의 얼굴을 보면…….

이 위화감이 어디서 생기는지 원인을 알아차릴 수 있을 듯했다. 물론 근거는 전혀 없었다. 그냥 감이었다.

어쩌지…….

앞으로 열 발짝이면 스쳐 지나간다. 가까워질수록 저것에게 감도는 기묘한 분위기가 점점 강해졌다. 검은 외투와 함께 아주 불길한 기척까지 두르고 있다는 것이 확실히 전해졌다.

……무서워, 두려워, 겁나.

이렇게 무서운데 저것의 얼굴을 보겠다는 것인가. 머리가 이상해진 것 아닐까. 아이는 자기 자신의 마음을 믿을 수가 없었다.

앞으로 몇 발짝이면 스쳐 지나간다.

……도망치고 싶다, 멀어지고 싶다, 뛰어가고 싶다.

더는 못 견디겠어…….

그것과 스쳐 지나가기 직전에 아이는 재빨리 곁눈질을 했다. 얼굴을 본 직후에 상대는 아이의 뒤쪽으로 걸어간다. 바로 그런 순간을 선택했다.

그것은…….

두 눈을 잔뜩 부릅뜬 채 오로지 앞만 응시하고 있었다.

아이는커녕 주변의 무엇에도 시선을 주지 않고 그저 앞만 바라보았다.

그런데도 불구하고 실은 아무것도 보고 있지 않았다. 본다기보다 그것의 눈동자에만 비치는 뭔가를 응시하는 듯한 섬뜩한 느낌이 죽은 듯한 눈에서 전해졌다.

대체 저것은 뭘 보고 있었던 걸까…….

자신에게 관심을 주지 않고 지나갔으니 실은 안도해야 마땅했다. 하지만 실제로는 반대였다. 훨씬 으스스했다. 더욱 겁이 났다.

아무튼 아이는 후회했다. 저것의 얼굴을 제대로 보고 몹시 동요했다. 죽을 각오로 시선을 주었건만, 결국 아무것도 알아내지 못했다. 오히려 수수께끼가 깊어져서 공포만 커졌다.

……우우우으으으으.

그때 뒤에서 신음하는 듯한 소리가 들렸다.

앗…….

문득 아이의 머릿속에 저것이 몸을 돌려 잔뜩 부릅뜬 두 눈으로 자신을 노려보고 있는 모습이 떠올랐다.

아이는 뛰었다. 망자길을 내달렸다. 도중에 길을 빠져나와 마을 안으로 들어온 후에도, 할머니 집까지 좁은 골목을 쉬지 않고 달렸다.

……다음 날, 이런 체험을 설마 경찰에게 이야기하게 될 줄이야. 그리고 팔 년이나 지난 후, 처음 만나는 사람에게 들려주는 처지가 될 줄이야. 물론 아이는 꿈에도 몰랐다.

2

그날 학교에서 일반교양 강의를 모두 들은 후, 문학부 국문학과 1학년 도쇼 아이는 도서관 건물 지하에 처음으로 발을 들여놓았다.

장마철이라 아침부터 날씨가 찌뿌드드하더니만, 낮에도 먹구름이 끼어 있던 하늘에서 비가 부슬부슬 내리기 시작했다. 분무기로 뿌리는 듯한 가느다란 안개비라, 장마철이 아니었다면 아이도 대지에 적당한 습기를 베풀어 주는 자연의 은혜로 환영했을지 모른다.

'이슬에 함초롬히 젖어 여러 풀이 꽃을 피운다.'

이토 사치오의 《들국화의 무덤》 속 한 문장이 문득 뇌리를 스쳤다. 하지만 아쉽게도 지금 아이의 심정과 그 구절은 전혀 어울리지 않았다.

……거기, 나온대.

학생들 사이에서 그런 소문이 도는 도서관 지하로 향하고 있었기 때문이다. 안 그래도 장마철 암울한 분위기가 학교 안에 가득한데, 을씨년스러운 안개비가 추적추적 내리는 저녁녘에 찜찜한 소문이 도는 곳으로 향하고 있다. 아이의 마음이 개운치 못한 것도 무리는 아니었다.

아이는 독서를 아주 좋아하므로 도서관은 자주 이용한다. 공부도 집보다 도서관에서 해야 훨씬 집중이 잘 된다. 대학 생활을 시작한 지 고작 석 달이지만, 도서관은 아이에게 특별한 장소로 남았다.

하지만 도서관 지하에는 한 번도 가 보지 않았다. 물론 볼일이 없었기 때문이지만, 그래도 약간은 흥미가 있었다.

왜냐하면 **도조 겐야**의 연구실이 있다고 들었기 때문이다.

도조 겐야는 '도조 마사야'라는 필명으로 변격 탐정소설•과 괴기환상 소설을 쓰는 작가이자, 전국 방방곡곡에서 민속 탐방을 하는 괴이담 수집가이며, 본인은 바라지 않지만 아마추어 탐정의 면모도 지닌 흥미로운 인물이다.

제2차 세계대전에서 일본이 패전한 후 약 십 년간, 겐야가 다양한 지방에서 맞닥뜨린 기괴한 사건은 약 서른 건에 달하고, 그 대부분을 일단 '해결'했다. 확실히 단정할 수 없는 것은 사건이 종결된 후에도 괴이함은 여전히 남아 있는……, 그런 사례가 많았기 때문이다. 그래도 겐야는 어느덧 '명탐정'으로 불리게 됐다. 그의 아버지 도조 가조(刀城牙升)가 '도조 가조(冬城牙城)'라는 이름으로 전쟁 전후 활약했을 때, '쇼와••의 명탐정'이라고 불린 것처럼. 마치 그가 아버지의 뒤를 잇기라도 한 것처럼.

하지만 실상은 달랐다. 겐야가 사건에 맞닥뜨리는 것도, 사건을 해결하고자 하는 것도 어디까지나 흐름상 불가피한 일이었다. 대부분 무슨 사정 때문에 어쩔 수 없이 사건에 연관되는 경우가 많았다. 게다가 겐야와 아버지 사이에는 당사자밖에 모르는 지독한 갈등이 존재했다. 따라서 도조 겐야는 '명탐정'이

• 수수께끼 풀이와 사건 해결에 중점을 두고 탐정이 활약하는 '본격' 탐정소설에 속하지 않는 추리소설의 총칭

•• 1926~1989년까지 사용된 일본의 연호

라고 불리기를 몹시 싫어했다.

하지만 다행히도 도조 겐야는 본업인 작가 활동에서 충분한 성과와 인기를 자랑했다. 그뿐만 아니라 《민속학에서의 괴이적 사상》(에이메이칸) 같은 전문 서적도 출판하는 등 재야 민속학자로서도 활약 중이다.

그런 겐야에게 눈독을 들인 사람이 바로 교토의 불교계 사립대학인 '무묘대학교'의 총장 쓰쓰미시타 겐가쿠였다. 원래 '도조 마사야' 작품의 애독자였던 겐가쿠는 도조 겐야의 민속학적인 업적을 높이 평가해 그를 교수로 초빙하고 싶어 했다. 하지만 겐가쿠가 아무리 이사회에서 절대적인 권력을 발휘할지라도 그것은 너무나 무모한 시도였다. 그래서 조교수로 지위를 내렸지만, 역시 이사회를 통과하지 못했다.

겐야는 아마추어 학자에 불과한 데다 실적도 아직 부족하다. 그래도 문학적으로 높이 평가받는 노령의 문호라면 혹시 가능했을지도 모른다. 하지만 겐야는 삼십 대 초반 대중작가다. 여름철 특강 강사로 초청한다는 꼼수를 부려 간신히 통과된 것만으로도 총장은 만족해야 했으리라.

그런데도 쓰쓰미시타 겐가쿠는 도조 겐야에게 연구실을 주려고 했다. 일 년에 한두 번 특강을 하는 강사에게는 파격적인 대우다. 하기야 또 교수들의 강력한 반발에 부딪혀 그 계획도 덧없이 무너지고 말았다. 하지만 겐가쿠가 포기하지 않고 획책한 결과, 거의 창고로 변한 도서관 지하의 방 가운데 하나가 겐야를 위해 준비됐다.

다만 여기서 겐가쿠가 예상치 못한 오산이 생겼다. 위와 같은 내용을 기쁘게 전달하자, 도조 겐야가 대번에 거절해 버린 것이다.

미리 본인의 의사를 확인하지 않은 건가.

다들 어이없어했지만 이렇듯 막무가내로 구는 점이 쓰쓰미시타 겐가쿠의 특징이었다. 따라서 이번에도 그는 자신의 희망을 끝까지 밀어붙였다. 하기야 겐야가 "장서 보관용으로 이용해도 되겠습니까?" 하고 물어봤다니까, 그런 의미에서는 양쪽의 이해가 일치한 셈이라고 할 수도 있겠다.

'괴이 민속학 연구실'

도서관 지하에 있는 방의 문 옆에 걸린 명패에는 그렇게 적혀 있다고 들었다. 줄여서 '괴민연'이라고 부른다는 모양이다. 늘 근무하는 것도 아닌데 '연구실'이라고 칭하는 건 겐야의 농담이라고 한다.

이리하여 특별 강사 도조 겐야에 관한 이야기는 무묘대학교 학생들 사이에서 평범하게 퍼져 나갔다. 하기야 평소에 도조 겐야 본인의 모습을 본 사람은 아무도 없었다. 애당초 겐야의 활동 거점은 도쿄 고노이케 가문의 별채다. 그는 거기에도 거의 돌아가지 않는다. 왜냐하면 괴이담을 수집하기 위해 일 년 내내 민속 탐방으로 세월을 보내기 때문이다. 처음에는 호기심이 발동해 괴민연을 살펴보러 가는 학생들이 꽤 많았던 모양이지만, 이제는 아무도 발걸음을 하지 않는다. 언제 찾아가도 본인이 없으니까 당연하리라. 게다가 어느새 그 소문이 나돌기 시작했다.

……거기, 나온대.

원래 같으면 방문자가 더욱 늘어났을 것이다. 어쨌든 상대는 학생이다. 소문의 진위를 확인하고자, 또는 반쯤 재미 삼아 괴민연에 수십 명이 몰려들어도 이상할 것 없다.

그런데 처음에는 그런 사람들이 있었지만 바로 그 수가 확 줄어들었다. 그리고 얼마 지나지도 않아서 새로운 소문이 퍼졌다.

……거기, 정말로 불길한 곳인가 봐.

다만 기묘하게도, 뭐가 어떻게 '불길'한지에 관한 이야기는 학생들 사이에 전혀 퍼지지 않았다. 괴민연에서 뭔가 기이한 체험을 한 사람이 있다면, 무슨 일이 있었는지 순식간에 공유할 법도 하건만.

아무도 말하고 싶어 하지 않으니까…….

상급생들 사이에서는 그런 새로운 소문도 돌았지만, 실제로 어떤지는 알 수 없다. 1학년인 아이의 귀에 들어올 즈음에는 소문의 내용이 상당히 모호해졌다.

……영 찜찜하네.

아이는 지하로 이어지는 계단 어귀에 서서 무심코 속으로 중얼거렸다.

평소에는 도서관 정면 출입구로 들어와서 홀 안쪽의 계단을 올라 2층 열람실로 간다. 하지만 지금은 홀 중간쯤에서 오른쪽으로 꺾어서 좁은 복도를 나아가다, 복도 끝에서 몸을 돌려 지하로 내려가는 계단 앞에 우두커니 서 있다. 전부 다 처음 보는 곳이다.

여기로 내려가는 건가.

아이는 결코 겁쟁이가 아니다. 다만 그런 곳을 구경하러 가는 사람은 얼간이라고 생각한다. 특히 아이는 그런 곳을 피하면 피했지, 일부러 발을 들여놓을 마음은 털끝만큼도 없었다.

왜냐하면 보일지도 모르니까…….

아이는 어릴 적부터 가끔 괴이한 존재를 감지하고는 했다. 그것이 자신에게만 보인다는 사실을 알았을 때는 큰 충격을 받았다.

"할머니랑 똑같구나."

하지만 외할머니가 그렇게 말했을 때는 순수하게 기뻤다.

아이의 어머니는 간사이 지방에서 나고 자랐지만, 어머니의 어머니, 즉 외할머니는 세토우치 출신이었다. 자식들이(물론 아이의 어머니도 포함된다.) 장성해서 독립한 후, 남편(아이의 외할아버지)과 사별한 것을 계기로 할머니는 고향인 도리노우라로 돌아가 예전에 살았던 본가에서 생활했다.

외고조할머니는 나미토리초라는 마을의 '영매'였다고 한다.

당시 촌락마다 한 명은 있었던 소위 '민간 종교자'다. 외할머니는 그런 외고조할머니의 자질을 물려받았고, 고향으로 돌아간 후에는 본인도 '영매'가 되었다. 즉, 할머니의 할머니가 지녔던 능력이 할머니에게 전해졌고, 어머니를 건너뛰어 아이에게도 전해진 셈이다.

자신의 '힘'이 손녀에게 격세유전됐음을 알고, 할머니는 그 힘과 함께 살아가는 방법을 아이에게 전수했다. 할머니는 여름방학 때 놀러 온 아이와 지내며 자연스레 가르침을 주었다. 덕분에 아이는 자신의 힘을 제어하는 방법을 익혔지만, 보일 때는 '싫어도 눈에 들어오는' 법이기도 하므로, 지금 이렇게 계단 위에서 망설이고 있는 것이다.

일단 여기서 보이는 지하의 복도는 어두침침하다. 밖에 비가 내려서 도서관 내부도 결코 밝지는 않지만, 그 점을 감안하더라도 음침한 광경이었다. 도저히 내려가고 싶지 않은 분위기로 가득했다.

……영 찜찜하네.

속으로 한 번 더 중얼거린 후, 아이는 천천히 계단을 내려갔다. 다름 아닌 할머니의 부탁이다. 여기까지 와서 되돌아갈 수는 없다.

계단을 내려가자 갑자기 시야가 어두워졌다. 복도 좌우를 살펴보자 천장에 켜져 있는 전등 불빛이 너무 약해서 정말 미덥지 못했다. 전등은 마지막으로 몇 번 깜박인 후 확 꺼져 버릴 것만 같았다.

복도를 왼쪽으로 나아가다 첫 번째 모퉁이를 왼쪽으로 돌자, 저 앞 왼쪽 벽에 불빛이 보였다. 불빛은 입을 떡 벌린 직사각형 공간에서 새어 나오고 있었다. 불빛 앞까지 다가가자 활짝 열린 문 왼편에 괴이 민속학 연구실이라는 명패가 걸려 있었다.

정말로 있네.

없다면 아이로서도 곤란하지만, 실제로 눈앞에 나타나자 기분이 묘했다. 마치 소설 속에 묘사됐던 가공의 존재가 느닷없이 눈앞에 출현한 것 같아서 당황스러웠다.

"……시, 실례합니다."

실내에 인기척이 느껴져서 인사를 하며 들어가자마자, "우와아앗." 하고 감탄에 찬 목소리가 저절로 튀어나왔다.

복도에서 일부 보이기는 했지만, 아무튼 책이 어마어마하게 많았다. 서가도 창가뿐만 아니라, 실내를 가로지르는 형태로 여러 개 설치해 두었다. 안쪽이 보이지 않았으므로 아이는 서가를 빙 두르듯 나아갔다.

책은 서가에 죽 꽂힌 것 외에도, 책과 서가 널의 틈새, 서가 위, 방 복판에 있는 작업 책상과 안쪽 창가의 책상 위, 그리고 바닥 여기저기에 넘쳐 나는 상태였다.

헌책방 같다.

그런 감상이 제일 먼저 떠올랐지만, 아이는 바로 꺼림칙한 생각을 품게 됐다.

……어쩐지 달라.

수많은 책에 둘러싸인 공간이라는 의미에서는 똑같지만, 그 외의 이질적인 뭔가가 이 방에는 있는 것 같았다.

뭘까?

주변을 빤히 둘러보고 있자니, 어째선지 지금까지 눈에 들어오지 않았던 수많은 물건이 갑자기 자기주장을 시작한 것처럼 느껴졌다. 마치 지금까지 잘 숨어 있었다가 드디어 아이 앞에 모습을 드러낸 것처럼.

그것은 수많은 책 사이에 파묻히듯 섞여 있는 나무 가면, 짚 인형, 종이배, 동그란 거울, 도자기 장식품, 수많은 새끼줄, 크고 작은 항아리, 여우와 늑대 조각상, 옥처럼 반질반질하게 연마한 돌, 기모노를 입은 예쁜 여성의 흑백사진, 익숙지 않은 어구가 언뜻언뜻 보이는 전통 종이 두루마리…… 등등 분명 민속학적으로 의미가 있을 물건들이었다.

아주 특색 있어 보이는 물건들이 여기저기에 아무렇게나 방치돼 있었다.

이, 이건…….

그 물건들에서는 그다지 바람직하다고 할 수 없는 기척이 느껴졌다. 시선을 모아 자세히 보자 그러한 물건이 얼마든지 눈에 띄는 것 아닌가.

……원인은 이건가.

이 연구실에서 '나온다'는 소문이 도는 것은, 뭔가 사연이 있을 법한 물건들을 아무 정리도 하지 않고 한군데에 수집해 둔 탓이 틀림없다고 아이는 강하게 확신했다. (제대로 의식을 치르고 신사나 절에 모셔야 할 물건도 있지 않을까?) 실내에 전등을 절반밖에 켜 놓지 않았다는 점을 감안하더라도, 영 으스스해 보이는 물건들에 둘러싸였다는 기분을 지울 수가 없었다.

선생님은 아무것도 못 느끼는 걸까.

몹시 신기했지만 애당초 도조 겐야는 이 방에 거의 머무르지 않는다는 사실이 떠올랐다. 그에게 이 연구실은 장서와 수집품을 보관해 두는 창고에 불과하리라.

몹시 어수선한 실내를 바라보고 있으니, 실은 도조 겐야 나름의 정리 방법으로 전부 이치에 맞게 분류해 놓은 건지도 모른다……, 그런 생각이 들어서 재미있었다.

설마 그럴 리가.

아이는 그 생각을 떨쳐 내듯 고개를 저으며 작업 책상을 지나쳐, 서가를 하나 더 돌아서 안쪽 책상 앞까지 나아갔다.

책상에는 400자 원고지가 쌓여 있었다. 그 광경을 본 순간, 가슴이 쿵쿵 뛰었다.

선생님이 집필 중인 소설일지도.

함부로 봐서는 안 된다고 생각하면서도 도저히 호기심을 억누를 수 없어서 원고지에 시선을 떨어뜨렸다.

하지만 원고지 첫 번째 장의 첫머리에는 '푸른 봄의 맥동'이라는 어쩐지 괴기환상 소설답지 않은 제목과 '天弓馬人'라는 낯선 이름이 적혀 있었다. '덴큐 마히토'라고 읽는 걸까.

선생님의 새 필명이라든가.

아무리 그래도 도조 마사야와 너무 차이 난다. 덴큐 마히토라는 이름에서 연상되는 것은 그리스 신화에 등장하는 반인반수 켄타우로스다. 그 또한 도조 겐야의 이미지와는 다른 듯했다.

수상쩍게 여기며 책상 위를 살펴보자 잡지 몇 권이 눈에 들어왔다. 그중 문예지 〈자쿠로〉는 아이도 읽어 본 적이 있었다. 하지만 〈신로〉라는 잡지는 처음 봤다. 집어 들어 확인하자 아무래도 동인지인 듯했다. 거기에 덴큐 마히토라는 이름과 〈아침 안개의 숨결〉이라는 작품이 실려 있었다. 그밖에도 고마쓰나 도시유키 〈편광〉, 이즈미 가오루코 〈유사를 멈추다〉, 쓰루야 슌사쿠 〈용월야의 향기〉, 나쓰마유키 도시코 〈곡해〉 등이 실려 있었다.

이건 순문학?

게재된 다른 작품을 팔락팔락 넘겨 봐도 그렇게밖에 느껴지지 않았다. 즉, 도조 겐야와는 아무 상관없는지도 모른다.

앗, 나는 이 사람에게 이야기를 들려줘야 하는 건가…….

분명 이 대학의 학부생 또는 대학원생이고 선생님의 조수이리라. 드디어 오늘 방문한 목적과 덴큐 마히토라는 이름이 머릿속에서 연결돼서 아이가 고개를 끄덕였을 때였다.

"겐야 있나?"

갑자기 복도에서 말소리가 들려서 아이는 깜짝 놀랐다. 느닷없기도 했지만, 도조 겐야를 그냥 이름으로 불렀다는 사실과 가벼운 말투에서 상대가 도조 겐야에게 아무 경의도 없다는 것을 깨달았기 때문이다.

아이가 허둥지둥 문이 보이는 곳까지 돌아가자 갸름한 얼굴에 안경을 쓴 삼십 대 후반 남자가 복도에서 고개만 내밀고 있었다.

"아니요, 선생님은 안 계시는데요."

아이가 또렷또렷하게 대답하자 남자는 희미한 웃음을 흘리며,

"선생님이라." 하고 야유하는 듯한 투로 대꾸한 후 말을 이었다.

"논문을 빨리 제출하라고 그 선생님에게 전해 주겠나."

"누, 누구신지……."

"조교수 호소이야."

생김새와 비슷한 이름을 댔지만,• 자기 이름보다 '조교수'라는 직책을 강조하는 듯한 말투라 몹시 불쾌하게 들렸다.

• 일본어 '호소이'에는 '가늘다', '좁다'라는 뜻이 있다.

네네, 도조 선생님은 특별 강사죠.

아이도 비아냥거리듯이 대꾸하고 싶었지만, 도조 겐야 본인은 조금도 신경 쓰지 않을 것 같아서 그냥 순순히 대답했다.

"네, 전해드릴게요."

"자네는 우리 학교 학생? 학부는? 이름은? 어떤 한자를 쓰지?"

아이의 태도가 마음에 들었는지 호소이가 잇달아 질문해서 아이는 하는 수 없이 대답했다.

"자네라면 내 연구실에 놀러 와도 돼."

마지막에는 온몸의 털이 쭈뼛 서는 제안까지 해서 아이는 정말로 정나미가 떨어졌다. 하지만 방긋 웃으며 상대를 배웅했다. 여기서 호소이에게 무례한 태도를 보였다가는 도조 겐야에게 피해가 가지는 않을까 걱정됐다.

그건 그렇고.

덴큐 마히토는 어디로 갔을까. 하기야 오늘 그와 만나기로 약속한 건 아니다. 그래도 근일 중 저녁 무렵에 사람이 찾아오리라는 연락을 받았을 것이다.

대부분 괴민연에 틀어박혀 있다는 이야기였는데.

아이는 어쩔 수 없이 안쪽 책상으로 돌아가서 의자에 앉아 〈신로〉에 실린 덴큐 마히토의 〈아침 안개의 숨결〉을 읽었다.

이야, 문장이 수려하네.

처음에는 그 정도 감상밖에 품지 않았지만, 아이는 점차 주인공 청년의 흔들리는 감정에 푹 빠져들었다. 어느덧 몰두해서 주인공의 상념을 쫓아갔다.

"으아아앗."

그러므로 바로 뒤에서 갑자기 고함 소리가 들렸을 때, 아이는 하마터면 말 그대로 의자에서 펄쩍 뛰어오를 뻔했다.

3

아이가 머뭇머뭇 의자를 뒤로 돌리자, 실내를 가로지르는 서가 옆에서 굳어 버린 이십 대 초중반 남자가 눈에 들어왔다.

양손으로 큼지막한 책을 꼭 잡고 있는 것으로 보건대, 아무래도 책을 읽으며 들어오는 바람에 여기까지 와서야 아이가 있다는 사실을 알아차린 모양이다. 지금은 표정이 딱딱하지만, 아주 단정하게 생긴 얼굴이고 꽤 지적인 인상도 느껴졌다.

"……덴큐 씨세요?"

긍정의 대답이 돌아올 줄 알고 물어보았지만, 아무래도 상대의 상태가 이상했다.

나를 귀신이라고 생각한 건가.

설마, 하고 쓴웃음을 지었지만 그의 태도를 보건대 그럴 수도 있겠구나 싶었다.

"덴큐 마히토 씨, 아니세요?"

일단 상대의 신원을 확인하고 자기도 누군지 밝혀야 할 것 같아서 물어보자, "둔갑해서 나타난 요괴에게는 결코 이름을 알려 줘서는 안 된다……고 선생님이 말씀하셨어."라는 터무니없는 답이 돌아왔다.

"그, 그런 게 어디 있는데요?"

"여자로 둔갑했다든가……."

"뭐, 뭐가요?"

"여우나, 너구리나, 오소리. 학교 뒤쪽 산속에 그런 유의 요괴가 살고 있어도 이상할 것 없지."

평소 같으면 농담이라고 받아들일 상황이었지만, 눈앞의 남자에게는 그렇게 단정할 수 없는 분위기가 감돌아서 아이는 몹시 당황스러웠다.

"그렇다면."

생각이고 자시고 해 볼 필요도 없이, 이러고 있는 건 너무 어처구니없는 짓이라고 아이는 재빨리 결론을 내렸다.

"일단 저부터 자기소개를 할게요. 도조 겐야 선생님의 부탁으로 이야기를 들려드리러 온 도쇼 아이라고 합니다."

"덴큐 마히토입니다."

그러자 그도 순순히 인정했기에 아이는 맥이 탁 풀렸다.

그런데 드디어 안도한 듯 표정을 누그러뜨린 덴큐가 믿기지 않는 말을 꺼냈다.

"동성애자라는 여학생이 너야?"

"네에?"

"호소이 선생님이 그러던데."

"그, 그게."

너무 뜬금없는 이야기에 혼란스러웠지만, 단호하게 부정해 둬야겠다 싶었다.

"무슨 말씀이세요? 아, 아니에요. 지는."

남자를 좋아해요, 하고 말하려다 그래서는 다른 오해를 부를지도 모르겠다는 생각에 얼굴이 확 붉어졌다.

"아니, 아니, 괜찮아."

그 태도를 보고 덴큐는 단단히 착각한 것 같았다.

"사랑이라는 감정의 대상이 이성이냐 동성이냐, 그런 구별은 필요 없지. 내 생각은 그래." 하고 배려하듯 말했으므로 아이는 몹시 초조했다. 아이 본인도 동성애에 편견은 전혀 없으며, 그것도 포함해 자유로이 연애하면 된다고 생각한다. 그래도 자신에게 날아든 오해는 풀고 싶었다.

"저, 저기, 지는 말이죠."

하지만 어떻게 설명하면 좋을까. 난감해진 아이가 어쩔 줄 모르고 있자니 덴큐가 씩 웃으며 말했다.

"이상하지?"

"어……, 뭐가요?"

"호소이 선생님은 네가 동성애자인 걸 어떻게 알았을까. 그렇다기보다 실제로는 아니겠지만 왜 내게 그렇게 전했을까."

"……모, 모르겠는데요."

아이가 더욱 당황하자 덴큐는 아이의 이름 한자가 무언지 물었다. 대답하자 덴큐는 이렇게 설명했다.

"즉, 호소이 선생님은 네 성씨인 '도쇼(瞳星)'를 '도세이'라고 다르게 읽고, 이름인 '아이(愛)'를 붙여서 '동성애'라고 풀이한 거야."•

"구, 국민학교 남학생도 아니고!"

아이가 바로 핀잔을 주자 덴큐는 웃음을 터뜨렸다.

"성씨를 뒤집으면 '별의 눈동자'라고도 읽을 수 있듯이, 호기심으로 가득한 예쁜 눈을 가지고 있다고도 했어. 이름처럼 사랑스럽고 귀여운 면이 있다고."

갑작스러운 칭찬과 음침한 지하층 연구실과는 어울리지 않는 멋진 덴큐의 웃음을 접하자 아이는 한순간 가슴이 두근거렸다.

어라…….

하지만 다음 순간 덴큐가 놀린 게 아닌가 싶은 기분이 들었다. '사랑이라는 감정'이라는 말을 꺼낸 것도, 전부 다 알고서 그랬음을 이제야 깨달았다.

• 일본어 동성(同姓)의 발음은 '도세이'다.

하지만 어째서?

짚이는 점은 덴큐가 방에서 지른 비명밖에 없다. 그건 안쪽 책상의 의자에 앉은 아이의 뒷모습을 보고 엉겁결에 튀어나온 비명이 틀림없었다.

그렇더라도 이상한데.

호소이에게 아이라는 여자에 대해 들었다면, 설령 연구실에 낯선 여자가 있더라도 그 사람이라고 짐작이 갈 것이다. 그렇게 놀란 태도를 보이다니 아무래도 이상하지 않은가.

앗, 혹시 겁이 많은 체질이라든가.

아이에 대해 호소이에게 들었는데도, 막상 그 모습을 본 순간 비명을 주체할 수 없었다면……. 그 화풀이 삼아 놀린 거라면…….

아이가 빤히 쳐다보자 덴큐의 웃는 얼굴이 점차 굳고, 안절부절못하며 불편해하는 기색이 번졌다.

"뭔가 이야기를 들려주려고 우리 연구실에 온 거지?"

자신의 태도를 얼버무리듯 덴큐는 아이에게 작업 책상의 의자를 권했다. 위치 관계를 따져 보면 아이가 방 안쪽, 덴큐가 문 쪽에 앉는 셈이다. 이래서는 아이가 선생님이고, 덴큐가 학생 같다.

이 사람은 도조 선생님의 조수인가.

연령상 대학원생이라고 봐야 타당하리라. 하지만 다른 대학원생들과 비교해, 아무래도 분위기가 이질적이었다.

아이가 또 덴큐를 가만히 바라보고 있었는지, "그래서?" 하고 덴큐가 재촉하길래 오히려 되물어 보았다.

"도조 선생님께 아무 말씀도 못 들으셨어요?"

"난 아무것도 몰라. 우리 학교 학생이 와서 이야기를 들려줄 테니 기록해 두라는 연락을 받았을 뿐이야."

그렇다면 무리도 아닌가, 아이는 조금 동정했지만 얼른 속으로 고개를 저었다.

아니지, 덴큐 씨는 날 놀렸으니까…….

"말할 생각이 없다는 거야?"

갑자기 덴큐가 화를 내길래 아이는 당황했지만, 자신이 속으로 그런 것이 아니라 실제로 고개를 저었음을 깨닫고 얼굴이 화끈 달아올랐다.

"그, 그런 건 아니고요."

"그럼 빨리 이야기해 봐."

어쩐지 쌀쌀맞은 덴큐의 말투에 아이는 화가 울컥 치밀었다.

"자기소개도 하지 않는 사람에게 어떻게 마음 편히 이야기하겠어요?"

"난 덴큐 마히토고, 이 대학교 졸업생이자 현재는 대학원생이야. 학부생 때부터 창작을 했던 인연으로 도조 겐야 선생님과 안면을 텄지. 그래서 이 연구실이 생겼을 때, 자기가 자리를 비운 동안 장서와 수집품을 정리해 달라고 선생님께 부탁받은 거고. 대신에 이 방을 마음대로 사용해도 괜찮다는 허가를 받고, 평소 여기 틀어박혀 소설을 쓰고 있지. 이제 됐어?"

청산유수 같은 덴큐의 설명에 놀랐지만, 이어서 아이도 자기소개를 하려다 말을 씹었다.

"지, 아니 저는……."

"왜 말투를 고치는 거야? '저'가 아니라 '지'라고 해도 딱히 상관없잖아."

"그, 그런가요. 어, 지는 이 대학교……."

"자기소개는 필요 없으니까 무슨 이야기인지나 빨리 말해 봐."

"어엇."

아이는 뾰로통해졌지만, 자기소개를 원한 것은 분명 자신뿐이다. 그렇다고 상대가 시키는 대로 하기도 못마땅했다.

"지는 간사이 출신이고 부모님도 그렇지만, 외할머니는……."

"그러니까 필요 없대도."

덴큐가 딱 잘라 거절했지만 아이는 새침한 목소리로, "이건 이제부터 들려드릴 체험담의 배경이에요. 그러니 그냥 자기소개가 아니라고요." 하고 핑계를 대며 자신과 가족에 대해 대강 설명했다. 흐름상 이렇게 된 것에 불과하지만, 덴큐에게 그런 이야기를 하는 것이 어째선지 아이는 즐거웠다. 신기한 기분이었지만, 이윽고 문제의 사건에 대해 말을 꺼냈다.

"그 으스스한 체험을 한 건 지가 열 살이던 해의 여름방학 때였어요."

"드디어 시작됐나."

그때까지 한 마디도 끼어들지 않고 (아마 일찌감치 포기했으리라.) 귀를 기울이던 덴큐가 한숨과 함께 그렇게 말했지만, 아이는 무시하고 말을 이었다. 아니, 더욱 빙 둘러서 설명하기로 했다.

"매년 여름방학 때마다 그랬던 것처럼, 할머니 집에 며칠 놀러 갔어요. 거기는 도리노우라에 있는 나미토리초라는 마을인데……."

"잠깐만."

거기서 덴큐가 예상했던 반응을 보였다.

"세토우치에 있다는 할머님 댁이 도리노우라야?"

"네. 거기의 나미토리초인데, 시오토리초 옆 마을이에요."

그제야 덴큐의 표정이 아이의 이야기에 호기심이 생긴 것처럼 바뀌었다.

지금까지는 도조 겐야의 지시 때문에 어쩔 수 없이 아이의 이야기에 귀를 기울이는 느낌이 덴큐의 얼굴에서 묻어났다. '어차피 대단한 이야기는 아니겠지.'라는 속마음이 뻔히 보여서 아이는 또 발끈했다. 그래서 아이는 덮어놓고 할머니의 출신지에 대해 일부러 구체적인 지명을 들어 설명했다. 전부 다 본론으로 들어가기 직전에 덴큐를 놀라게 하기 위해서였다.

"도조 선생님은 도리노우라 앞바다에 있는 도리쓰키지마섬에서 누에지키 신사의 조인(鳥人) 의식에 참가하셨고, 밀실로 변한 배전•에서 인간 소실 사건에 얽히신 적이……."

"지도 알아요."

"어떻게?"

덴큐가 다시 미심쩍어하는 표정을 지은 건 도조 겐야가 겪은 사건을 속속들이 아는 사람은 자신뿐이라는 자부심 때문이 아닐까 싶었다. 하지만 아이는 그렇다면 이야기가 빠르겠다 싶어 기뻤다.

"시오토리초의 가이후 여관은 아세요?"

"물론이지."

"거기 안주인과 저희 할머니는 옛날부터 친한 사이세요."

"……과연. 그런 거구나."

덴큐가 바로 수긍한 건 도조 겐야의 습관 중 하나를 알기 때문이리라. 과거에 겪은 사건의 관계자에게 가끔 편지를 보내는 습관이다. 상대에 따라서는 사건 후에 어떻게 지내는지 걱정돼서 편지를 보내기도 하지만, 대부분은 사건 후에 뭔가 이변이 일어나지 않았는지 문의하는 의미가 강했다. 도리노우라에서는 그런 의도가 담긴 편지의 수신인이 가이후 여관의 안주인이

• 신사에서 배례하기 위해 본전 앞에 지은 건물

었던 셈이다.

"손녀가 대학에 입학했다는 할머니의 이야기를 듣고 가이후 여관의 안주인이 도조 겐야 선생님에 대해 설명해 주셨대요. 그렇게 재미있는 선생님이라면, 지의 체험담도 도움이 되지 않을까 할머니는 생각하셨나 보고요."

"그래서 가이후 여관의 안주인이 선생님께 편지를 써서 너에 대해 알려 준 건가."

"네. 지는 할머니께 편지를 받은 후에, 도조 선생님의 편지도 받았어요. 언제든지 상관없으니 저녁녘에 연구실을 방문해 달라, 연구실을 지키는 청년이 있을 테니 그 사람에게 이야기를 들려 달라……, 그런 경위를 거쳐 이 자리에 앉아 있는 거예요."

"참 길고 긴 경위로군."

본인은 비아냥거릴 마음 없이 꺼낸 말 같았지만, 아이가 듣기에는 껄끄러웠다. 그래서 뭔가 한마디 쏘아붙이려는데, "앗, 설마 네가 들려줄 이야기는 도리메라는 괴물……." 하고 덴큐가 갑자기 아주 불안한 표정으로 말했다. 아니, 이건 순수하게 싫어하는 표정이라고 해야 할까.

역시 겁이 많은 걸까.

그런 성격으로 용케 도조 겐야 선생님의 조수로 일하는구나, 하고 생각하면서도 그렇다면 이야기할 보람이 있겠다 싶어 아이는 몰래 웃음을 지었다.

"그러고 보니 그 지방에는 바닷속의 도모카즈키, 바다의 배 유령, 하늘의 도리메를 조심해라……, 라는 말이 전해져 내려오죠."

"아, 알아."

덴큐의 반응을 보고 아이는 웃음을 참느라 고생했다.

그나저나 도조 선생님께 전할 이야기인데 무서운 내용일 것이라고 조금도 예상하지 않다니, 이건 어떻게 봐도 자질 미달인데.

덴큐에게 느꼈던 지적인 인상이 미묘하게 흔들리기 시작했다.

덧붙여 도모카즈키는 해녀가 바닷속에서 전복 등을 채취하고 있을 때, 어느덧 곁에 낯선 해녀 차림으로 나타나 전복이 더 많은 곳이 있다고 손짓발짓으로 알려 주고, 혹해서 따라가면 그대로 익사시키는 바닷속 요괴다. 결코 욕심을 부려서는 안 된다는 교훈이 담긴 괴담으로 받아들일 수도 있겠다.

배 유령은 앞바다에서 어선이 조업할 때 바닷속에서 팔이 쑥 튀어나와 "국자를 내놔라." 하고 요구하고, 시키는 대로 하면 국자로 바닷물을 배에 퍼 담아서 결국 배를 침몰시키는 바다의 요괴다. 침몰을 면하려면 구멍을 뚫은 국자를 건네주어야 한다.

도리메는 옛날부터 도리노우라에 전해져 내려오는 괴물로, 의식에 실패한 종교인이 변한 모습이라고 일컬어지지만 아직 수수께끼가 많은 존재였다.

"그, 그래서……."

덴큐가 변함없이 불안해 보이는 표정으로 재촉했다.

"도리메의 이야기는 아니에요."

아이가 부정하자 덴큐는 노골적으로 안도한 표정을 지었다.

"하지만 어부는 미신을 잘 믿잖아요."

"엇……."

아이가 말을 잇자 덴큐의 표정이 원래대로 돌아왔다.

"망자라고 아세요?"

"도조 선생님이 민속 탐방을 하러 가시는 곳에서 종종 듣는 괴이잖아. 내 인상에 남은 건 하미 지방과 고라 지방의 망자인데……."

"다른 지방은 어떤지 모르지만, 도리노우라에서는 물에 빠져 죽은 사람의 망령을 예로부터 망자라고 불렀어요."

"익사자의 혼령이라는 해석은 어느 지방에서나 똑같을지도 몰라. 하미 지방에서는 진신호라는 산속 호수에서 나타나는 괴이로, 물속에 잠겨 있던 시신이 팽창하는 현상에 기인해 '팽창하는 자'를 뜻한다는 설이 있어. 고라 지방에서는 난파 등의 해난 사고로 사망한 사람의 혼령이 망자가 되어 나타난다고 하고."

"어쨌거나 물속에 나타나는 거로군요."

아이가 확인하자 덴큐는 노골적으로 인상을 찌푸리며 물었다.

"도리노우라의 망자는 아니야?"

"옛날에는 해가 저무는 오마가토키•에 바다 옆 망자길을 흐느적흐느적 걸어가는 모습을 가끔 볼 수 있었다고 어렸을 때 할머니에게 들었어요."

"……."

아이는 아무 반응도 보이지 않는 덴큐 마히토에게 어쩐지 즐거운 기분으로 자신의 체험담을 들려주었다.

4

도쇼 아이는 사리 분별을 할 무렵부터 여름이 되면 어머니와 함께 도리노우라 나미토리초에 있는 외할머니 집에 놀러 갔다.

어렸을 때는 근처 아이들과 자주 어울려 놀았고, 얼마 지나지 않아 이소가이 무쓰코라는 동갑내기 친구가 생겼다. 하기야 거의 온종일 한가한 아이와 달리, 몸집이 작으면서도 야무진 무쓰코는 이른 아침부터 집안일을 도왔다.

나미토리초의 옆 마을 시오토리초에서 내륙을 향해 마을 안을 누비듯이 뻗어 있는 경사진 골목길을 올라가면 도미도코로라는 높은 지대가 나온다. 사람들은 이 고개에서 정기적으로

• 저녁 무렵을 가리키는 말. 어두워지면서 사람에게 해를 입히는 마물과 마주칠 수도 있는 시간이라는 뜻에서 유래됐다.

열리는 시장에서 다양한 물건을 교환했다.

더 내륙 쪽에 있는 우치토리초의 상인들이 주로 육류와 생활용품을 경트럭에 실어서 가져온다. 한편 시오토리초를 비롯한 어촌에서는 주로 어패류를 가져간다. 전자는 차를 운전해야 하므로 남자가 눈에 띄지만, 후자는 여자밖에 보이지 않는다. 남자들은 바다에 일하러 나가기 때문이기도 하지만, 가장 큰 이유는 물품의 운반 방법이었다.

아이가 도리노우라에 대해 간직하고 있는 가장 오래된 기억은, 도미도코로에서 내려다본 마을들의 풍경이다. 고개에서 해안선까지 이어지는 비탈진 경사면에 마치 들러붙은 것처럼 작은 집들이 복작거리고, 좁은 골목길이 집들 사이에 종횡으로 뻗어 있다……. 마치 상자 정원같이 아름다우면서도 어쩐지 폐쇄적인 그 광경이 일단 머릿속에 떠오른다.

따라서 마을 안에 차가 지나다닐 수 있는 길이 별로 없었으므로, 어떤 짐이든 인력으로 옮기는 것이 당연하게 여겨졌다. 하지만 남자들이 배를 타고 바다에 나가서 집에 없는 데다, 마을 안을 누비듯이 연결된 골목은 상당히 좁다. 한정된 땅에 집과 밭을 만들어야 하므로 길을 최대한 좁게 냈다.

그러므로 도리노우라에서는 여자가 짐을 머리에 이고 다니는 운반법이 발달했다. 일단 정수리에 새끼줄 고리나 원형 대나무 소쿠리를 올린 후, 그 위에 옮길 물품을 담은 바구니나 통을 얹고 균형을 잡으며 이동한다. 이러면 좁은 골목에서도 마주 오는 사람과 비껴 지나갈 수 있는 데다 양손도 자유롭다. 짐을 옮기는 와중에 두 손을 다 쓸 수 있는 것이다.

도리노우라에 사는 여자는 이 특수한 운반법을 어릴 적부터 익힌다. 그래서 무쓰코도 열 살이지만 엄연한 일꾼이었다. 하지만 그 지역에 사는 여자가 전부 이 운반법을 익히는 건 아니다. 선주 가문의 안주인이나 딸처럼 딱히 일할 필요가 없는 사람, 그리고 게으름뱅이는 이 기술이 없다.

무쓰코보다 열 살이나 많은 언니 요시코가 후자의 전형적인 사례다. 요시코(美子)는 이름 그대로 미모를 타고났고 어촌 출생치고는 놀랄 만큼 살빛도 하얘서, 어느 양갓집 규수인가 착각할 정도였다.

때문에 어부인 아버지도 요시코만큼은 특별 취급해서 금이야 옥이야 키웠다. 어머니는 반대한 모양이지만, 옛날부터 집에서는 아버지의 의견이 곧 법이었다. 그 점을 어렸을 적부터 민감하게 알아차린 요시코는 툭하면 아버지의 편애 속에 숨어서 집안일을 일절 해 본 적이 없었다.

"나는 키가 작으니까……."

요시코는 그렇게 변명했지만, 물론 본인의 키는 이 운반법과 아무 상관도 없다. 키가 문제라면 아직 국민학생인 무쓰코에게는 이 운반법이 금물 아닐까.

어디까지나 외모라는 측면에서, 요시코에게 유일한 결점이 있다면 이 작은 키였다. 성인이 된 후에도 국민학생인 무쓰코와 머리 하나밖에 차이 나지 않았으므로, 조만간 동생에게 따라잡히지 않을까 본인도 걱정인 모양이었다. 그러나 남자들이 대부분 '언제 봐도 인형 같아서 귀엽다.'라고 생각한다는 걸 요시코는 잘 알고 있었다.

일찍이 집안일을 돕지 않기 위해 둘러댄 변명을 어느새 남자에게 아양을 떠는 말로 써먹다니, 그런 점은 참으로 요시코다웠다.

"그런 건 불공평하잖아."

시장으로 짐을 옮길 뿐 아니라 밥 짓기와 빨래, 장작 패기와 목욕물 데우기까지 무쓰코가 돕고 있다는 이야기를 들었을 때, 아이는 어린애답게 솔직한 의견을 내놓았다.

"하지만 언니는 정말로 예쁜걸."

하지만 뜻밖에도 정작 무쓰코 본인은 딱히 불평불만이 없는지, 오히려 언니를 두둔하는 듯한 말을 꺼내서 아이는 깜짝 놀랐다.

아이와 무쓰코가 열 살이었던 해의 여름, 도리노우라는 한 남자에 대한 소문으로 시끌시끌했다.

나미토리초의 서쪽 끄트머리에 해당하는 벼랑에는 이 마을의 선주인 구지라다니 가문의 서양식 저택이 서 있다. 가문 당주의 조카 쇼지가 그해 봄철부터 저택에 머무르기 시작했다. 여자 문제로 말썽이 생겨 도시의 본가에 있을 수 없어서 이쪽으로 도망친 모양이다. 그럴싸한 소문이 퍼졌지만 진실은 아무도 몰랐다.

다만 삼십 대 초반인 실제 나이보다 열 살은 어려 보이는 잘생긴 얼굴 때문에, 마을 사람들은 소문이 크게 빗나가지는 않았을 것이라고 생각했다. 그 증거로 쇼지는 구지라다니 가문에 온 지 약 한 달 만에 도리노우라의 어촌에 사는 젊은 여자 여러 명과 염문을 뿌렸다.

그렇게 되면 남자들도 잠자코 있을 수는 없다. 완력에 자신 있는 거친 어부가 많으므로 당장이라도 소동이 일어날 것 같았다. 다만 선주의 조카라는 상대의 입장이 제동장치로 작용했다.

"그런 비리비리한 놈의 어디가 좋다는 거야?"

술집에 모인 남자들은 그렇게 투덜거렸다. 힘세고 다부진 자신들과 달리 체격이 빈약한 쇼지가 젊은 여자들에게 그렇게까지 인기가 있다는 사실이 도무지 믿기지 않았다.

"그러고 보니 그 쭉정이 같은 놈, 고다이라네의 고지와 닮지 않았나?"

고다이라 고지는 몸집이 작고 살빛이 뽀얀 데다 폭력적인 행동을 좋아하지 않는 얌전한 성격이라, 도무지 어촌 남자 같지 않은 인물이었다. 남자들은 대부분 어부를 생업으로 삼는 이

지역에서 고지는 도미도코로의 시장에 관련된 일을 했다. 일솜씨는 야무지고 구지라다니 쇼지처럼 병약한 면도 없다. 병석에 누운 노모를 돌보며 검소하게 생활해 꾸준히 돈을 모았다. 고지에게는 자기 가게를 차리는 꿈이 있었다. 때문에 나이 많은 사람에게는 평판이 아주 좋았지만, 반대로 젊은 여자에게는 인기가 거의 없었다.

"아아, 제법 닮았네."

그 남자의 의견에 다른 남자가 동의한 것을 계기로 모두가 떠들어 댔다.

"그런데 왜 고지는 찬밥 신세고 쇼지만 여자에게 인기가 있는 걸까?"

"가난뱅이의 아들내미와 선주의 친척이라는 차이 때문이겠지."

"고지와 쇼지, 이름도 닮았는데 말이지."

"그게 뭔 상관이야?"

"이름과 외모는 비슷해도 나머지는 다르잖아. 고지는 부지런히 일하지만, 쇼지는 아무것도 안 해. 매일 어슬렁어슬렁 돌아다닐 뿐이야."

"얼씨구, 전에는 사내답지 못한 녀석이라고 고지를 완전히 무시했으면서."

"그, 그건 그렇지만, 쇼지 놈에 비하면 고지가 훨씬 사내다워."

"고지는 열심히 일해서 돈을 버니까."

"쇼지는 땀 한 방울 흘리지 않아도 돈이라면 얼마든지 있을걸?"
"결국은 돈인가."
"아니, 그뿐만이 아니야. 확실히 둘이 닮긴 했지만 자세히 봐 봐. 고지에게는 없는 색기 같은 것이 쇼지에게는 있다니까."
"야, 밥맛 떨어지는 소리 하지 마."
"대체 누구 편이냐?"
"난 사실을 말했을 뿐인데……."
"쇼지에게 본때를 한번 보여 줘야 해."
누군가가 꺼낸 말에 술집이 쥐 죽은 듯 조용해졌다.
"그건 좀 그런데."
잠시 후 아까부터 객관적인 의견을 내놓았던 남자가 이번에도 냉정한 발언을 했다.
"상대는 몸집이 작은 데다 병약해. 섣불리 싸움이라도 걸었다간 그대로 죽을 수도 있어. 설령 가볍게 다치는 수준으로 끝나더라도 여자들의 동정심이 놈에게 집중되는 건 불 보듯 뻔하지."
"일이 그렇게 됐다가는 정말 환장할 노릇이겠군."
남자들 사이에 그런 분위기가 퍼졌다. 하지만 여색을 밝히는 쇼지의 행태가 계속되는 한, 결국은 무슨 일이 터질 것이라고 다들 걱정했다.
그런데 구지라다니 쇼지가 갑자기 얌전해졌다. 지금까지는 아침부터 밤까지 도리노우라의 어촌을 돌아다니며 유부녀고 처녀고 가리지 않고 추파를 던졌는데, 어째선지 집에 틀어박혔다.

“구지라다니 어르신이 보다 못해 그놈에게 한마디 하신 거겠지.”

마을 남자들은 그렇게 말하며 안도했지만, 사실은 그렇지 않았다. 구지라다니 가문의 당주는 평소 아무런 관심도 없이 자신의 조카를 완전히 내팽개쳐 두었다.

그렇다면 쇼지는 왜 갑자기 얌전해진 것일까. 진상이 밝혀졌을 때 용케 들통나지 않았다고 도리노우라 사람들은 모두 놀랐다. 여러 가지 조건이 겹친 덕분이고, 쇼지의 운도 한몫했을지 모른다. 하지만 그 운이 다될 줄은 분명 본인도 예상치 못했으리라.

저택에 틀어박힌 후에도 저녁이 되면 쇼지는 산책을 나갔다. 서쪽에 있는 구지라다니 가문 저택에서 동쪽에 있는 에비스 님의 사당까지 해안선의 좁은 길을 걷는 것이 쇼지에게는 일종의 요양이었다. 여름에도 해 질 녘에는 쌀쌀한 바람이 불기도 하므로, 쇼지는 외투를 걸쳤다. 겨울용이 아닌 얇은 재질이지만, 외투의 검은 빛깔과 쇼지의 창백한 낯빛 때문인지 애들은 무서워했다.

……망자가 걸어 다닌다.

한 애가 그렇게 말한 후로, 애들은 대부분 쇼지를 으스스하게 여겼다.

어른들은 입을 함부로 놀리지 말라고 애들에게 화냈지만, 어디까지나 말뿐이었다. 젊은 여자들을 빼면 쇼지를 대하는 도리노우라 사람들의 심정은 결코 호의적이지 않았기 때문이다. 한편으로 구지라다니 가문의 눈치를 봤던 것도 사실이므로, 애들을 말로만 어중간하게 야단치게 된 것이리라.

그리고 실은 숨겨진 이유가 또 있었다. 도리노우라 사람들은 서쪽에서 동쪽으로 이어지는 해안선의 좁은 길을 일찍이 '망자길'이라고 불렀다.

바다에서 불의의 죽음을 맞은 사람은 망자가 돼서 돌아온다.

망자는 망자길을 헤매다 살아 있는 사람에게 씐다.

살아 있는 사람에게 씐 망자는 망자길에서 벗어날 수 있다.

그리고 마을 안 골목으로 들어가서 다음 희생자를 찾는다.

그런 이야기가 전해져 내려왔다. 특히 주의해야 할 것은 죽은 지 얼마 되지 않은 망자였다. 본인이 죽었다는 것을 아직 알지 못해서 살아 있는 사람과 구별하기 힘들다. 따라서 멋모르고 살아 있는 사람처럼 대할 우려가 있었다. 즉, 씔 위험이 커지는 셈이다.

일본이 패전한 후 유럽과 미국의 문화가 단숨에 퍼져 나가는 가운데, 케케묵은 토착적인 인습 중 일부는 자연스레 사라졌다. 그러나 전부 다 사라진 것은 아니다.

'해가 진 후에도 밖에서 놀면 망자에게 끌려간다.' 이렇게 아이에게 겁을 주는 부모나 조부모는 여전히 남아 있었다. 즉, 망자라는 존재는 훈육의 방편으로 인정된 셈이다. 그렇다면 망자가 망자길에만 출몰하기보다 어디든지 나타나야 부모로서는 써먹기 편하다. 망자만 남고 정작 망자길이 잊힌 배경에는 그런 이유가 있었다.

하지만 지금 구지라다니 쇼지 탓에 망자길이 되살아났다. 잊힌 인습이 떠오르면 당연히 그 알맹이도 부활한다. 도리노우라 사람들에게 쇼지는 한없이 골치 아픈 인간이었다.

저녁녘에 정체 모를 뭔가가 망자길을 걸어갔어.

그런 소문이 드문드문 나돌기 시작했다. 그 정체는 말할 것도 없이 쇼지로 추정됐지만, 그렇지 않다고 주장하는 사람도 있어서 애들은 벌벌 떨었다. 아니, 어른도 미신을 철석같이 믿는 사람은 해 질 녘이 가까워지면 망자길을 피했다. 멀리 돌아가야 하더라도 다른 길을 선택했다.

그럼 망자길에서 망자와 마주치면 어떻게 해야 할까.

저쪽에서 다가오는 것이 망자임을 알아차리더라도 그대로 모르는 척 지나갈 것. 등을 돌려 뒷모습을 보여서는 절대로 안 된다. 겁에 질려 달아나려 하면 반드시 씐다고 한다.

그리고 망자와 스쳐 지나갈 때는 결코 상대의 눈을 보지 말 것. 그렇다고 아예 외면해서도 안 된다. 시선을 돌리는 것은 등을 돌리는 것과 똑같은 짓이다. 끊임없이 상대를 시야에 잡아

놓고, 최대한 자연스럽게 지나쳐야 한다.

여간해서는 그러지 않지만 혹시 망자가 말을 걸어도 대답하지 말 것. 아무튼 망자와 마주치면 입을 꾹 다물고 한 마디도 해서는 안 된다.

이 주의 사항만 엄수하면 망자는 이쪽을 인식하지 못하고 그대로 지나간다. 하지만 주의 사항을 어기면 설령 그 자리에서는 도망쳤더라도, 망자의 기억에 남아 언젠가 씔 우려가 있다. 예컨대 어부일 경우에는 바다에서 행방불명된다는 뜻이었다.

이렇듯 나이를 좀 먹었다 하는 사람들이 하나같이 망자 이야기를 늘어놓는 바람에 한때 도리노우라의 분위기는 완전히 흉흉해졌다. 물론 어른들은 대부분 믿지 않았지만, 어부는 예로부터 여러모로 길흉을 따지는 직업이다. 긁어 부스럼 만들 것 없다는 듯, 다들 저녁이 되면 망자길을 멀리했다. 이는 쇼지를 기피하는 일로 이어졌고, 특히 나미토리초 사람들은 쇼지를 거들떠보지도 않게 됐다.

이러한 도리노우라의 변화를 크게 기뻐한 사람이 실은 두 명 있었다. 쇼지와 요시코다. 왜냐하면 어느덧 두 사람은 에비스님 사당 근처, 이제는 창고로 변한 작업용 오두막에서 밀회하는 사이로 관계가 발전했기 때문이다.

5

도쇼 아이의 이야기는 여기서 드디어 본론으로 들어간다. 이야기를 정리하면 다음과 같다.

문제의 그날 오후 8시경, 쇼지의 모습이 보이지 않는다는 이유로 구지라다니 저택에서 소동이 벌어졌다.

"아기씨는 평소대로 5시 반쯤에 산책을 나가셨는데……."

구지라다니 가문에서 오랜 세월 유모와 가정부로 일하고 있는 다키타 가나코의 증언이었다.

"7시가 되기 조금 전에 돌아오셨죠. 좀 늦으셨어요. 네, 보통 6시 반에는 돌아오시는데, 오늘은 50분쯤에 오셨거든요. 그래서 피곤하셨는지 바로 방에 가셨고요. 오 분쯤 후에 어떠신가 살피려고 방에 가서 문을 두드렸더니, 쥐어짠 듯한 대답 소리가 희미하게 들리길래 그냥 돌아왔어요. 한 시간쯤 지났나, 저녁을 잡수셔야 한다는 생각에 방에 가서 불렀는데 대답이 없더라고요. 푹 잠드셨나 싶어서 방을 들여다봤더니 안 계셨어요. 침대에 누워서 쉬신 흔적도 없었고요. 지금까지 일과인 산책을 마치고 돌아온 후 다시 외출하신 적은 한 번도 없었어요. 이런 시간에 아기씨는 대체 어딜 가신 건지……."

삼십 대 초반 남자에게 '아기씨'라는 호칭은 전혀 어울리지 않지만, 쇼지는 어릴 적에 자주 구지라다니 저택에 놀러 왔다.

가나코에게는 그 당시의 이미지가 남아 있었던 모양이다. 덧붙여 구지라다니 가문의 자녀들은 전부 독립해서 집을 떠났으므로, 가나코에게 쇼지는 오랜만에 돌봐 줄 필요가 있는 '어린애'였던 셈이다.

나이깨나 먹은 어른이 보이지 않은들 보통은 소동이 벌어지지 않으리라. 더구나 쇼지는 여성 편력이 화려하므로 하룻밤 정도 집에 들어오지 않아도 다들 그러려니 했을 것이다.

다만 지금까지 쇼지가 외박한 적은 한 번도 없었다. 또한 최근에는 집에 있는 시간이 많아져서, 저녁에 산책하는 것만이 유일한 외출이라 할 수 있었다. 산책을 나가도 저녁 식사 시간 전에는 반드시 돌아왔다. 귀가한 후 잠시 쉴 때도 있었지만, 저녁은 꼭 먹었다. 저녁을 먹지 않고 다시 밖으로 나간 적은 한 번도 없었다.

가나코가 그렇게 호소하자, 당주 구지라다니는 쇼지를 맡아 둔 체면상 주재소•에 연락했다. 주재소 경찰관 쓰지무라는 바로 구지라다니 저택을 찾아와 다키타 가나코에게 이야기를 들었다. 가나코는 나이가 들어 시력도 청력도 약해졌지만, 꿋꿋하게 증언했으므로 신빙성이 있었다. 시간도 헷갈리지 않고 잘 인식했다.

● 교외 지역이나 낙도 등 교대 근무가 어려운 곳에 경찰관과 그 가족이 거주하는 시설

"일단 제가 저택 주변을 찾아보고, 발견되지 않으면 청년단에도 협력을 요청해서 대대적으로 수색하겠습니다."

쓰지무라의 의견에 구지라다니가 고개를 끄덕였으므로, 일단 순경이 구지라다니 저택 주변을 돌아다녔다.

실은 이때 쓰지무라에게는 짐작 가는 곳이 한 군데 있었다. 구지라다니 저택은 나미토리초의 서쪽 끄트머리에 해당하는 벼랑 위에 있다. 바다를 볼 수 있는 벼랑 가장자리 전망대에 쇼지가 서 있는 모습이 어선에서 종종 목격됐다는 사실을 쓰지무라는 알고 있었다. 물론 늘 대낮에 목격됐고 이런 밤에 쇼지가 전망대에 갈 것 같지는 않았지만, 가능성 중 하나로서 받아들여야 할 것이다. 전망대의 울타리가 낮은 것도 엄연한 불안 요소였다.

쓰지무라의 이 염려는 멋지게 적중했다. 순경이 전망대에 가 보자, 울타리 앞에 신발 한 켤레가 가지런히 놓여 있는 것 아닌가.

……설마, 자살했나.

부랴부랴 구지라다니에게 보고하자 선주는 어부들에게 연락해 배를 띄웠다. 하지만 밤바다에서 수색하는 것만큼 어려운 일은 또 없다. 수색 범위도 저택이 있는 벼랑 아래뿐만 아니라, 에비스 님의 사당이 있는 동쪽 벼랑 아래까지 넓힐 필요가 있었다. 왜냐하면 여름철에는 저녁부터 한밤중까지 해안선을 따라 서쪽에서 동쪽으로 해류가 흐르기 때문이다.

하지만 아무 발견도 하지 못하고 두 시간 정도 만에 수색이 일단 중단됐다가, 다음 날 이른 아침에 재개됐다. 그 결과 동쪽 벼랑 아래에서 좀 더 동쪽으로 나아간 지점에 있는 암초에서, 예로부터 이 지방 사람들이 '마부카'라고 부르는 대형 상어에게 뜯어 먹힌 것으로 추정되는 시신이 일부 발견됐다. 다만 찢어진 속옷을 걸친 몸뚱어리뿐이라 신원을 판단하기가 불가능했다. 나중에 오른쪽 다리와 왼팔도 발견됐지만 손상이 심해서 지문을 채취할 수 없는 상태였다.

그렇지만 쇼지 외에 도리노우라에서 행방이 묘연해진 사람이 없었던 데다, 사망한 지 얼마 되지 않은 시신이었으므로 십중팔구 쇼지로 추정됐다. 그렇다면 엊저녁 그의 행동이 당연히 문제가 된다.

이날 오후에는 현경에서 출동한 다몬 경감과 형사들이 나미토리초를 중심으로 탐문 수사를 벌였다. 이때 아주 중요한 증언을 한 사람이 이소가이 무쓰코 그리고 도쇼 아이였다.

어제 오후 6시경, 저녁을 준비하던 어머니가 무쓰코에게 에비스 님 사당 근처에 있는 작업용 오두막에 장작이 얼마나 남아 있는지 확인해 보라고 시켰다.

작업용 오두막은 어부의 가족들이 어획물을 손질하는 등의 작업을 하는 곳이다. 그래서 보통은 해변에 만들지만, 수가 부족한 탓에 문제의 오두막만 나미토리초 동쪽 끄트머리의 벼랑 위에 외따로 지어졌다. 하지만 예상대로 너무 불편했으므로 이제는 근처 집들의 겨울용 장작을 보관하는 용도로 변했다. 그 외에는 일에 필요한 잡다한 물건을 놓아두는, 말 그대로 창고로 사용됐다.

겨울철에 사용할 장작은 보통 늦더위가 누그러지는 늦가을 무렵부터 준비하는 법이지만, 무쓰코의 어머니는 지난해에 쓰고 남은 장작이 얼마나 되는지 일찍부터 걱정한 듯했다.

작업용 오두막으로 간 무쓰코는 문을 열고 들어가려다 문득 기묘한 기척을 느꼈다.

……안에 누가 있나?

소리가 나지 않도록 조심스레 뒤로 돌아가서 원래부터 틈새가 있었던 창문으로 들여다보자, 커다란 그림자 같은 형체가 눈에 들어와서 깜짝 놀랐다.

……우, 우미보즈.•

어부 일을 그만둔 할아버지는 현역 시절에 바다에서 우미보즈를 봤다고 한다. 시커먼 색깔에 위쪽은 반구 모양이고 아래쪽은 절구통 모양인 그것이 바닷속에서 쏴아악 솟아올라 할아버지의 배를 계속 바라보았다. 눈은 없었지만, 어째선지 빤히 바라본다는 것을 알 수 있었다고 한다.

• 중머리 모양의 거대한 검은색 바다 요괴

잡아 놓은 물고기 중에서도 큰 놈을 여러 마리 골라 얼른 바다에 던지자, 그것은 아무 짓도 하지 않고 바닷속으로 가라앉았다고 한다.

그런 우미보즈가 작업용 오두막에 나타났다…….

이때 무쓰코는 진심으로 그렇게 믿었는데, 잠시 후 그 커다란 형체가 좌우로 깔끔하게 딱 갈라져서 기겁했다.

우미보즈가 늘어났어…….

하지만 겁에 질려 벌벌 떤 것도 잠깐이었다. 둘로 갈라진 형체가 사람인 듯하다는 것을 알아차렸기 때문이다. 하지만 그렇다면 두 사람은 방금까지 끌어안고 있었던 셈이다.

호기심이 발동한 무쓰코가 시선을 모으자, 예상대로 한쪽은 여자고 한쪽은 남자로 보였다. 더 자세히 살펴보자 놀랍게도 여자는 언니 요시코고, 남자는 소문이 자자한 쇼지라서 심장이 입으로 튀어나올 뻔할 만큼 놀랐다.

……밀회야.

그 말의 뜻을 무쓰코는 알고 있었다. 그래서 끌어안은 두 사람이 입맞춤을 하고 있었으리라는 것도 상상이 갔다. 다만 이제부터 두 사람이 어떤 행위를 시작할지에 관한 지식은 아직 없었다. 그래도 엿봐서는 안 된다……, 라는 느낌이 강하게 몰려왔다. 둘 다 알몸이라서 더욱 그랬다.

무쓰코는 그 자리를 떠났다. 하지만 오두막이 신경 쓰여서 도저히 집으로 돌아갈 수가 없었다. 무쓰코는 한동안 나미토리 초의 골목을 이리저리 돌아다녔다고 한다.

당사자인 요시코는 다몬 경감의 질문에 밀회를 순순히 인정했다. 하지만 용건이 끝난 후 쇼지와는 평범하게 헤어졌다고 한다.

시간은 얼마쯤 걸렸는지 다몬이 물어보자, "그런 걸 어떻게 알아요?"라며 하루하루 태평하게 보내는 요시코다운 대답이 참으로 긴장감 없는 말투로 되돌아왔다. 형사들이 이소가이네 근처에서 탐문한 결과, 오후 6시 20분쯤에 요시코가 귀가했다는 목격 정보를 얻었다.

다몬은 다키타 가나코의 증언을 바탕으로 구지라다니 쇼지의 평소 행동을 다음과 같이 추측했다.

쇼지는 매일 저녁 5시 반에 구지라다니 저택을 나서서 해안가 길(요컨대 망자길)을 지나 5시 45분경에 작업용 오두막에 도착한다. 거기서 요시코와 삼십 분쯤 밀회를 즐긴 후, 6시 15분경에 작업용 오두막을 나서서 6시 반경에 구지라다니 저택으로 돌아온다.

그런데 어제는 귀가가 이십 분쯤 늦었다. 요시코에게도 물어보았지만, 평소보다 오두막에 더 오래 있었던 건 아닌 듯하다. 적어도 요시코는 평소대로 오두막을 나섰다고 한다. 그렇다면 문제의 이십 분은 대체 어디서 생겨난 것일까.

구지라다니에게 들은 쇼지의 맞선 이야기도 다몬 경감이 흥미를 느낀 정보 중 하나였다. 병약한 데다 품행이 방정하지 못한 아들의 앞날을 걱정해 예전부터 부모님이 좋은 혼처를 찾느라 애썼는데, 드디어 찾아냈다는 편지가 어제 아침에 배달됐다. 이르면 올해 가을, 쇼지에게 맞선을 보게 할 작정이었던 듯하다.

덧붙여 쇼지의 부모님은 이날 저녁에 도리노우라에 도착했다. 상태가 아주 심각한 시신을 보고 어머니는 실신했다. 아버지는 꿋꿋이 버텼지만, 아들이 맞는다고 확신하지는 못했다고 한다.

다몬은 쇼지의 맞선이라는 정보를 근거로, 작업용 오두막에서 요시코와 사이가 틀어진 것 아닐까, 밀회 후에 싸운 탓에 수수께끼의 이십 분이 생긴 것 아닐까 하는 가설을 세웠다. 쇼지가 만나자마자 맞선 이야기를 하지 않고, 할 일을 다 마친 후에야 이야기를 꺼낸 탓에 요시코가 격분했는지도 모른다.

그 결과 싸움이 벌어졌고, 요시코에게 떠밀린 쇼지가 머리를 세게 찧는다. 몸이 별로 튼튼하지 못하기도 해서 쇼지는 허무하게 목숨을 잃는다. 또는 축 늘어져서 죽었다고밖에 여길 수 없는 상태가 된다.

여기까지 추리가 진행되자 다몬 경감은 몹시 대담한 발상을 했다. 아니, 공상이라고 해야 할까.

어쩔 줄 모르고 허둥대는 요시코 앞에 고다이라 고지가 나타났다. 고지는 예전부터 요시코에게 마음이 있었지만, 이루어질 수 없는 사랑이라고 포기했다. 그런데 요시코는 자신과 흡사하게 생긴 쇼지와 이런 오두막에서 밀회를 나누었다. 요시코를 좋아했기에 고지는 두 사람의 밀회를 눈치챘다. 게다가 파렴치하게 계속 엿보기까지 했던 것이다.

고지는 알아서 뒤처리를 하겠다며 요시코를 집으로 돌려보냈다. 그리고 쇼지의 옷과 신발을 벗긴 후 시신을 (또는 의식을 잃은 쇼지를) 짊어지고, 에비스 님 사당이 있는 벼랑에서 옷과 함께 바다에 던졌다. 그러고 나서 쇼지의 외투를 걸치고, 품에 쇼지의 신발을 숨긴 채 구지라다니 저택으로 향했다. 그리고 방으로 들어간 척 다시 밖으로 나와, 서쪽 벼랑 가장자리에 신발을 놓아두었다.

다몬은 이 추리를 바탕으로 고다이라 고지에게 진술을 청취했다. 하지만 고지는 경감의 예상과 전혀 다르게 반응했다.

"집안일도 하지 않는 그딴 여자를 내가 왜 좋아합니까?"

다몬도 처음에는 고지가 발뺌하는 것 아닐까 싶었지만, 아무래도 요시코를 싫어하는 그의 마음은 진짜인 듯했다.

만약을 위해 형사들에게 탐문을 시켰지만, 고지가 요시코에게 호감을 품고 있었다는 이야기는 전혀 나오지 않았다. 반대로 많은 사람이 "요시코 같은 여자는 절대로 녀석의 취향이 아니겠지."라고 말했다.

요시코 본인에게 물어보자 "그 사람은 저를 좋아할지도 모르지만……."이라는 요시코답게 교만한 대답이 돌아왔다. 하지만 실제로 고지에게 구애를 받은 경험이 있는지, 아니면 그런 낌새를 느낀 적은 있는지 물어보자 마지못해 부정했다.

한편 고지의 현장부재증명은 모호했다. 사건 다음 날이 한 달에 한 번 시장이 서는 날이라, 고지는 저녁까지 도미도코로에서 준비한 후, 구지라다니 저택을 비롯한 각 마을의 선주 집을 돌아다녔다. 시간으로 따지면 오후 5시 반부터 6시 반 사이였다.

여기서 중요시된 것이 아이의 목격 증언이었다. 그렇다고 아이가 경험한 괴이 현상 같은 일을 다몬 경감이 인정한 것은 물론 아니다. 다만 경감은 소녀가 느낀 기이한 뭔가에 대해 합리적인 해석을 내렸다.

"당연하지만 인간은 남을 죽인 직후에 평범한 정신 상태를 유지하기 힘들어. 도소 아이가 마주친 건 구지라다니 쇼지를 바다에 내던져 살해한 직후의 고다이라 고지였던 거지. 이소가이 요시코와 싸운 시점에 쇼지는 아직 죽지 않았어. 고지도 그걸 알고 있었지만, 이게 웬 떡이냐 싶어 사랑의 경쟁자를 처치한 거야. 그러한 살인범과 마주친 도소 아이는, 어린애 특유의 날카로운 감으로 상대가 풍기는 기이한 분위기를 알아차린 거지. 그렇게 따지면 도소 아이의 증언은 상당히 신빙성이 높아."

고다이라 고지와 이소가이 요시코는 단순한 진술 청취가 아니라, 이번에는 정식으로 취조를 받았다. 하지만 아무리 두 사람을 조사해도 접점 같은 것은 발견되지 않았다. 주변의 증언도 마찬가지였다. 아무에게도 알려지지 않은 고지의 비밀스러운 마음이 동기라고 생각하면 일단 앞뒤는 맞는다. 그러나 증거 없이는 체포할 수 없다.

경찰 조사는 벽에 부딪혔다.

그런데 다음 날 저녁, 한 가지 정보가 다몬 경감에게 구원의 손길을 내민다. 상어에게 뜯어 먹혔다고 추정되는 시신의 검시 보고서였다.

사망 시각은 그저께 오후 5시부터 오후 7시 사이로 추정된다.

오후 6시경에 무쓰코가 작업용 오두막에서 언니 요시코와 함께 있는 쇼지를 보았으므로 쇼지는 그때부터 오후 7시까지, 약 한 시간 사이에 살해당한 셈이다.

도쇼 아이가 망자길에서 쇼지와 마주친 것이 오후 6시 반경, 다키타 가나코가 구지라다니 저택에 돌아온 '아기씨'를 본 것이 오후 6시 50분경, 그리고 쇼지는 2층 자기 방으로 갔으니, 오 분 후에 가나코가 상황을 살핀 후 남은 오 분 사이에 살해당했다는 계산이 나온다.

이리하여 요시코 범인설은 무너졌으므로, 고다이라 고지의 단독범설이 강하게 부각됐다. 고지는 사건 당일 저녁, 각 마을의 선주 집을 돌아다녔다. 구지라다니 저택을 몇 시에 방문했는지는 확실하지 않지만, 다키타 가나코의 증언에 따르면 분명 쇼지가 귀가하기 전이었다고 한다.

그렇다면 고지는 그대로 구지라다니 저택 근처에 숨어 있었던 것 아닐까. 그리고 쇼지가 돌아오기를 기다렸다가 밖으로 불러내 전망대까지 유도한 후 바다로 떨어뜨렸다. 이거라면 사건 관계자의 움직임도 아귀가 들어맞는다.

다만 큰 문제가 하나 있었다. 고지는 자기 방에 있던 쇼지를 어떻게 아무에게도 들키지 않고 밖으로 불러냈을까. 두 사람은 면식이 없었다. 가령 고지가 창문에 돌멩이를 던져서 신호를 보내더라도 쇼지의 의심만 커질 것이다. 게다가 밖으로 불러낸 후 전망대까지 데려가야 한다. 이 어려운 과제를 고지가 과연 오 분 만에 해결할 수 있었을까.

더욱이 동기라는 문제가 여전히 앞을 가로막고 있었다. 요시코와 쇼지가 다투다 발생한 사고사 또는 살인이라는 측면이 사라진 이상, 고지가 사랑의 경쟁자인 피해자를 혼자 살해했다고 볼 수밖에 없었다.

즉, 고다이라 고지가 이소가이 요시코를 미치도록 사랑한다는 사실이 있어야 이 사건이 성립한다.

하지만 다몬이 고지와 요시코를 아무리 신문하고, 형사들이 관계자들을 아무리 탐문해도 그런 사실은 조금도 드러나지 않았다. 오히려 '고지가 요시코 같은 여자를 끔찍이 싫어한다.'라는 사실만 알았을 뿐이다.

고다이라 고지에게는 동기가 없으며, 그를 범인으로 몰아세울 증거도 없다는 것이 확실해졌다.

그 결과, 구지라다니 쇼지가 자살했을 가능성이 재검토됐다. 병약한 몸, 부모가 강요하는 혼담, 자신의 바람과는 달리 요시코와 이별할 수밖에 없는 미래……, 이처럼 자살 동기가 없는 것도 아니다. 쇼지는 연인과 밀회를 나눈 후 일단 구지라다니 저택에 돌아갔지만, 울적한 기분으로 고민한 끝에 몰래 저택을 빠져나와 전망대에서 몸을 던졌다. 그것이 경찰의 최종적인(다몬은 불만이었을지도 모르지만) 견해였다.

도리노우라에서 이 견해에 수긍한 사람이 과연 몇 명이나 될까. 쇼지를 잘 아는 여자들은 대부분 무심코 쓴웃음을 지으며 "자살할 만한 사람은 아닌데." 하고 말했다는 모양이다. 아주 중요한 증언인데도 경찰은 듣는 척도 하지 않았다고 한다.

결국 아이가 망자길에서 마주친 사람은 구지라다니 쇼지였다고 결론이 났다. 쇼지에게서 묘한 분위기가 느껴진 것은, 분명 죽음의 조짐이 엿보였기 때문이라고 경찰은 판단했다.

이야, 죽음의 조짐은 부정하지 않는구나.

아이에게는 그것이 의외였다. 경찰은 그런 유의 감각을 일절 받아들이지 않을 줄 알았는데.

결국 내가 본 것은…….

이미 서쪽 벼랑에서 뛰어내리기로 결심해, 죽음을 앞둔 구지라다니 쇼지였던 걸까.

하지만 그 꺼림칙하고 불길한 느낌은…….

경찰도 인정한 죽음의 조짐 정도로는 설명할 수 없을 만큼 무시무시했다. 아이는 그런 생각을 떨칠 수가 없었다.

즉, 나와 마주친 그것은…….

동쪽 벼랑에서 몸을 던져 죽은 쇼지였을까. 망자로 변한 쇼지가 몸을 던진 바다에서 기어 나와 망자길을 걸었던 걸까. 그렇기에 그토록 두려운 기분에 사로잡혔던 걸까.

어쨌거나 쇼지는 스스로 목숨을 끊은 셈이다.

하지만…….

그때 마주친 그것에서는 훨씬 사악한 뭔가가 느껴졌다. 그토록 기묘한 감각에 시달린 것은 분명 그 때문이다.

역시 난 망자를 본 걸까.

그것도 살해당해 바다에 내던져진 쇼지의…….

세월이 흐를수록 그런 기분이 점차 강해졌다. 훗날, 용케도 별일 없이 살아남았다며 아이는 당시를 떠올릴 때마다 벌벌 떨었다고 한다.

6

도쇼 아이의 이야기가 끝나도 덴큐 마히토는 아무 말이 없었다. 처음에는 멀쩡했던 안색이 지금은 약간 창백해졌다.

……무서워하는 건가?

만나자마자 그의 비명 소리를 듣고서 혹시 겁이 많은 것 아닌가 싶었는데, 그 의혹이 증명된 듯한 기분이었다.

아이가 사건에 대해 이야기할 때 덴큐는 몸을 앞으로 내밀고 누가 몇 시에 어디 있었는지 상세한 내용을 집요하게 물어볼 만큼 열의를 보였지만, 아이가 망자길에서 경험했던 일을 이야기할 때는 마치 꾸어다 놓은 보릿자루처럼 얌전해졌다. 손바닥 뒤집듯 태도가 확 달라지니 아이는 기가 막혔다.

마지막에 망자 이야기를 다시 꺼낸 게 좋지 않았을까.

일단 반성하면서도 언제까지고 침묵이 계속되는 게 싫어서, "이걸로 도조 선생님이 지금까지 수집하신 '망자' 항목에 새로운 이야기가 더해지는 건가요?" 하고 물어보자 뜻밖에도 부정적인 대답이 돌아왔다.

"선생님이 수집하시는 건 민속학적으로 가치 있는 이야기야. 국민학교 여학생이 어른에게 들은 괴담에 영향을 받고서 괴이한 존재를 보았다고 믿는 체험담은 거기에 포함되지 않아."

"지는 분명 그것을 봤어요."

"그야 구지라다니 쇼지 본인이겠지. 그는 귀가한 후 다시 집을 빠져나와 근처 벼랑에서 몸을 던졌어. 경찰도 그렇게 결론을 내렸잖아."

"하지만 쇼지 씨를 아는 여자들은 대부분 쇼지 씨가 자살할 리 없다고 했는걸요."

"애당초 넌……."

여기서 덴큐가 미심쩍은 듯한 표정으로 물었다.

"왜 사건에 관해 그렇게 잘 아는 거야?"

"도조 선생님이 겪으신 도리쓰키지마섬 사건 다음으로 그 지방에서는 유명한 일이어서, 싫어도 귀에 들어왔거든요. 그 후로도 여름이 되면 할머니 집에 놀러 갔으니까요."

"아무튼 네가 본 건 구지라다니 쇼지였어."

"자살은 말도 안 된다고……."

"그럼 서쪽 벼랑에서 범인이 떠민 거겠지."

"고작 오 분 사이에요?"

"합리적으로 생각하면 그렇게 돼. 또한 사망 추정 시각은 어디까지나 추정에 불과해. 십 분이나 이십 분쯤 뒤로 물릴 수 있을 거야."

"범인은 누군데요?"

"수사선에는 오르지 않았지만, 이소가이 요시코를 사랑했던 녀석이겠지."

“인간관계가 그렇게 농밀한 시골에서 그런 감정을 꼭꼭 숨기다니, 절대로 무리예요.”

“쇼지와 요시코는 잘 숨겼잖아.”

“그야 두 사람이 마을에서 겉도는 존재였기 때문이죠. 마을 남자들과는 본판부터 다른 고다이라 고지 씨조차, 그 됨됨이는 모두에게 잘 알려져 있었어요. 요시코 씨를 위해서라면 쇼지 씨를……, 하고 생각할 만한 범인 후보가 있었다면, 분명 다들 알았을걸요?”

“그렇다면 쇼지는 동쪽 벼랑에서 투신자살한 거야. 네가 본 건 그의 환영이었고. 아주 현실감 넘치는 환영도 있다니까 말이지.”

“아니요, 그건 환영이 아니었어요. 그때까지 쇼지 씨를 봤다고 해도 먼발치에서 잠깐 본 것이 전부이기는 하지만, 그 시간대에 거기를 걸어갔으니까 쇼지 씨가 틀림없다고요. 무엇보다 왜 지가 쇼지 씨의 환영을 보는데요? 그럴 이유가 없잖아요.”

“그건…….”

“그게 설령 쇼지 씨가 아니었더라도, 지가 뭔가와 스쳐 지나간 건 틀림없는 사실이라고 맹세할 수 있어요.”

“그러니까…….”

“저기, 무서우세요?”

덴큐가 입을 꾹 다물었다.

"제 이야기를 받아들이면 망자를 인정하는 셈이니까, 그게 무서워서 부정하는 거예요?"

그러자 핏기가 가신 덴큐의 얼굴에 조금씩 붉은 기가 돌아오는가 싶더니, 땅속에서 울리는 듯한 목소리로 말을 꺼냈다.

"누, 누가 겁쟁이에, 겁 많은 새가슴에, 용기 없는 샌님이라는 거야?"

"어, 그런 말까지는 안 했는데요."

"아니, 분명 속으로는 그렇게 생각하겠지."

'뭐, 조금은…….'이라는 대답을 아이는 꿀꺽 삼킨 후, "선생님이 바라신 대로 다 이야기해드렸어요. 이제 선생님과 덴큐 씨가 알아서 판단하세요."라고 인사하고 자리에서 일어섰다.

"아, 잠깐만."

덴큐가 허둥지둥 말렸다.

"이런 상태로 자기만 내빼려고 하다니, 그럼 못써."

"지 역할은……."

"이야기했으니까 끝이라는 거야? 이 분위기는 어떻게 할 건데?"

그 말을 듣고서야 알아차렸는데, 연구실의 분위기가 아까보다 확실히 어두침침해졌다. 마치 아이의 이야기에 영향을 받아, 실내에 있는 정체 모를 물건들이 나쁜 기운이라도 뿜어낸 것처럼…….

"하지만……."

아이는 당혹스러운 표정으로 말했다.

"지는 망자와 마주쳤다고 믿는 반면, 덴큐 씨는 그렇지 않다고 생각하니까 어쩔 방법도……."

"너도 수긍할 만큼 합리적인 추리가 분명 있을 거야. 내가 그 추리에 다다를 때까지 너도 여기 있어야 해."

"그게 무슨."

덴큐가 억지를 써서 아이는 기가 찼다. 그래도 추리에 정신을 집중한 듯한 덴큐를 보고 있으니, 조금쯤은 어울려 줘도 좋을 것 같다는 기분이 들어서 신기했다.

"……그렇군."

잠시 후 덴큐가 중얼거렸다.

"완전히 맹점이었지만, 아주 간단한 진상이 있잖아."

"뭔데요?"

"네가 망자길에서 마주친 건 역시 구지라다니 쇼지였어."

"그렇다면 쇼지 씨는 구지라다니 저택이 있는 서쪽 벼랑에서 투신자살한 건가요, 아니면 떠밀려서 살해당한 건가요?"

"둘 다 아니야."

"엇……."

"왜냐하면 살해당한 건 고다이라 고지였으니까."

무슨 말인지 이해가 가지 않아서 아이가 입을 다물자, 반대로 덴큐는 말이 많아졌다.

“사건 당일 아침, 쇼지는 부모님에게 맞선 관련 편지를 받았고, 이대로 가다가는 원치 않는 결혼을 하게 되겠다고 생각했어. 당연히 이소가이 요시코와는 이별해야 할 테고 말이야. 그래서 요시코와 함께 도망칠까 싶었지만, 사랑의 도피를 했다고 부모님이 포기할 리 없지. 바로 발견돼서 강제로 요시코와 헤어지고, 본가로 끌려갈 거야. 그래서 자신과 용모가 닮은 고다이라 고지를 에비스 님 사당이 있는 동쪽 벼랑에서 떨어뜨려 자신의 대역으로 삼을 계획을 세웠어. 어떻게 작업용 오두막으로 불러냈는지는 수수께끼지만, 선주인 구지라다니 저택에 머물고 있으니 이유는 얼마든지 갖다 붙일 수 있었겠지. 그리고 쇼지 본인은 구지라다니 저택으로 돌아와, 서쪽 벼랑 가장자리에 신발을 놓아서 마치 자살한 것 같은 현장을 꾸며 냈어. 분명 시신은 서쪽에서 동쪽으로 흘러갔다고 간주되겠지. 그렇게 예상하고서 계획을 세운 거야. 고지의 어머니는 병석에 누워 있으니 어떻게든 속여 넘길 수 있을 테고. 게다가 쇼지는 돈도 모았어. 즉, 사랑의 도피를 위한 자금까지 있었던 셈이야.”

“이야.”

아이가 단순히 감탄하자, 덴큐는 기분이 좋아졌는지 말을 더 술술 늘어놓았다.

“그런데 그 계획에는 두 가지 오산이 있었어. 일단 시신이 발견디기 전에 상어에게 뜯어 먹힌 것. 때문에 신원 확인이 불가능해졌지만, 이건 쇼지에게 오히려 요행이었어. 왜냐하면 시신이 멀쩡할수록 피해자가 고다이라 고지라고 들통날 확률이 높아지거든. 특히 양손이 무사하면 지문으로 간단히 신원이 밝혀지겠지. 또 하나는 검시로 사망 추정 시각을 알아낸다는 지식 없이 범행을 저지른 탓에, 검시 결과가 나올 때까지는 사망자가 서쪽 벼랑이 아니라 동쪽 벼랑에서 떨어졌을 가능성이 높다고 다몬 경감에게 의심받고 말았던 것. 그 때문에 구지라다니 저택 쪽으로 망자길을 걷는 그의 모습이 마치 망자로밖에 느껴지지 않는 상황이 만들어진 거야."

"우와앗."

"이처럼 쇼지의 계획은 마무리가 너무 허술했어. 하지만 그래서 오히려 사건이 수수께끼 같은 양상을 보인 거야. 네 목격담도 한몫했고 말이지."

"그렇구나."

한껏 맞장구를 친 후 아이는 입을 다물었다. 처음에는 덴큐도 의기양양한 표정이었지만, 아무리 기다려도 아이의 태도에 변화가 없자 점점 안절부절못하는 모습을 보였다.

"……뭔가 문제라도?"

"앞뒤는 맞는 것 같지만, 고다이라 고지 씨로 가장한 구지라다니 쇼지 씨가 남들을 그렇게 잘 속일 수 있을까요?"

"병석에 누운 어머니는 어떻게든 속일 수 있었겠지. 이웃 사람은 되도록 만나지 않으면 돼."

"아니, 지 마음에 걸린 건 경찰이에요."

"쇼지든 고지든 경찰과는 초면이잖아."

"그렇지만 이야기하다 보면 상대가 도리노우라 사람인지 아닌지 분명 사투리로 알아낼 수 있을 것 같은데요?"

"쇼지는 어릴 적부터 구지라다니 가문에 놀러 왔어. 사투리를 할 줄 알아도 이상할 건 없겠지."

"하지만……."

아이가 머뭇머뭇 이의를 제기하자 덴큐는 짜증이 난 듯했다.

"뭔데?"

"사건이 발생한 후, 고다이라 고지 씨와 요시코 씨는 함께 도리노우라를 떠나지 않았는데요……."

"……한 명씩 따로따로 떠나지도?"

"네, 안 그랬어요."

"그런 건 빨리 말해야지."

겸연쩍은 듯한 표정을 지은 것도 잠시, 덴큐는 또 묵묵히 정신을 집중했다. 하지만 얼마 지나지 않아 갑자기 벌떡 일어서더니, 좁은 실내를 돌아다니기 시작했다. 게다가 서가에서 책을 뽑아 펄럭펄럭 넘길 뿐, 제대로 읽지도 않고 되돌려 놓는 짓을 반복했다. 보아하니 책도 무작위로 선택하는 듯했다.

생각에 잠겼을 때의 버릇?

아이도 처음에는 그렇게 생각했지만, 이윽고 덴큐가 새까만 가면 앞에 멈춰 서서 가면을 가만히 응시하길래 조금 무서워졌다.

……괘, 괜찮은 건가.

마치 아이의 공포심을 비웃는 듯한 말투로 덴큐가 느닷없이 입을 열었다.

"네가 망자길에서 마주친 건 분명 '……죽었지만 살아 있고, 살아 있지만 죽은' 존재였어."

"가, 갑자기 무슨 말이에요?"

"요컨대 넌 막 절단된 구지라다니 쇼지의 머리에서 '죽음'을 느낀 거야. 그리고 외투로 몸을 숨긴 채 쇼지의 잘린 머리를 머리 위에 이는 방법으로 운반하는 이소가이 무쓰코의 모습에서 '삶'을 느낀 거고."

"……."

아이는 말문이 막혀서 아무 대꾸도 하지 못했지만, 오랜 세월 가슴속에 맺혀 있던 응어리가 시원하게 내려간 기분이었다. 그 순간 덴큐의 추리가 핵심을 찔렀음을 깨달았다.

"다몬 경감이 처음으로 했던 추측이 분명 정답이었겠지."

그렇게 단언한 후, 덴큐는 또 말이 많아졌다.

"작업용 오두막에서 밀회를 마친 후, 쇼지는 요시코에게 맞선을 본다는 사실을 알리고 이별을 통보했어. 이에 격분한 요시코가 쇼지를 떠밀친 결과, 쇼지는 사망했지. 다만 여기서부터 달라. 요시코를 도우러 나타난 사람은 고다이라 고지가 아니라 여동생 무쓰코였어. 무슨 일이 일어난 건지 이해하자마자 무쓰코는 언니를 구하기로 했지. 일단 요시코를 집에 돌려보내. 그리고 오두막에 있던 도끼로 쇼지의 머리와 사지를 절단했어. 작업용 오두막은 장작을 패서 저장하는 곳이었지. 그러니 당연히 도끼가 있었을 거야. 또한 무쓰코는 평소 집에서 장작 패는 일을 도왔고. 시신을 토막 낸 건 두 가지 이유에서야. 하나는 오두막에서 동쪽 벼랑까지 옮겨서 바다에 투기하기 위해. 쇼지가 아무리 왜소했던들, 성인 남성의 시신을 무쓰코 혼자 짊어질 수는 없을 테니까. 또 하나는 요시코가 집에 돌아간 후, 살아 있는 쇼지의 모습을 남에게 목격시키기 위해. 여기에 도움이 되는 것이 짐을 머리에 이는 운반법이지. 무쓰코가 작업용 오두막을 엿봤을 때, 우미보즈인 줄 알고 겁먹었던 형체는 서로 끌어안고 있던 쇼지와 요시코였어. 그 형체가 좌우로 깔끔하게 갈라진 것처럼 보였으니, 두 사람은 키가 거의 같다고 할 수 있겠지. 그리고 요시코와 무쓰코는 키가 머리 하나 차이야. 즉, 무쓰코의 머리 위에 쇼지의 잘린 머리를 얹으면 살아 있는 쇼지와 키가 같아지지."

"하, 하지만……."

아이는 충분히 수긍하면서도, 어쩐지 믿기지 않는 기분이 들었다.

“지가 망자길을 지나갈 줄은 무쓰코도 몰랐을 텐데요.”

“이 아이디어가 번쩍였을 때, 당연히 들통날 걱정도 했을 거야. 목격자가 많으면 많을수록 그럴 위험성이 높아지지. 하지만 저녁녘의 망자길은 다행히도 지나다니는 사람이 얼마 없어. 오히려 전혀 없다고 해야겠지. 따라서 무쓰코의 머릿속에 있었던 목격자는 나이를 먹어 시력과 청력이 약해진 다키타 가나코였을 거야. 가나코의 존재와 쇼지의 침실 위치 등은 이 무시무시한 계획을 세웠을 때, 오두막에서 언니에게 알아냈겠지. 설령 요시코가 구지라다니 저택에 간 적이 없더라도, 저택에 사는 사람과 저택의 구조 정도는 쇼지에게 들었을 테니까.”

“머리에 이는 운반법에 필요한 새끼줄 고리나 원형 대나무 소쿠리는 어떻게 했는데요?”

“작업용 오두막에는 일에 필요한 잡다한 물건들도 보관돼 있었어. 그걸로 대용했겠지. 죽은 후에 절단하면 피도 별로 나지 않아. 하지만 목의 절단면은 뭔가로 감쌀 필요가 있었을 테니, 그것도 오두막에서 찾았을 거야. 어쩌면 피해자의 옷일 가능성도 있고.”

“무쓰코는 쇼지 씨가 자살한 것처럼 위장하려 한 건가요?”

“무리는 있었겠지만, 달리 묘안이 없는 이상 그 방법뿐이었겠지. 경찰도 결국은 그런 견해를 내놨고 말이야.”

"쇼지 씨의 신발은요?"

"머리에 이는 운반법의 이점 중 하나는 양손이 자유롭다는 거잖아. 신발 한 켤레쯤은 여유롭게 가져갈 수 있었어. 무쓰코는 구지라다니 저택에서 다키타 가나코에게 목격되고 쇼지의 방으로 간 후, 잠깐 기다렸다가 (가나코가 상황을 살펴보러 왔을 때는 아슬아슬한 줄타기를 했던 셈이지.) 몰래 저택을 빠져나왔어. 그리고 서쪽 벼랑 가장자리에 신발을 가지런히 놓아두고, 잘린 머리와 외투를 바다에 던진 거야. 만약 둘 중 하나라도 서쪽 벼랑과 동쪽 벼랑 사이에서 발견됐다면, 다몬 경감도 이 사건의 진상을 알아냈을지 몰라."

"무쓰코가 지 모르게 그런 짓을 했을 줄이야……."

"스쳐 지나간 후 들렸다는 신음 소리는 분명 네게 들키지 않아서 다행이라는 안도의 한숨 소리였겠지."

뒤늦게 찾아온 충격에 아이가 얼떨떨해하는 것과는 달리, 덴큐는 아주 개운한 표정으로 대뜸 명랑하게 선언했다.

"좋아. 이걸로 망자는 구전으로만 전해지는 존재가 된 셈이로군."

"……."

아이는 덴큐를 물끄러미 쳐다본 후 머뭇머뭇 질문했다.

"좀 여쭤보고 싶은데요. 덴큐 씨, 이런 괴담 같은 이야기를 별로 안 좋아하시죠?"

나름대로 말을 골라서 물어보았건만, 그래도 덴큐는 못마땅하다는 듯이 대답했다.

"괴담이 무서운 것도, 두려워서 쩔쩔매는 것도, 싫어서 진저리가 나는 것도 아니라……."

에이, 어떻게 봐도 그런걸요……, 라고 대꾸하고 싶었지만 물론 아이는 입 밖에 내지 않았다.

"도조 선생님의 괴이담 수집을 돕기 위해 그냥 이야기를 들을 뿐이야."

"네, 그건 이해했어요. 하지만 어느 쪽인지 굳이 따지자면, 질색인 편이시죠?"

또 신중하게 물어보자 덴큐는 마지못한 표정으로 고개를 살짝 끄덕였다.

"그런데도 용케, 사연 있어 보이는 물건으로 가득한 이 연구실에 틀어박혀 소설을 쓰시는군요."

"……그런 소리는 하지 마."

덴큐는 불쾌한 표정으로 대꾸했다.

"최대한 머릿속에서 몰아낸 채, 신경 쓰지 않으려고 애쓰고 있으니까……."

"앗, 역시. 그런데 왜요?"

"여기만큼 조용하고, 혼자 집필에 전념할 수 있는 곳은 또 없거든."

"열람실은요?"

"시간과 장소에 따라 소곤대는 소리가 들려서 말이야."

그러면서 덴큐는 아이를 흘겨보았다. 너 같은 여학생들이 그러하다고 따지는 것만 같았다.

"즉, 덴큐 씨는 창작 활동을 다른 무엇보다 우선한다는 건가요?"

"당연하지."

볼일 다 봤으면 얼른 돌아가라, 이제 글을 써야 하니까. 덴큐의 태도에서는 그럼 낌새가 풀풀 풍겼다. 너무 노골적이라서 아이도 화가 울컥 치밀었다.

"고다이라 고지 씨는……."

"응?"

"그 후에 내륙 마을 여자와 결혼했어요. 그리고 모아 놓은 돈으로 염원하던 가게를 차렸대요."

"흐음."

전혀 흥미 없는 듯한 덴큐의 맞장구에도 기죽지 않고 아이는 말을 이었다.

"지랑 무쓰코는 사건 후에 사이가 조금 멀어졌고요. 요시코 씨의 상태가 이상해져서 무쓰코가 언니를 돌보아야 했다는 이유도 있었지만, 역시 무쓰코도 사건에 영향을 받은 거겠죠."

"그야 그렇겠지."

일단 이야기를 받아 주기는 했지만, 방금까지 보여 주었던 열의는 온데간데없었다.

"요시코 씨 말인데요. 저녁이 되면 망자길을 걷게 돼서……."

"뭐?"

"아무래도 심상치 않은 모습이라……. 말려도 듣질 않아서 무쓰코가 따라다니며 감시했어요."

"이봐……."

그제야 불길한 예감이 들었는지 덴큐가 끼어들려 했지만, 아이는 아랑곳없이 말을 이었다.

"그해 늦가을의 어느 날 저녁녘, 무쓰코는 평소처럼 망자길을 걷는 요시코 씨를 조금 떨어진 곳에서 바라보고 있었어요. 하지만 아주 잠깐 시선을 돌린 틈에 요시코 씨가 사라져서……. 주변에 숨을 만한 곳은 전혀 없었죠. 다 보이거든요. 그렇다고 바다로 들어간 것도 아니고요. 무쓰코가 시선을 돌린 시간을 고려해도 그건 불가능했어요. 그래도 혹시 몰라 바로 바다를 살폈지만 사람이 뛰어든 듯한 낌새는 없었죠. 무쓰코는 얼른 집에 알렸고, 소식을 들은 어부들이 배를 띄웠지만, 결국 요시코 씨는 발견되지 않았어요."

"……."

"얼마 후 망자길에서 아주 묘한 것이 목격되기 시작했어요."

"……뭔데?"

"처음으로 목격한 어린애는 학교 열람실의 도감에서 본 토템폴•과 비슷하다……, 라고 했어요."

"……."

"두 번째, 세 번째 목격자의 이야기를 종합한 결과, 그 기묘한 존재가 어떻게 생겼는지 드디어 판명됐는데요……."

"뭔데 그래? 빨리 말해 봐."

"머리가 두 개 달렸대요. 그것도 세로로……."

"……."

뭔가 말하려다 그대로 굳어 버린 덴큐 마히토를 내버려둔 채, 도쇼 아이는 냉큼 연구실을 빠져나왔다.

아이가 복도를 걷고 있자니, 뒤쪽에서 "이봐, 돌아와." 하고 외치는 소리가 들린 것 같았다.

하지만 아이는 걸음을 멈추지 않고 씩 웃으며 지하층을 떠났다.

● 북아메리카 원주민이 집 앞이나 묘지에 세우는 기둥 모양의 나무조각. 반인반수가 포개어진 형태다.

제2화
다가오는 머리 없는 여자

1

안리 가즈히라가 무사시노의 후로가오카 언덕에 있는 가미나시 가문을 방문해 그토록 무시무시한 존재를 보게 된 것은, 그가 애독하는 탐정소설 작가 존 딕슨 카 탓이라고도 할 수 있었다.

이듬해 고교 입시를 앞둔 중학교 3학년 가을, 가즈히라는 존 딕슨 카의 작풍에 매료되고 말았다. 그때까지 읽은 해외 탐정소설 중에 기괴함이 부각된 작품은 없었고, 설령 기기괴괴한 수수께끼가 제시되더라도 어디까지나 지적 호기심을 자극하기 위한 장식에 불과했으므로 무서웠던 적은 없었다.

그런데 존 딕슨 카(필명 카터 딕슨)는 달랐다. 저주, 재앙, 유령 같은 오컬트 요소가 풍부했고, 그러한 요소가 사건에 짙고 깊은 그림자를 드리웠다. 작품 속에 괴담이 나오기도 한다. 그런 유의 작품뿐인 걸 깨닫고 가즈히라는 어느덧 존 딕슨 카를 덮어놓고 싫어하게 됐다.

왜냐하면 가즈히라는 겁쟁이였기 때문이다. 어릴 적에는 다들 똑같이 무서워하더라도, 중학생쯤 되면 합리적인 정신을 발휘해 나름대로 공포를 부정하기 시작한다. 하지만 가즈히라는 이제껏 그런 유의 이야기가 딱 질색이었다. 탐정소설이니까 결국은 수수께끼가 풀린다. 그런 줄 아는데도 존 딕슨 카의 작품은 거북했다. 일단 그런 마음이 싹트면 여간해서는 책을 넘길 엄두가 안 나는 법이다.

하지만 골치 아프게도 가즈히라는 그 무엇보다 불가능 범죄를 좋아했다. 범인이 절대 드나들 수 없는 밀실에서 사람이 살해당한다. 눈이 쌓였는데도 범행 현장에는 피해자의 발자국밖에 없다. 탐정에게 쫓기던 범인이 막다른 복도에서 사라졌다. 가즈히라는 그런 작품을 아주 좋아했다. 하지만 다른 작가는 이러한 불가해한 사건을 다룬 사례가 그리 많지 않다. 그에 비해 존 딕슨 카는 대부분 불가능 범죄를 다룬다고 한다.

무서운 이야기는 싫지만, 인간의 지성을 뛰어넘는 사건을 좀 더 읽고 싶다.

가즈히라는 그런 딜레마에 사로잡혔다. 지금까지라면 그래도 존 딕슨 카를 읽지는 않았으리라. 하지만 중학교 3학년이 된 후로 입시 공부에 열성을 다하느라 피곤했던 탓에 그만 마가 끼었다. 이 피로감을 풀려면 기존 작가들의 작품으로는 부족하고, 좀 더 큰 자극이 필요하지 않을까 싶었다. 그리고 존 딕슨 카야말로 안성맞춤일 것 같았다. 작품 중에서 제일 비쌌는데도 줄거리를 훑어보고 기괴함이 전혀 없어 보이는 카터 딕슨 명의의 《유다의 창》을 고른 것은 참으로 가즈히라다웠다.

완벽한 밀실에서 은행가가 살해당한다. 흉기는 실내에 있었던 화살이고, 현장에는 양손이 피로 물든 청년밖에 없었다. 청년은 은행가의 딸과 약혼한 사이였다. 탐정은 청년이 무고하다고 믿고 사건에 임한다. 그런 내용에 가즈히라는 몰두했다.

당연히 존 딕슨 카를 계속 읽고 싶어졌다. 같은 이유로 하야카와쇼보 출판사의 '하야카와 미스터리 시리즈'에 속한 존 딕슨 카의 작품에서 역시 기괴함이 없어 보이는 《황제의 코담뱃갑》을 골랐다. 공교롭게도 이 작품에는 밀실이 나오지 않지만, 가즈히라는 의외의 결말에 뒤통수를 맞은 듯한 충격을 받았다. 이렇게 되면 존 딕슨 카니까 피하는 것이 아니라, 존 딕슨 카이기에 읽고 싶다는 기분을 억누를 수 없다.

그리하여 가즈히라는 용기를 짜내 일부러 무서워 보이는 《밤에 걷다》를 읽었다. 존 딕슨 카의 데뷔작으로, 늑대 인간 전설에 얽힌 밀실 살인을 다룬다. 무서운 이야기에 내성이 없는 가즈히라에게 이 작품의 기괴함은 강한 자극으로 다가왔다. 하지만 그 이상으로 불가능 범죄의 매력을 거부할 수 없었다.

가즈히라는 어느새 존 딕슨 카에 푹 빠져들었다. 하지만 바로 곤란한 상황에 처했다. 풀빵이 7엔, 연필이 10엔, 소다맛 탄산음료가 10엔, 단팥빵이 12엔, 커피가 50엔, 카레라이스와 영화관 입장료가 100엔인 와중에, 《유다의 창》은 220엔, 《황제의 코담뱃갑》은 140엔, 《밤에 걷다》는 160엔이었다. 이번에는 허투루 쓰지 않고 모아 둔 세뱃돈으로 충당했지만, 이미 책을 살 돈은 바닥났다. 신간을 포기하고 헌책방에 가더라도 다달이 받는 용돈만으로는 부족하다. 애당초 가즈히라가 사는 곳의 헌책방에서 '하야카와 미스터리 시리즈'는 가뭄에 콩 나듯 눈에 띌 뿐이고, 하물며 존 딕슨 카의 작품은 한 번도 본 적 없다. 학교와 마을 도서관도 마찬가지였다.

괴기스러운 분위기로 채색된 불가능 범죄물을 더 많이 읽고 싶었다.

이쯤 되자 존 딕슨 카의 작품이 아니고서는 입시 공부로 지친 마음을 달랠 수 없다 싶을 만큼 취향이 변했다. 하지만 아쉽게도 신간은 구입할 엄두가 나지 않아서, 끈기 있게 헌책방을 돌아다니는 수밖에 없었다.

그러던 어느 날, 가즈히라는 학교에서 존 딕슨 카의 《세 개의 관》을 읽는 남학생을 발견하고 깜짝 놀랐다. 더구나 공부와 운동 모두 뛰어난 가미나시 다케루였기에 눈이 더 휘둥그레졌다.

그는 문무를 겸비했을 뿐만 아니라 용모도 아주 빼어났다. 성적이 우수하지만 안경 낀 공부 벌레도 아니고, 운동신경이 뛰어나지만 우락부락한 근육질도 아니다. 하얀 피부에 호리호리한 겉모습에서는 기품마저 느껴졌다. 그렇지만 어쩐지 그늘도 느껴져서 결코 품행이 방정하다는 인상도 아니다.

그렇기에 여학생들에게 늘 뜨거운 관심을 받았고 그의 주변은 늘 떠들썩했다. 아무도 없는 학교 뒤편 응달에서 혼자 탐정소설을 읽는 모습은 상상조차 되지 않는 학생이었다.

평소의 가즈히라라면 물론 말을 걸지 않는다. 애당초 가미나시 다케루와 한 번도 같은 반이었던 적이 없었다. 이쪽은 가미나시 다케루를 알지만, 저쪽이 안리 가즈히라를 알 것 같지는 않았다. 그런 상황이므로 소극적인 가즈히라의 성격상, 이 유명한 학생에게 말을 걸기는 불가능했다.

따라서 실제로는 엉겁결에 말이 튀어나온 것에 불과했다.

"어, 그 책은……."

그것도 중얼거리는 정도라, 독서에 열중한 상대의 귀에 들어갔을지 의문이었다. 가미나시 다케루가 문득 책에서 고개를 든 건, 그저 인기척을 느꼈기 때문이리라.

"설마 존 딕슨 카를 알아?"

뜻밖에도 가미나시 다케루가 놀란 목소리로 물었다. 책을 빤히 응시하는 가즈히라의 모습을 보고 바로 알아차린 듯했다.

"아직 세 권밖에 안 읽었지만……."

얼떨결에 가즈히라는 존 딕슨 카에 얽힌 자신의 독서 편력을 들려주었다. 그러자 다케루는 남학생도 심장이 두근거릴 만한 미소를 지으며 말했다.

"나랑 반대네. 넌 무서운 이야기가 싫어서, 즉 괴담을 믿으니까 존 딕슨 카를 멀리했어. 반대로 나는 유물론자라, 괴기스럽고 불가해한 현상이 결말에서 합리적으로 해소될 것이라는 기대를 품고 존 딕슨 카를 읽지."

이때부터 두 사람은 존 딕슨 카를 통해 친구가 되었다. 다음 날 점심시간에 다케루는 《밀랍 인형 저택의 살인The Corpse in the Waxworks》을 빌려주었다.

하지만 상대는 인기가 넘치는지라, 학교에서는 탐정소설에 관한 이야기를 나누기 힘들었다. 무엇보다 그런 이야기를 한 후에는 반드시 여학생들이 몰려와서 "가미나시랑 무슨 이야기 했어?"라는 둥, "안리는 어쩌다 가미나시와 친해진 거야?"라는 둥 가즈히라에게 질문을 퍼부었다. 존 딕슨 카를 통해 교류한다는 사실을 솔직히 말해 주면, 책을 빌려 달라고 성화를 부리기 때문에 가즈히라는 난감할 따름이었다.

하지만 존 딕슨 카의 작품을 읽은 여학생이 그걸 화제 삼아 가미나시 다케루에게 말을 걸어 본들, 당연히 탐정소설 이야기는 따라갈 수 없다. 오히려 다케루에게 나쁜 인상을 주는 바람에 "어떻게 좀 해 봐." 하고 울고불고 떼를 쓰는 사람도 나와서, 가즈히라는 더욱 난처해졌다.

하지만 결과적으로는 전화위복이 되었다. 학교에서 이야기하면 여러모로 번거롭다면서, 다케루가 가미나시 저택으로 자주 초대해 주었기 때문이다. 물론 다른 아이들에게는 비밀이었다. 특히 여학생들에게 들키지 않도록 세심한 주의를 기울였다.

가미나시 가문의 서양식 저택은 후로가오카 언덕 둘레를 빙 도는 형태로 뻗은 언덕길 끝에 서 있었다. 빨간 벽돌로 지은 훌륭한 건물이지만, 언덕 위에 달랑 한 채뿐인 그 저택은 어쩐지 호젓하고 음울한 분위기가 감돌았다.

서쪽으로 난 대문으로 들어서자, 오른편에 동서 방향으로 뻗은 직사각형 저택이 있었다. 저택 남북쪽은 잡목림이지만, 동쪽에는 깊은 숲이 보였다. 이렇듯 수목에 세 방향을 둘러싸인 입지가 가미나시 저택 전체에 어두운 그림자를 드리우는 것 아닐까 싶기도 했다.

실은 그밖에 큰 이유가 있다는 것을 가즈히라는 곧 알게 되지만…….

가즈히라는 이만한 저택이 공습으로 불타지 않은 것은 그야말로 기적이었고, 열람실의 장서도 마찬가지라고 생각했다. 다케루의 할아버지가 남긴 책 중에 탐정소설이 적지 않게 포함되어 있었기 때문이다.

"이건 1936년에 출간된 《세 개의 관》인데, 번역이 조악하니까 웬만하면 읽지 마."

다케루는 할아버지의 장서를 무조건 좋게만 평가할 생각은 없는지, 서가에서 《마관 살인 사건》•을 꺼내 들고서 진지하게 그렇게 충고했다.

"일단 내가 가진 책을 빌려줄게. 그걸로 모자라면 할아버지의 장서를 봐도 되고."

다케루는 가즈히라가 아주 기뻐할 만한 제안도 해 주었다.

"하지만 입시 공부도 해야 하니까 내 책만으로 충분할 수도 있겠네."

2층 서쪽 부근에 있는 다케루의 방에 들어가자 그 말이 무슨 뜻인지 이해됐다.

벽 한 면을 가득 채운 서가에 죽 꽂힌 책은 대부분 해외 탐정소설이었다. 존 딕슨 카의 작품도 《유다의 창》, 《죽은 자는 다시 깨어난다》, 《세 개의 관》, 《밤에 걷다》, 《밀랍 인형 저택의 살인》, 《황제의 코담뱃갑》이 간행 순서대로 꽂혀 있었다. 그밖에도 하버트 브린의 《와일더 일가의 실종Wilders Walk Away》, 애거사 크리스티의 《빛나는 청산가리》, 얼 데어 비거스의 《찰리 챈, 커튼 뒤의 비밀》, 마르코 페이지의 《고서 살인 사건Fast

• 《세 개의 관》이 일본에서 처음 번역, 출간됐을 때 붙여진 제목

Company》, 니콜라스 블레이크의 《야수는 죽어야 한다》, 마저리 앨링엄의 《유령의 죽음Death of Ghost》 등등 본격물이 가득해 그야말로 다케루다웠다.

가미나시 저택의 중후함과 열람실의 수많은 장서, 그리고 다케루의 서가에 꽂힌 책에 정신이 팔린 나머지, 가즈히라는 당초 다케루의 가족에 대해서는 무관심했다. 하지만 여러 차례 방문하면서 고개가 갸웃거려졌다.

그러고 보니 다케루의 어머니를 만난 적이 없다. 아버지 직업도 모른다. 늘 집에 있는 사람은 다케루의 할머니이자 가미나시 가를 관리하는 듯한 도시코, 다케루의 고모 야스코, 야스코의 딸이자 휠체어를 타고 다니는 가즈요, 다케루의 숙부 가쓰야, 최근에 고용됐다는 출퇴근 가정부 다도코로 스에, 총 다섯 명이다. 일요일에 찾아갔을 때도 다케루의 부모님은 보이지 않았다.

하지만…….

아무리 친구가 되었다지만, 집안 사정까지 꼬치꼬치 캐묻는 건 실례가 아닐까 싶었다. 또한 가미나시 가문에는 늘 답답한 공기가 감도는 것이, 가문에 대해 이야기하기를 꺼리는 분위기가 물씬 풍겼다. 그런 가운데 탐정소설로 이야기꽃을 피울 수 있는 다케루의 방은 완전히 다른 세상이었는지도 모른다.

난 다케루의 독서 친구니까…….

본인이 상담이라도 부탁하지 않는 한, 가미나시 가문에 관해 전혀 몰라도 상관없다고 가즈히라는 방침을 정했다.

그런데 어떤 일을 계기로, 가즈히라는 가미나시 가문에 얽힌 다양한 사정을 잔뜩 알게 된다. 어쩌면 야스코나 가쓰야보다 집안 사정에 소상해졌다고 할 수도 있겠다.

그날 방과 후, 다케루는 야구부 도우미로 불려 갔다. 다케루는 운동신경이 뛰어나지만, 운동부 소속은 아니었다. 그래서 운동부는 결석 등의 이유로 인원이 부족해지면 반드시 그에게 도움을 요청했다.

"먼저 내 방에 가서 책을 읽고 있어."

다케루의 말에 가즈히라는 당황했다. 많이 익숙해졌다고는 하나, 혼자 가미나시 저택에 가서 다케루가 돌아올 때까지 기다릴 생각을 하자 아무래도 불안했다.

"괜찮아. 할머니는 네가 마음에 드신 모양이니까, 내가 없을 때 놀러 오더라도 분명 환영해 주실 거야."

다케루는 망설이는 가즈히라를 재촉해 가미나시 저택으로 보냈다.

가즈히라는 저택에 혼자 있을 시간을 조금이라도 줄이기 위해, 일부러 느릿느릿 걸었다. 이러는 동안 다케루가 따라오지는 않을까 싶어 몇 번이나 뒤를 돌아보았다. 하지만 당연히 마음처럼 되지 않았다.

마침내 저택에 도착해 다도코로 스에에게 머뭇머뭇 방문한 취지를 알렸다. 바로 다케루의 방에 보내 줄 줄 알았는데, 그대로 현관홀에서 기다려야 했다.

그때 느닷없이 어떤 말이 날아들어 가즈히라는 등줄기가 뻣뻣하게 굳어 버렸다.

"목이 아깝다면 우리 집과 엮이지 마."

조심조심 바라보자 저택 서관 복도 모퉁이에서 휠체어를 탄 가즈요가 고개를 내밀고 있었다. 이십 대라고 들었지만, 아직 십 대라고 해도 좋을 만큼 외모와 말투가 앳되게 느껴졌다. 두 다리는 낙낙하게 펼쳐진 치마에 덮여서 조금도 보이지 않았다.

"……네? 모, 목이요?"

가즈히라는 무심코 자기 목을 가리키며 물었다.

처음 이 집에 왔을 때, 복도에서 마주쳐서 다케루에게 소개는 받았다. 하지만 그 후로는 기껏해야 인사를 나누는 정도고, 제대로 이야기해 본 적은 없었다. 그런데 지금 느닷없이 생뚱맞은 말을 꺼내서 가즈히라는 몹시 당황스러웠다.

"응, 목, 손목, 발목……. 모든 목 말이야."

가즈요는 당연하다는 듯 그렇게 말하더니 휠체어를 뒤로 돌렸다. 분명 자기 방으로 돌아가는 것이리라.

……무, 무슨 뜻이지?

황혼 녘이라 어스름해진 현관에 홀로 남겨진 순간, 가즈히라는 갑자기 무서워졌다.

"기다리게 해서 죄송해요."

어느 틈엔가 스에가 옆에 서 있어서 가즈히라는 오싹했다. 아담하고 통통한 몸집, 바깥쪽으로 휜 다리만 봐서는 상상할 수 없을 만큼 은밀하게 돌아다니는 스에는 마치 고양이 같았다. 하지만 고양이와는 달리 그 행동거지에 사랑스러움은 없었다. 오히려 으스스함만 느껴졌다.

"이쪽으로."

스에는 어째선지 2층 동관에 있는 도시코의 방으로 가즈히라를 데려갔다.

"아, 안녕하세요. 실례하겠습니다."

가즈히라는 놀라면서도 인사하고, 일단 사정을 설명하려고 했다.

"앗, 그, 다케루가 야구부 연습을 도와주느라 늦을 거라며 먼저 가라고 해서……."

"응, 그렇구나. 그보다 다케루는 학교에서 어떻게 지내니?"

도시코가 전혀 신경 쓰는 기색 없이 부랴부랴 묻길래, 바로 납득이 갔다.

이 집에 드나든 지 얼마 되지 않은 가즈히라가 보기에도, 다케루가 할머니에게 품은 친애의 정은 정말로 깊었다. 딸 야스코와 아들 가쓰야가 도시코에게 냉담해 보이는 만큼 더 그렇게 느껴지는 것이리라.

아무리 그래도 한창 사춘기인 중학교 3학년이다. 학교에서 어떻게 생활하는지 할머니가 만족할 만큼 이야기해 줄 리 없다. 그래서 아직 손자가 돌아오지 않은 기회를 틈타 친구에게 물어보려는 것이었다.

가즈히라는 나중에 다케루에게 불평을 듣지 않을 정도로 학교에서 있었던 일을 몇 가지 들려주었다. 어쨌거나 문무를 겸비한 인기인이므로 화제는 넘친다. 애당초 어떤 내용이든 도시코는 눈을 반짝이며 이야기를 들었다.

처음에 소개받았을 때는 어쩐지 신경질적으로 보였는데…….

지금은 다른 사람이 아닐까 착각할 만큼 생기 넘치는 얼굴로 가즈히라의 이야기에 귀를 기울이고 있다. 손자의 학교생활을 알게 돼서 정말 기쁜 것이리라.

이 일을 계기로 가즈히라는 종종 도시코의 방에 불려 갔다. 이제는 다케루가 집에 있어도 개의치 않았다.

"할머니가 기뻐하신다면 난 괜찮아. 너만 싫지 않으면 말동무를 해 드려."

다케루 본인도 순순히 받아들였다. 다만 수업을 빼먹고 영화를 보러 간 일, 다른 학교 학생과 번화가에서 싸운 일, 밤에 가끔 집을 몰래 빠져나와 놀러 가는 일 등등, 절대로 말하지 말라고 못을 박은 일도 많았다.

물론 가즈히라는 약속을 지켰다. 하지만 도시코가 워낙 이야기를 잘 들어주고 말을 잘 끌어내서, 자신도 모르게 실언을 하고는 했다. 그럴 때 가즈히라는 '야단났다'라는 표정을 지었고, 반면에 도시코는 '고맙구나'라는 표정을 지었다.

처음에는 가즈히라도 당황해서 어쩔 줄 몰랐지만, 둘이 나눈 대화를 도시코가 절대 다케루에게 말하지 않는다는 것을 안 후로는 마음이 조금 편해졌다. 그러나 도시코와 이야기를 나누는 시간이 불편해진 때가 비교적 빨리 찾아왔다.

"우리 친척 중에 고리라는 오래된 가문이 있는데……."

어느 날 갑자기 도시코가 가미나시 가문의 내력에 대해 이야기를 꺼냈다.

고리 가문의 여인인 미쓰에에게는 오빠가 있다. 오쿠타마의 히메카미향에 있는 히메카미촌을 대대로 다스리는 히가미 일족의 수장 후도로, 그의 셋째 아들 효도는 히가미 일족 중 이치가미 가문의 당주다. 이치가미 가문 밑에는 후타가미 가문과 미카미 가문이 있으며, 고리 가문은 이 두 가문 아래에 위치한다고 한다.

"다행히도 가미나시 가문은 히가미 일족의 혈통에는 속하지 않지만, 그래도 그 골치 아픈 앙화에서 완전히 달아날 수는 없는 모양인지……."

도시코의 이야기가 당장은 믿기지 않았다. 그런데도 띄엄띄

엄 이어 나가는 도시코의 말에 귀를 기울이고 있자니 어느덧 한기가 느껴졌다. 지금이 어떤 세상인데 말도 안 된다…… 하고 강한 거부감을 느끼는 한편으로, 괴이한 **그것**을 무턱대고 부정할 수만도 없어서 당황스러웠다. 아니, 순수하게 겁을 먹었다고 해야 할까.

이야기의 시초는 덴쇼 18년(1590년)으로 거슬러 올라간다. 그해 7월, 히메카미향에 지어진 히메카미성이 도요토미 군에게 공격당해 성주 우지히데는 자결했고, 그의 아들 우지사다는 히메쿠라산을 지나 이웃 지방으로 피신했다. 이때 남편 우지사다를 따라 도망치던 아오히메는 산속에서 도요토미 군의 추적자가 쏜 화살을 목에 맞아 쓰러졌고, 곧 목이 잘려 죽는다.

아오히메에게는 예전부터 안 좋은 소문이 끊이지 않았으므로 (기분에 따라 하녀를 괴롭히다 죽인다, 새와 짐승의 날고기를 먹는다, 젊은 남자를 마구잡이로 침소에 끌어들인다.) 마을 사람들도 우지사다가 무사하다는 소식에는 크게 기뻐했지만, 아무도 아오히메의 비참한 죽음을 애도하지는 않았다.

히메카미성이 함락된 후 주변에서 괴이한 일이 자꾸 벌어졌다. 어떤 숯쟁이는 불타는 가마 속에서 히죽히죽 웃는 여자의 잘린 머리를 보고 앓던 끝에 죽었다. 어떤 마을 사람은 히메쿠라산을 지나갈 때 공중을 떠다니는 여자의 잘린 머리와 머리 없는 여자에게 앞뒤를 포위당했지만, 간신히 달아나서 목숨을 부지했다. 그러나 그 후에 갑자기 행방을 감추었다. 또 어떤 사람은 히메쿠라산 기슭에서 산나물을 뜯다가, 여기에도 나물이 많다는 목소리에 끌려 잡초를 헤치고 나아간 곳에서 땅에서 자라난 듯한 여자의 잘린 머리를 보았다. 그 사람은 한동안 병석에 드러누운 후 정신이 이상해졌다고 한다.

아오히메가 재앙을 내린다고 두려워하던 마을 사람들은 늦게나마 그녀의 시신을 찾았다. 그러자 몸은 이미 짐승에게 뜯어먹히고 썩었건만, 머리는 아무 상처도 없이 말끔했다고 한다. 게다가 원래 같으면 눈구멍만 뻥 뚫려 있어야 하는데 두 눈을 부릅뜨고 있었다고 한다.

잔뜩 겁을 먹은 마을 사람들은 아오히메의 주검을 정중히 장사 지내고 묘비를 세워 히메카미 님이라는 신으로 받들었다. 이윽고 히메쿠라산은 히메쿠비산으로 불리게 됐고, '히메카미(媛神) 님'은 '히메카미(媛首) 님'으로 표기가 바뀐다.

이렇듯 괴이한 일이 전승된 지 백육십 년 가까이 지난 호레키(1751년~1764년) 시절, 히가미 일족의 수장인 도쿠노신이 볼일로 집을 비운 사이에, 반년 전 후처로 들어온 오엔이 하인과 눈이 맞아 달아난다. 이때 오엔이 선택한 길이 아오히메가 도망치던 길과 완전히 일치한 것은 참으로 으스스한 우연이 아닐 수 없다.

아내의 배신을 알아차린 도쿠노신은 불같이 화를 냈고, 돈을 아낌없이 퍼부어 두 사람의 행방을 수소문했다. 결국 몇 달 후에 두 사람을 찾아내지만, 도쿠노신의 심경에 변화가 있었는지 아무튼 돌아오라고 연락했다.

그간의 행동을 불문에 부치겠다는 말을 전해 들었으므로, 두 사람은 충분히 상의한 후 오엔만 돌아가기로 했다. 하인은 주인의 얼굴에 먹칠을 해 놓고 천연덕스럽게 돌아갈 수 없다는 생각이었으리라.

몇 주 후, 오엔을 태운 가마가 집에 도착해 오엔이 가마에서 내리려 하자, 마중 나왔던 도쿠노신이 갑자기 칼을 휘둘렀다. 하지만 오엔의 머리 장식에 걸려 목을 단숨에 베어 내지 못했다. 칼날이 어중간하게 목에 박히는 바람에, 오엔은 고통에 찬 비명을 지르며 몸부림쳤다.

"반드시……, 반드시 손자 대까지……, 7대 아래까지……, 저주할 테다……."

오엔은 숨이 끊길 때까지 계속 그렇게 중얼거렸다고 한다.

도쿠노신의 명령에 따라 오엔의 시신은 아무 공양도 받지 못하고 마을의 무연고자 묘지에 버려지다시피 묻혔다. 그 광경을 지켜본 것은 절의 스님과 사미승뿐이었다.

오엔이 참혹한 최후를 맞은 지 얼마 지나지 않아, 도쿠노신과 전처의 소생인 장남이 떡을 먹다 목이 막혀 질식사한다. 그리고 차남이 말벌에 목을 쏘여 급사한다. 아들을 전부 잃은 도쿠노신은 다시 후처를 들이지만, 그녀는 뇌가 없는 아이를 잇

달아 둘이나 출산한 후 정신이 이상해져서 자살한다.

오엔의 저주라며 두려워하던 도쿠노신은 오엔의 시신을 파내서 히가미 일족의 묘소로 이장했다. 그래도 불행한 사태가 계속 발생했다. 아무리 공양해도 괴이한 일이 그칠 낌새는 없었다.

그러자 도쿠노신은 히메카미 님을 모신 히메카미당에 오엔의 공양비를 세웠다. 아오히메와 오엔은 이름에 '염(淡)'이라는 한자가 들어가고, 둘 다 목이 잘려 죽었다. 그런 두 사람의 공통점에 뭔가 느낀 바가 있었던 듯하다.

이윽고 마을 사람들은 두 사람을 합쳐서 '아오쿠비(淡首) 님'이라고 부르게 된다. 왜냐하면 아무리 공양하고 받들어 모셔도, 두 여인의 지벌은 그칠 줄 몰랐기 때문이다. 물론 제일 큰 영향을 받은 것은 히가미 일족이었지만, 아오쿠비 님은 히메카미촌 사람들에게도 어두운 그림자를 드리웠다고 한다.

이 아오쿠비 님만으로도 힘든데, 히메카미향에는 사람들이 '쿠비나시'라고 부르며 두려워하는 수수께끼의 괴이도 존재했다. 다만 도시코는 쿠비나시에 대해 그렇게 자세하게 설명하지는 못했다. 몰라서 그랬다기보다 애당초 정체불명의 뭔가……, 였기 때문일지도 모른다. 마을 노인 중에는 아오쿠비 님과 쿠비나시를 동일시하는 사람도 있었다고 한다. 명확한 이유가 있는 것은 아니다. 둘 다 머리가 없으니 똑같은 존재 아니겠느냐고 간주했던 모양이다.

히가미 일족에서는 대를 이을 사내아이가 자라지 못한다.

이것이 아오쿠비 님의 지벌 중 으뜸가는 지벌이라고 전해져 내려온다. 그 때문에 히가미 일족에서는 대대로 히메쿠비산에서 십삼야 참배라는 의례를 치르고 있다.

공교롭게도 지금으로부터 십삼 년 전에 치러진 십삼야 참배에서 머리 없는 살인 사건이 일어났다. 그리고 패전을 거쳐 십 년 후, 목을 절단하는 연쇄 살인 사건이 발생했다. 이 사건들은 그해에 쓰이카이치시에서 발생한 목 찢는 살인마 사건과도 관련이 있다.

"아까도 말했듯이 히가미 일족이 아오쿠비 님과 쿠비나시의 지벌을 가장 많이 받고, 그중에서도 이치가미 가문이 제일 큰 피해를 입어. 그렇다고 친척에 해당하는 가문이 무탈하게 지나간다는 보장은 없지. 실제로 우리 가문도……."

지금까지 들은 이야기만으로도 가즈히라는 충분히 겁을 먹었다.

자신과는 아무 상관없다는 걸 알지만, 그렇게 무시무시한 존재와 깊이 관련된 가문의 먼 친척에 해당하는 집에 이렇게 찾아와 있다고 생각하자, 아무래도 마음이 뒤숭숭했다. 오늘은 책도 빌리지 말고 이대로 돌아가고 싶은 기분마저 들었다.

그렇건만 도시코는 가미나시 가문에서 일어난 꺼림칙한 일을 더 이야기하고 싶어 했다.

2

슬슬 돌아가야겠는데…….

마치 안리 가즈히라가 핑계를 대고 도망치려는 것을 눈치챈 듯 도시코가 물었다.

“다케루에게 부모님 이야기는 들었니?”

가즈히라가 힘없이 고개를 젓자 도시코는 침통한 표정으로 말을 이었다.

“내 큰아들 사치히코와 덴코 양이 결혼해서 다케루를 낳았지. 하지만 다케루가 열 살 때, 덴코 양은 뇌에 병이 생겨서 세상을 떴어. 그로부터 일 년 후, 사치히코는 메구미라는 여자와 재혼했단다. 청초하고 고상했던 덴코 양과 달리, 가슴을 몹시 강조하는 화려한 옷만 즐겨 입는 여자와 말이지. 그로부터 이 년 후, 그 여자는 후로가오카 언덕 아래에 있는 건널목에서 참으로 기괴한 죽음을 맞았어.”

사치히코의 전처는 ‘덴코 양’인데 후처는 ‘그 여자’라고 지칭하는 사실만 보더라도, 도시코가 두 며느리를 어떻게 생각하는지 아주 노골적으로 드러나서 놀랐다. 지금까지 도시코의 말투와 행동에서 품위가 느껴졌던 만큼, 더 놀랐는지도 모르겠다.

하지만 이 놀라움이 전율로 바뀌리라는 것을 물론 가즈히라는 꿈에도 몰랐다.

"그 여자가 어떻게 죽었는지 알아?"

"……아, 아니요."

가즈히라가 고개를 저은 것은 듣고 싶지 않다는 의사 표시이기도 했지만 도시코에게는 통하지 않았는지, "전철에 치여서 머리와 두 팔이 날아갔단다." 하고 후처가 어떻게 죽었는지 생생하게 들려주었다.

"게다가……."

도시코는 짐짓 뜸을 들인 후 말을 꺼냈다.

"두 팔은 현장에서 발견됐는데, 머리는 어디서도 발견되지 않았어."

"……사, 사고였나요?"

뭔가 말해야 한다는 초조함에 가즈히라는 얼른 물어보았다.

"경찰은 차단기가 내려갔는데 억지로 건널목을 건너가려 한 탓이라고 설명했지만, 그건 그 여자답지 않은 행동이야."

"……."

가즈히라가 왜 침묵했는지 도시코는 바로 이해한 듯했다.

"아니, 그렇다고 자살은 아니야. 그 여자가 스스로 목숨을 끊다니, 절대 말도 안 돼."

설마…….

먼 친척인 히가미 일족을 저주하는 아오쿠비 님과 쿠비나시의 소행이라고 말할 작정인가 싶어 가즈히라는 몹시 놀랐다.

"그 사고가 발생하고 얼마 후, 흰색 바탕에 빨간 물방울무늬가 들어간 원피스와 새빨간 뾰족구두 차림의 여자가 건널목 근처에서 목격되기 시작했단다. 원피스와 뾰족구두의 빨간색은 사실 피 같다는 이야기도……. 그리고 그 여자에게는 머리가 없고, 자기 머리를 찾아 돌아다닌다나……."

도시코는 놀라움이 전율로 바뀔 법한 괴담을 또 들려주었다. 게다가 그 불길한 이야기는 거기서 끝이 아니었다.

"야스코의 딸 가즈요는 두 발목 없이 태어났어. 가쓰야의 아들은 탯줄이 목에 감겨서 죽은 채 태어났고."

"……."

"아이 때문에 둘 다 이혼하고 가미나시 가문으로 들어왔지."

"……."

"둘 다 내 친자는 아니야. 죽은 남편 사치오가 다른 여자에게 얻은 아이지. 게다가 야스코와 가쓰야는 어머니가 다르단다."

가즈히라는 더 이상 버틸 수 없었다. 중학교에 다니는 손자의 친구를 상대로 이게 대체 무슨 이야기란 말인가. 한시라도 빨리 돌아가고 싶을 따름이었다.

하지만 도시코는 야스코와 가쓰야 각각의 어머니에 대해 설명했다. 둘 다 행방조차 모르는 듯했지만, 애초에 가즈히라도 진지하게 듣지 않았다. 가미나시 가문에 얽힌 사정과 인간관계는 자신과 무관하니까 당연하다.

그때 문을 두드리는 소리가 들리고 드디어 다케루가 나타났다.

"재미있게 이야기 나누시는 중이었나 보네요."

"응. 안리가 정말 이야기를 잘 들어주더라고."

아주 만족스러워하는 도시코와 대조적으로, 가즈히라는 얼굴이 딱딱하게 굳었다. 다케루는 더 이야기하고 싶어 하는 도시코를 부드럽게 만류하고, 가즈히라를 할머니 방에서 구해 주었다.

"……살았다."

다케루의 방에 들어가자마자 가즈히라의 입에서 한숨이 새어 나왔다.

"혹시 우리 일가에 대해 이것저것 들려주셨어?"

"그게……."

당사자에게 어디까지 말해야 할까 망설여졌지만, 오히려 싹 다 밝혀야 한다고 마음을 고쳐먹고 도시코에게 들은 내용을 숨김없이 말했다.

"미안, 많이 힘들었겠네."

다케루가 진지한 얼굴로 머리를 숙여서 가즈히라는 당황했다.

"아, 아니, 가만히 앉아서 이야기를 들었을 뿐인걸……."

"하지만 듣기에 즐거운 내용은 아니었잖아."

"할머님 이야기는 전부 진짜……."

머뭇머뭇 물어보자 다케루는 쓴웃음을 지으면서도, "할아버지는 천하의 바람둥이였고, 고모와 숙부에 관한 이야기도 전부 사실이야." 하고 천연덕스럽게 대답했다.

"아오쿠비 님과 쿠비나시의 지벌도?"

가즈히라가 이어서 물어보자 다케루의 쓴웃음은 즉시 비아냥거리는 웃음으로 바뀌었다.

"그런 전근대적인 존재가 세상에 어디 있겠어? 존 딕슨 카의 작품은 괴기함으로 가득하지만, 결말로 가면 반드시 합리적인 해결이 나와. 논리적인 본격 탐정소설을 애독하는 네가 그런 식이어서는 곤란한데."

"……으, 응. 저주나 지벌 같은 게 있을 리 없지."

가즈히라도 일단은 수긍하는 태도를 보였지만, 도시코의 진지한 말투가 안겨 준 공포는 그렇게 간단히 사라지지 않았다.

"하지만……."

그래서 어디까지나 도시코를 핑계 삼아 저주 이야기를 다시 언급했다.

"할머님은 그걸 믿으시는 거 아니야?"

"뭐, 그렇지."

그러자 다케루의 표정이 바로 떨떠름해졌다.

"실은 동쪽 숲속에 아오쿠비 님과 쿠비나시를 모신 사당이 있어. 할머니 지시로 히메카미촌의 히메카미당과 함께 모시기로 했다나 봐."

"그건……."

가즈히라가 우물쭈물하자 다케루가 눈빛으로 재촉했다.

"뭔가 역효과일 것 같기도 한데……."

"일부러 재앙신을 맞아들여서 어쩌냐는 뜻이야?"

"아니, 물론 미신이지만……."

바보 취급당하기 전에 가즈히라는 선을 그었다.

"그렇다고 해서 아무 영향도 없는 건 아니야."

다케루는 의미심장한 표정으로 말을 이었다.

"지벌이나 저주에 효과가 조금도 없느냐 하면, 그렇지는 않아. 분명히 위력을 발휘할 때도 있어."

"그래?"

깜짝 놀란 가즈히라에게 다케루는 뜻밖에 아무렇지도 않은 표정으로 대답했다.

"해코지하고 싶은 상대에게 당신은 저주를 받았다고 알려 줌으로써, 심리적으로 영향을 줄 가능성도 있다는 뜻이야."

"그렇구나."

"인간의 마음은 아주 모호하거든. 설령 합리주의자라도 누군가에게 저주받았다는 사실을 안 후에, 다치거나 사고를 당하거나 업무상 실수를 저지르면 혹시나……, 싶은 마음이 들 거야. 아주 조금이라도 의심이 고개를 들면, 저주한 쪽의 승리라고 할 수 있겠지. 그러고는 상대가 자멸하기를 기다릴 뿐이야. 하지만 역시 잘 안 통하는 경우가 많을 테니, 보통은 그런 방법에

의존하지 않는 거지."

"할머님은……."

"분명 그 사당에서 나쁜 영향을 받고 계셔. 기껏 모셔 놓고, 결국은 너처럼 생각했는지 지금은 금줄로 사당을 칭칭 감아 놨거든."

"엇, 그건 그것대로……."

가즈히라는 더 역효과가 아닐까 싶어 두려웠다.

"고모와 숙부는 비겁하게도 그 점을 파고들 작정이야."

갑자기 다케루가 분노를 고스란히 드러냈다.

"그, 그게 무슨 소리야?"

"고모는 할머니를 다른 곳으로 보내고 이 집을 차지하고 싶어 해. 지금은 할머니의 안색을 살피며 용돈을 받아 쓰는 신세니까 말이야. 숙부는 친구와 공동경영하는 수상쩍은 회사가 아무래도 위기인가 봐. 서부극의 고독한 늑대 같은 총잡이를 좋아해서 늘 고고한 척하지만, 실제로는 공동경영자에게 일을 몽땅 떠맡겨 놓은 모양이야. 본인에게는 아무 재주도 없거든. 즉, 상대는 숙부가 아니라 할머니의 자산을 노리고 숙부와 어울리는 것 아니려나. 숙부가 기울어진 회사에 자금을 대기 위해 이 집을 노리고 있는 건 틀림없어."

"그런 걸 잘도 아는구나."

"그만큼 두 사람이 단순해서 속내를 읽기 쉬운 인간이라는 뜻이지."

"즉, 고모와 숙부 둘 다 이 집에서 할머님을 쫓아내고 싶어 하는 건가?"

"그 점만큼은 두 사람의 이해관계가 일치하지만, 나머지는 완전히 달라. 고모는 본인이 이 집의 주인이 되기를 원하고, 숙부는 저택을 팔아넘겨서 돈을 얻을 작정이지. 정말이지 인간 말종이 따로 없다니까."

"두 사람의 꿍꿍이속과 사당이 무슨 상관인데……?"

이해가 잘 안 돼서 가즈히라가 어리둥절해하자 다케루는 복잡한 표정으로 대답했다.

"실은 할머니가 니시이즈의 별장에 가시는 편이 낫겠다고 주치의가 권유했어."

"어디 아프셔?"

"할머니는 자각하지 못하시는 것 같지만, 오랜 세월 가슴속에 맺힌 것이 많은 탓에 정신적으로 많이 약해지셨나 봐. 그게 주치의의 판단이야."

"가슴속에 맺힌 것이 많다니, 아오쿠비 님과 쿠비나시 때문에?"

"그런 미신뿐만 아니라 할아버지의 바람기도 당연히 원인에 포함되겠지. 그 결과 고모와 가즈요, 숙부가 우리 가문으로 굴러들어 왔으니까……."

"가족 구성이 꽤 복잡하네."

가즈히라는 그런 식으로 표현할 수밖에 없었지만, 다케루는 마치 득도한 것 같은 표정으로 말했다.

"그러니 할머니도 이 집을 비워 주실 생각은 털끝만큼도 없으시겠지. 하지만 고모와 숙부는 주치의 선생님의 말씀에 따라야 하지 않겠느냐면서, 어디까지나 할머니의 건강을 걱정하는 것처럼 행세해. 겉 다르고 속 다르다는 말이 딱 들어맞아."

"그걸 할머님은……."

"물론 다 알고 계셔."

"고모와 숙부에 대해서는 알겠는데, 가즈요 씨는 어때?"

이 질문에 다케루는 난감한 표정으로 대답했다.

"뭐, 고모와 숙부는 속물인 만큼 알기가 쉬워. 하지만 가즈요는 아무래도 종잡을 수가 없어서 말이야. 다만 한 가지 분명한 점은 할머니처럼 아오쿠비 님과 쿠비나시의 지벌을……, 믿는 듯해."

목이 아깝다면…….

가즈요가 던진 경고 같은 말을 가즈히라가 머릿속으로 곱씹고 있자니, "장마 때 언덕 아래 건널목에서 사건이 있었잖아. 차단기가 내려갔는데도 억지로 지나가려다가 다른 학교 여학생이 다친 사건." 하고 다케루가 갑자기 관계없는 이야기를 꺼냈다. 하지만 그 건널목에서 다케루의 새어머니가 사망했다는 사실이 떠올라서 일단 고개를 끄덕이며 대답했다.

"지각할까 봐 그랬다고 했지. 다행히 전철과 부딪히지는 않아서 넘어졌을 때 한쪽 발목을 접질린 걸로 그쳤잖아."

"오카베 아사코라는 여학생인데, 역 앞에서 복덕방을 하는 걔의 아버지는 전부터 우리 집에 드나들었어. 니시이즈의 별장도 그 사람 소개로 구입한 거래."

"설마 오카베 아사코가 발목을 삔 것도 아오쿠비 님과 쿠비나시 탓이라는 거야? 아버지가 가미나시 가문과 관련되는 바람에……."

"그렇게까지 억측하는 사람은 할머니 정도겠지. 다만 건널목에서 사고가 발생하자, 내 새어머니 메구미의 기괴한 죽음이 새삼 사람들 입에 오르내렸는지 머리 없는 여자의 괴담이 되살아난 것 같아서……."

"어, 그래?"

"하기야 목격한 사람은 요 부근의 국민학생이지만……."

"그럼 그렇게 신경 쓸 필요도……."

"없겠다고 나도 생각했지만, 목격담이 건널목에서 멀어질수록 무시만 할 수는 없겠다고 마음이 바뀌었어."

"건널목이 아니라 어디에 나왔는데?"

"후로가오카 언덕에 난 길. 게다가 머리 없는 여자는 그 언덕길을 올라오고 있는 모양이야. 즉, 우리 집으로 다가오고 있는 것 아닌가……, 하는 의혹이 생긴 거지."

"지금도?"

가즈히라가 믿기지 않는 기분으로 물어보자 다케루는 쓴웃음을 지으며 대답했다.

"슬슬 우리 집에 도착할 무렵일지도 몰라."

"할머님은 그 이야기를……."

"아아, 유감스럽게도 알고 계셔. 새로 들어온 가정부 다도코로 스에가 경망스럽게 알려 줬거든. 그 사람은 소문을 듣고 퍼뜨리는 걸 좋아해서 솔직히 할 수만 있으면 잘라 버리고 싶지만, 말이 잘 통해서 할머니는 마음에 드시는 모양이라 그럴 수도 없어."

"고모와 숙부는 좀 싫어하지 않아?"

주제넘은 짓이라고 생각하면서도 가즈히라가 느낀 바를 솔직히 말했다.

다케루는 재미있다는 표정으로 대답했다.

"용케 알아차렸네. 할머니가 집을 떠나시면 다도코로는 직장을 잃어. 때문에 할머니를 쫓아내고 싶어 하는 고모와 숙부를 다도코로도 싫어하지. 가미나시 가문에 고용된 입장이지만, 다도코로의 고용주는 할머니 한 분뿐이니까 딱히 고모와 숙부의 안색을 살필 필요는 없어. 고모와 숙부는 다도코로의 그런 태도 또한 눈에 거슬릴 거야. 도박을 좋아하는 다도코로의 남편이 가끔 경찰 신세를 지는 것도 마음에 안 들 테고. 요컨대 두 사람은 다도코로가 우리 가문에 어울리는 인물이 아니라고 말하고 싶은 거겠지."

아무래도 다케루는 세 사람의 험악한 관계를 완전히 즐기는 듯했다.

"다만 다도코로에게도 짜증스러운 점이 있는데……."

"소문을 좋아하는 것 말고도?"

"왠지 모르지만, 아오히메가 히메카미성에서 가지고 나온 보물이 우리 집에 숨겨져 있다고 철석같이 믿고서 할머니로부터 그 장소를 알아내려고 한다니까."

"진짜로 있어?"

호기심이 발동해 가즈히라가 물어보자 다케루는 어처구니없다는 표정으로 대꾸했다.

"당연히 없지. 설령 있더라도 히메카미촌에 있을 테고. 먼 친척인 가미나시 가문에 숨겨져 있다니 아무리 생각해도 이상하잖아."

"그건 그래."

"노인과 아주머니가 독도 약도 되지 않는 잡담을 나눌 뿐이라면 별 상관없지만, 다도코로와 대화하는 건 사실 할머니에게 독일지도 모르니까 문제야."

"좀 의문스러운 게 있는데……."

가즈히라는 조심스러운 말투로 다케루에게 질문했다.

"내 느낌에 할머님은 일련의 일들을 꽤 무서워하시는 것 같아. 그런데 왜 니시이즈의 별장으로 옮겨 가시지 않는 거야?"

"할아버지 때문에 눈물깨나 흘리셨지만, 좋은 추억도 많아. 아무래도 그 추억들은 이 집에 담겨 있는 모양이고. 그래서 막상 떠날 결심이 안 서시는 것 같아."

다케루는 천장을 올려다보며 말을 이었다.

"내가 보기에 할아버지는 이기적이고 제멋대로인 사람이야. 하지만 할머니가 보시기에는 바람직한 면도 많았던 거겠지. 뭐, 부부의 속정을 남이 어떻게 알겠어?"

"이 일에 너희 아버지는……."

가즈히라가 다시 조심스레 묻자 다케루는 코웃음을 치더니, "메구미가 건널목에서 죽은 지 얼마 지나지 않아, 이 집에 살면 되는 일이 없다는 말을 남기고 나가 버렸어. 다른 지방에서 가정을 꾸린 모양인데, 자세한 사정은 몰라." 하고 완전히 남을 대하는 듯한 태도를 보였다.

이날 이후로 가즈히라는 가미나시 저택을 찾아가기가 약간 망설여졌다. 하지만 다케루가 변함없이 친밀하게 굴며 "괜찮으면 가끔은 할머니 말 상대도 좀 해 드려." 하고 부탁하자, 야멸차게 거절할 수가 없었다. 도시코가 손자의 학교생활을 듣고 싶어 한다는 걸 아는 만큼 더욱 그랬다. 존 딕슨 카의 작품도 빌리고 싶었다.

그래도 그 후로는 도시코가 무서운 이야기를 별로 하지 않아서 다행이었다. 설령 무서운 이야기를 꺼내려 해도 가즈히라가 얼른 다케루에 관한 일화를 들려주면 그쪽으로 흥미를 돌리기에 가즈히라로서도 대처할 만했다.

그러던 늦가을 어느 날의 저녁녘, 가즈히라는《죽은 자는 다시 깨어난다》를 빌려서 다케루의 방을 나섰다. 이즈음 가즈히라는 가미나시 저택에 자유롭게 드나들었다. 다케루도 굳이 현관까지 배웅하지 않고 방에서 "내일 보자." 하고 인사하는 게 끝이었다.

1층 현관홀로 내려가자, 마치 기다리고 있었다는 듯 서관의 복도 모퉁이에서 휠체어를 탄 가즈요가 고개를 내밀더니 예전과 비슷한 말을 했다.

"목은 괜찮니?"

"아, 네. 아무렇지도 않은데요."

평소 같으면 진지하게 대꾸할 생각이 안 들겠지만, 이 집에서는 당연하게 느껴지니까 신기하다.

"우리 집과 엮이지 않는 게 제일 좋은 방법이야."

가즈요는 저번과 비슷한 소리를 한 후, 말을 이었다.

"하지만 전혀 영향을 받지 않는 사람도 있나 보더라고."

"……그런가요."

"……너도 어쩌면……."

"……감사합니다."

스스로도 이유는 몰랐지만 가즈히라는 감사를 표했다.

"괜찮으면 다음에는 내 방에도 놀러 와."

"엇……."

초대받았다고 늦게나마 이해했을 때, 가즈요는 이미 사라지고 없었다. 늘 인상이 어둡던 가즈요가 두 뺨을 살짝 붉힌 듯이 보인 건 기분 탓일까.

……여자 방에 초대받았다.

가즈히라는 얼떨떨한 기분으로 저택 북쪽 면의 한가운데에 있는 현관문을 열고 밖으로 나왔다. 그러자 눈이 시릴 만큼 진한 주홍색으로 물든 석양이 서쪽 대문 너머에서 비쳐 들어 가즈히라는 무심코 왼손을 들어 눈 위를 가렸다.

일몰을 앞둔 낙조는 주홍색에서 적갈색으로, 적갈색에서 어둡게 그늘진 붉은색으로 시시각각 색깔이 변했다.

빨리 돌아가지 않으면 순식간에 날이 저문다.

가즈히라가 부랴부랴 걸음을 옮기려 했을 때, 대문 바로 밖에 **사람 같은 형체**가 보였다.

……손님이 왔나?

가미나시 저택에 손님이라니 별일이다 싶었지만, 뭔가 이상하다고 직감했다. 사람 같은 그 형체는 대문 밖에 우두커니 서 있을 뿐, 들어오려는 낌새가 전혀 없었다.

아니, 그뿐만이 아니었다.

애당초 왜 사람이 아니라 사람 같은 형체라고 느꼈을까. 강렬한 석양 너머로 그것을 바라보는 동안 이유가 명백해졌다.

……머리가 없다.

대문 밖에 있는 사람 같은 형체에는 머리 부분이 없었다.

뉘엿뉘엿 넘어가는 햇살이 강해서 확실히 보이지는 않았지만, 그것은 흰색 바탕에 빨간 물방울무늬가 들어간 원피스와 새빨간 구두 차림이었다. 짧은 옷소매에서 나와 있어야 할 두 팔도, 머리와 마찬가지로 없었다. 다만 가슴은 몹시 컸다. 두 다리는 붙어 있었지만, 그것도 어쩐지 이상했다.

닭 같은…….

그런 비유가 문득 머릿속에 떠올랐다. 왜 그렇게 느꼈을까. 빤히 바라보면 조만간 답이 나올 것만 같았다.

머리와 두 팔이 없고, 가슴이 크며, 닭 같은 다리를 가진 여자.

하지만 그 사람 같은 형체의 모습을 머릿속에 구체적으로 그려 보자 덜컥 겁이 났다. 상대가 사람이 아니라는 것을 깨달은 순간 참을 수 없이 무서워졌다.

그런데도 몸은 옴짝달싹하지 않았다. 목소리도 나오지 않았다. 이래서는 도망도 못 치고, 도움도 요청할 수 없다.

절망스러운 나머지 가즈히라는 눈물이 날 것 같았다.

또각, 또각, 또각.

머리 없는 여자가 갑자기 걸음을 옮겼다. 그것도 대문을 지나 가즈히라에게 다가왔다.

으아악!

가즈히라는 속으로 비명을 지르며 몸을 휙 돌려 뛰었다. 저것의 갑작스러운 행동을 보고 몸이 저절로 반응한 모양이었다.

또각, 또각, 또각.

가즈히라가 느닷없이 달려오는 소름 끼치는 발소리에 쫓기며 저택 동관을 지나치자 저 멀리까지 펼쳐지는 깊은 숲이 가까워졌다.

숲으로 도망쳐 숨을까.

하지만 지금까지 숲속을 안내받은 적이 없었다. 게다가 숲속에는 아오쿠비 님과 쿠비나시의 사당이 있지 않은가. 아무리 생각해도 가즈히라에게는 불리하고 머리 없는 여자에게는 유리한 장소 같았다.

숲은 안 돼!

즉시 오른쪽으로 몸을 틀어서, 저택의 짧은 동쪽 면을 달려 저택 뒤쪽으로 돌아갔다.

여기에 이르러서야 가즈히라는 왜 현관문으로 저택에 들어가지 않았을까 후회했지만 이미 늦었다. 이제는 저택 서관의 가장자리에 있는 다케루의 방 아래까지 죽어라 뛰는 수밖에 없었다.

"……다케루."

창문 밑에 도착해서 불렀지만 숨이 차서 목소리가 제대로 나오지 않았다. 그래도 기척을 느꼈는지 창문으로 다케루가 고개를 쑥 내밀었다.

"……거기서 뭐 해?"

"대, 대문 밖에……."

가즈히라는 설명하다 말고 흠칫하며 저택 뒤쪽 전체를 둘러보았다. 하지만 아무리 찾아봐도 머리 없는 여자의 모습은 눈에 띄지 않았다. 애당초 그것은 어디까지 쫓아왔던 걸까. 도망치느라 바빠서 신경을 못 썼다.

설마…….

그것의 목표는 내가 아니라 숲속의 사당 아니었을까. 나를 노린다는 생각에 도망쳤지만, 착각이었을지도 모른다.

가즈히라가 아무 말도 없이 그 자리에 우두커니 서 있자, "아무튼 올라와." 하고 다케루가 손짓하길래 친구의 방으로 되돌아가기로 했다.

"무슨 일인데 그래?"

다케루의 재촉에, 대문 밖에 서 있는 사람 같은 형체를 보고 도망친 이야기를 들려줬다.

"에이, 말이 되는 소리를 해라."

다케루는 핀잔을 주었다.

"그런 이야기를 할머니께 들은 탓에 환각을 본 거야."

"아니, 할머니께 그 이야기를 들은 지는 꽤 됐어. 그 후로는 되도록 화제에 오르지 않도록 주의했는데……."

"하지만 네 성격상 계속 마음에 담아 두고는 있었겠지. 아니야?"

"뭐, 그렇지만……."

그렇게 나오자 가즈히라도 너무 강하게 부정할 수는 없었다. 결국 이번 일은 가즈히라가 환각을 본 것으로 마무리됐다. 하지만 할머니에게는 이번 일을 일절 언급하지 말라고 다케루가 부탁했다. 도시코에게는 환각으로 끝나지 않을 것이기 때문이었다.

물론 가즈히라는 약속을 지키려 했지만, 다음번에 만났을 때 가즈히라의 미묘한 태도를 눈치챈 도시코에게 결국 전부 다 털어놓고 말았다.

가즈히라가 솔직하게 말하고 사과하자, "할머니가 너 보다 두 수는 위일 테니까." 하며 다케루는 화내지 않고 쓴웃음만 지었다.

그래도 이 정도로 끝났다면 다행이었을 것이다. 하지만 며칠 후, 이번에는 가정부 다도코로 스에가 머리 없는 여자와 마주쳤다.

3

그날 해 질 녘, 다도코로 스에는 일을 마치고 퇴근하려 했다. 도시코에게 머리 없는 여자 이야기, 안리 가즈히라의 체험담을 듣고 벌벌 떨었지만, 한편으로는 그 이야기가 자신의 믿음을 증명해 주는 것 같기도 해서 뭐라 형용할 수 없이 복잡한 기분이었다.

이 집에는 분명 아오히메 님의 보물이 숨겨져 있다.

머리 없는 여자는 그 보물을 찾으러 나타난 것이 틀림없다.

그래서 **그것**은 가미나시 가문에 다가오고 있는 것이다.

스에는 그렇게 해석했지만, 다케루는 전혀 상대해 주지 않았고, 야스코와 가쓰야는 군식구 주제에 스에를 바보 취급했다. 가즈요는 흥미를 보였지만, 스에로서는 한편에 끼워 줄 마음이 없었다.

문제는 도시코였다. "만약 찾아내면 스에 씨에게 줄게요." 하고 말한 것을 보건대 분명 믿지 않는 것이리라.

가문의 마나님께서 준다고 하셨으니까…….

스에는 전혀 거리낄 것 없다 싶었지만, 도시코만큼은 자신을 대우해 준다. 발견한 보물을 아무 말도 없이 꿀꺽하면 아무래도 양심에 켕길 듯했다.

역시 일단은 보고하고…….

그렇듯 아직 찾지도 못한 보물을 챙길 상상을 하며 스에가 밖으로 나왔을 때였다.

대문 방향에서 또각, 또각, 또각……, 하고 걸어오는 **그것**의 모습이 눈에 들어와 스에는 굳어 버렸다. 가즈히라와 마찬가지로 옴짝달싹할 수 없었다.

머리 없는 여자였다.

머리 없는 여자가 흉흉하리만치 적동색으로 물든 석양을 등지고 이쪽으로 다가왔다. 도시코에게 들은 이야기를 믿었다고는 하나, 이렇게 눈앞에 나타나자 설마……, 싶은 기분이 앞섰다.

하지만 빨간 물방울무늬 원피스와 새빨간 구두 차림에, 머리와 두 팔이 없는 가슴 큰 여자가 분명히 걸어오고 있었다. 대문에서 현관까지 이어지는 길을 절반쯤 지났다.

어쩌면 그대로 그냥 앞을 지나쳐 갈지도 모른다. 하지만 스에는 자신도 모르게 소리를 지르고 말았다.

"허어억."

그 순간 머리 없는 여자가 걸음을 멈추더니, 머리와 두 팔이 없는 풍만한 몸뚱이를 스에 쪽으로 휙 돌렸다. 마치 그제야 스에가 있다는 것을 알아차렸다는 듯이.

또각, 또각, 또각…….

스에 눈에는 그것이 자신을 향해 종종걸음 치는 것처럼 보였다.

"……아, 안 돼에에에."

비명과 함께 스에는 현관문을 열고 안으로 뛰어들었다. 문을 닫자마자 자물쇠를 잠그고, 등을 문짝에 밀착시킨 채 두 손으로 문고리를 꽉 잡았다.

……또각 ……또각.

문 너머로 머리 없는 여자가 현관 앞 포석을 디디는 소리가 들렸다.

……또각.

그리고 갑자기 발소리가 멎었다.

문 앞에 가만히 서서 실내의 동태를 살피고 있다. 문 한 짝을 사이에 두고 스에의 기척을 찾고 있다. 그런 기분이 들었기에 스에는 숨을 죽인 채 조용히 있었다.

냉기가 쫘악 스며들듯 등골이 싸늘해졌다. 문이 사이에 있다지만 머리 없는 여자가 노려본다고 생각하자 살아 있는 기분이 아니었다. 이러다 여자가 문밖에서 보이지 않는 양손을 찰거머리같이 뻗어서……, 그런 망상에 사로잡혔다.

애당초 두 팔이 없는데 무슨 말도 안 되는 소리냐고 아무리 생각해도 헛수고였다. 존재하지 않으니까 문은 문제가 되지 않는다는 식으로 망상이 더 심해졌다. 결국은 등을 문짝에 밀착시키고 있기가 무서워졌다. 한시라도 빨리 여기를 벗어나 도시코의 방에 몸을 숨기고 싶었다. 진심으로 그러고 싶건만 또 몸이 꼼짝도 하지 않았다.

……딸랑.

갑자기 머리 위에서 초인종이 울려서 스에는 비명을 질렀다.

"왜, 왜 그러세요?"

문 너머에서 놀란 듯한 목소리가 들렸다.

"괜찮으세요?"

안리 가즈히라의 목소리임을 알아차린 순간, 스에는 부리나케 문을 열었다.

"……그, 그건?"

"앗, 어떤 거요?"

당혹스러워하는 가즈히라에게 머리 없는 여자가 나타났다는 사실을 알리자, 가즈히라의 안색이 싹 달라졌다.

"야, 거기서 뭐 해?"

그때 계단 위에서 다케루가 고개를 내밀었다. 오늘 저녁은 책만 빌려주기로 가즈히라와 약속했으므로, 슬슬 올 때가 되지 않았나 싶어서 나와 봤다고 했다.

스에뿐만 아니라 가즈히라도 정말로 머리 없는 여자를 봤다고 소리 높여 호소하고 있는데, 웬일로 가쓰야가 귀가했다. 평소에는 늦은 밤 또는 이른 오후에 들어온다. 평범한 직장인처럼 저녁녘에 들어오는 일은 잘 없다.

"현관 앞에서 웬 소란이야?"

집이 걱정되거나 호기심에서 물어봤다기보다, 귀가를 방해받은 것 같아서 기분이 상한 모양이었다.

스에는 야스코와 가쓰야를 싫어하므로 아무 대꾸도 하지 않았다. 가즈히라도 친한 사이는 아니기에 잠자코 있었다. 어쩔 수 없이 다케루가 설명하자, "또 그딴 소리야?" 하고 가쓰야는 내뱉듯이 한마디 하더니, 1층 복도를 걸어 동관으로 향했다.

그런 그와 교대하듯 서관 쪽 복도에서 가즈요가 나타났다. 소란이 난 것을 알면서 지금까지 숨어 있었는지도 모른다. 분명 어머니 야스코는 방에 있겠지만, 나오려는 낌새는 전혀 없었다.

스에는 현관홀에서 빌릴 책을 받은 가즈히라와 함께 저택을 나섰다. 후로가오카 언덕을 내려가서 건널목을 건널 때까지 결코 가즈히라 곁을 떠나지 않았다.

이러한 체험담을 스에는 다음 날 도시코에게 들려주었다. 다케루는 도시코에게 들은 그 이야기를 고스란히 가즈히라에게 전달했다. 하기야 일의 뒷부분에는 가즈히라와 다케루도 관여했으므로, 두 사람이 흥미를 보인 것은 오직 머리 없는 여자가 나타났다는 대목뿐이었다.

스에가 그 일을 겪은 지 나흘 후 저녁에야 두 사람은 다케루의 방에서 '사건'에 대해 의견을 나누었다. 좀 더 일찍 검토하고 싶었지만, 가즈히라와 달리 다케루는 여러모로 바쁘기에 어쩔 수 없었다.

"나뿐만 아니라 가정부 아주머니도 머리 없는 여자를 봤으니, 환각이 아니라고 증명된 셈이야." 일단 가즈히라가 그렇게 주장하자, "존 딕슨 카의 작품을 읽는 걸 주저할 만큼 겁많은 중학생과 지벌과 저주를 믿는 아주머니의 체험인걸." 하고 다케루가 대놓고 난색을 보였다.

"그건 그렇지만 목격자가 두 명이나 나온 건……."

가즈히라는 반론하다 말고 도시코가 어떻게 반응했을지 마음에 걸렸다. 아니, 오히려 제일 먼저 도시코를 걱정해야 마땅하다고 반성하고서 물어보았다.

"저기, 할머님은……."

"너뿐만 아니라 다도코로도 목격한 셈이라 제법 진지하게 받아들이기는 하셨어. 하지만 직접 보신 건 아니니까. 그런 점에서는 할머니도 아주 완고하달까, 신중하시거든."

"그렇구나."

"하지만 예전보다 좀 더 꼼꼼하게 문단속을 하시지. 집 열쇠는 할머니만 가지고 계셔. 숙부처럼 밤늦게 들어올 때는 누가 문을 열어 줘야 하니까, 그건 가즈요의 역할이지만, 너무 불편해서 고모랑 숙부는 여벌 열쇠를 만들고 싶어 했어. 하지만 할머니는 결코 허락하지 않으셨어. 그리고 이번 일로 문단속에 더 철저해지셨지."

"……머리 없는 여자가 침입할지도 모르니까?"

"다도코로가 현관문 너머로 느낀 그것의 기척이 얼마나 섬뜩했는지 할머니께 끈덕지게 설명한 모양이야."

"……알 것 같아."

무심코 고개를 끄덕인 가즈히라의 태도에서 뭔가 느꼈는지 다케루가 미심쩍은 표정으로 물었다.

"뭘?"

"머리 없는 여자의 기이함이랄까, 부자연스러움이랄까, 비정상성 같은 것……, 말이야."

"그야 머리와 두 팔이 없으니까 당연하겠지."

바로 다케루가 놀렸지만 가즈히라의 표정을 보고 사과했다.

"아니, 미안해."

"그것이 뿜어냈던 정체 모를 감각은 실제로 보지 않으면 실감할 수 없을 테니 괜찮아."

"그렇게 무섭고 찜찜했어?"

"잘 설명은 못 하겠지만, 각자 다른 두 사람에게 뭐라 표현할 수 없는 충격을 줄 만큼 존재감이 있었다……, 는 거지."

"그렇다면 반대로 어떤 가능성이 커지는걸."

의미심장한 다케루의 말투에 가즈히라는 당황해서 물었다.

"가능성이라니, 그건 또 무슨 소리야?"

"물론 인위적인 현상일 가능성이지."

"그게 사람의 짓이라는 거야?"

"야, 보통은 그것부터 따져 보지 않겠어?"

가즈히라는 놀랐지만, 당연하다는 듯한 다케루의 반응에 수긍한 건 명백한 동기를 가진 사람들이 있었기 때문이다.

"이 집에서 할머님을 쫓아내기 위해서인가."

"네가 꿰뚫어 본 대로, 엄연한 동기가 존재하니까 말이지."

"하지만……."

가즈히라는 고개를 크게 갸우뚱하며 말했다.

"너희 고모는 한 번밖에 못 봤지만 깡말랐고 키가 컸어. 머리 없는 여자로 변장하기는 무리일걸. 삼촌도 중간 키에 중간 몸집이잖아. 아무리 생각해도 머리 없는 여자 행세는 못 해."

"고모에게는 가즈요가 있어."

터무니없는 다케루의 말에 가즈히라는 어안이 벙벙한 표정으로 대답했다.

"……가, 가즈요 씨한테는 불가능하잖아."

"넌 머리 없는 여자의 두 다리를 보고 닭 같다고 느꼈어."

"그건 그런데……."

"내내 휠체어 생활을 했던 가즈요라면 분명 다리가 아주 가늘어졌겠지. 마치 닭처럼 말이야."

"아니지, 그 이전에 서서 걸을 수가 없는걸."

가즈히라가 무심코 강하게 부정했지만, 다케루는 말을 받아주지 않고 오히려 질문했다.

"머리 없는 여자는 왜 저녁녘에 출몰할까?"

"벌건 대낮에 출몰하는 요괴나 귀신은 보통 없으니까."

"하지만 네가 말하는 요괴나 귀신은 그야말로 보통 밤에 출몰하잖아."

당연한 지적에 가즈히라가 아무 대꾸도 못 하자, 다케루가 말을 이었다.

"대낮은 밝고 밤에는 가로등이 켜지니까 뒤에서 지탱하는 사람이 보일 우려가 있어. 하지만 저녁녘이라면 역광으로 강하게 비치는 석양이 시야를 방해하지."

"머리 없는 여자로 변장한 가즈요 씨를 고모가 뒤에서 지탱하고 있었다……."

"가즈요는 나이에 비해 성숙하지 않고, 몸집도 그리 크지 않아. 어른용, 그것도 풍만한 여성이 입을 만한 원피스를 뒤집어쓰고 머리를 꺼내지 않으면, 자연스레 두 팔도 옷 속에 들어간 상태가 되지. 두 다리에 장애도 있으니 머리 없는 여자로 변장하기 수월해."

가즈히라는 수긍할 뻔했지만 허둥지둥 고개를 저었다.

"아무리 역광이 비친들, 키가 큰 고모가 가즈요 씨 뒤에 숨기는 힘들 텐데."

"물론 쪼그려 앉아 있었겠지."

"그렇더라도……."

당시의 체험을 떠올리자 가즈히라는 위팔에 소름이 쭉 끼쳤다.

"구두 소리를 내면서 걷기는 아주 어려울 거야. 하물며 뛰어오다니 절대로 불가능해."

"그렇군."

뜻밖에도 다케루는 가즈히라의 반론을 순순히 받아들인 후 다른 의견을 꺼냈다.

"그럼 흑막은 숙부인가."

"숙부가 가즈요 씨와 짰다는 거야?"

"이 집에서 할머니를 쫓아내고 싶다는 동기 측면에서 고모와 숙부는 이해관계가 일치해. 목적을 위해 손을 잡았다고 볼 수도 있겠지만, 역시 아니겠지. 설령 숙부가 먼저 손을 내밀었더라도 고모가 그 손을 잡을 것 같지는 않아. 무엇보다 계획에 성공하더라도, 그때부터 옥신각신 싸우리라는 걸 둘 다 잘 알고 있어. 서로 상대를 신용하지 않는 것도 분명 똑같을 테니까."

"즉, 숙부가 머리 없는 여자로 꼼수를 부리기는 고모보다 더 힘들다는……."

"숙부에게 다른 협력자가 없었을 경우에는 그렇겠지."

"다른 협력자라니?"

전혀 예상치 못한 말이었기에 가즈히라는 고개를 갸웃했다.

"역 앞의 오카베 복덕방 말이야."

"엇……."

"그게 생업인 이상, 가미나시 저택에 눈독을 들여도 이상할 것 없어. 더구나 숙부는 이 집을 팔고 싶어 하지. 고모와 달리 두 사람은 이해관계가 완전히 일치하는 셈이야."

"하지만 머리 없는 여자는……."

"오카베 복덕방에는 아사코라는 여중생이 있어."

"설마 자기 딸을 끌어들여서……."

"만약 복덕방이 어려운 처지인데 아버지가 협력을 부탁한다면, 딸로서는 받아들이지 않을 수 없겠지."

"……그런가. 하지만 건널목에서 사고를 당해서 발목을 삐었다면서."

"언제 적 이야기를 하는 거야? 벌써 다 나았겠지."

그렇게 말하면서도 다케루는 신중을 기했다.

"하지만 키가 작아야 할 테니, 확인할 필요가 있어."

"오카베 복덕방을 감시하려고?"

"아버지 가게에 온다는 보장은 없지. 하교하는 모습을 훔쳐보는 게 빠를 거야."

"걔 얼굴은 알아?"

"그야 모르지. 아사코와 같은 국민학교를 다닌 녀석을 찾아서 졸업 앨범이라도 빌리는 수밖에."

다케루는 재빨리 행동에 나섰다. 졸업 앨범을 입수해 가즈히라에게도 오카베 아사코의 얼굴을 보여 주고, 그날 방과 후에 바로 아사코가 다니는 중학교를 찾아가기로 했다. 종례니 뭐니 다 기다렸다가는 아사코가 먼저 집에 가 버릴 수도 있으므로, 마지막 수업이 끝나자마자 두 사람은 서둘러 학교를 빠져나왔다.

다행히도 아사코가 다니는 학교 교문이 보이는 곳에 공터가 있었다. 거기서 기다리기로 했지만 바로 문제가 발생했다.

거기 서 있는 것만으로도 가미나시 다케루가 눈에 확 띄기 때문이었다.

일단 장을 보고 돌아가는 듯한 주부들의 시선을 끌었다. 이어서 국민학교 여학생들이 몰려와 새된 목소리로 떠들어 댔다. 다케루는 위장이 될 거라 생각했는지 애들과 놀아 주었지만, 오히려 하교하는 여중생들의 주목을 받았다.

어쨌거나 가즈히라는 부끄러워서 못 견딜 지경이었다. 하지만 결과적으로 그러길 잘했다는 것을 알게 됐다.

여자애들과 노는 데 푹 빠져 있던 다케루가 갑자기, "봐, 재야." 하고 알려 주길래 가즈히라가 시선을 돌리자, 교문에서 조금 떨어진 곳에서 오카베 아사코가 친구와 함께 이쪽을 보고 있었다.

"어때?"

다케루가 묻길래 가즈히라가 고개를 살짝 끄덕였다. 다음 순간, "자, 오늘은 이걸로 끝." 하며 놀이를 그만두자 여자애들이 또 새된 목소리로 소리를 질렀다. "내일은?", "또 와요?", "어디 살아요?", "이 중학교 아니죠?", "교복이 달라.", "하지만 어울려." 등등 몹시 시끄럽게 굴었다.

다케루는 대답을 슬쩍 얼버무리고, 가즈히라를 재촉해 그 자리를 떠났다. 재빨리 왔다가 재빨리 돌아간다.

"재 아니야?"

"키는 비슷해. 살집도 있고. 재가 어른용 원피스를 뒤집어쓰고 머리와 두 팔을 옷 속에 감추면 딱 머리 없는 여자만 한 키일지도 몰라."

두 사람은 걸으면서 이야기를 나누었다.

"그럼 뭐가 다른데?"

"무엇보다도 다리지."

가즈히라의 대답에 다케루는 입을 다물었다.

"머리 없는 여자의 다리도 흘끗 본 게 전부지만 분명 뭔가가, 어딘가가 이상했어."

"닭 같았다던……, 그 느낌?"

"응. 그 기묘한 느낌이 걔의 다리에는 없어."

"실은 이만하면 기발한 추리라고 자신했었는데."

다케루가 낙담한 표정을 감추지 못하길래 조금 딱하기는 했지만, 이것만큼은 인상이 달랐기 때문에 어쩔 수 없다.

"이제 용의자도 없나."

그렇게 말하면서도 골똘히 생각하는 다케루를 보고 가즈히라는 어떻게든 친구를 도와주고 싶었지만, 한심하게도 머릿속은 백지장이나 마찬가지였다.

"……앗, 맹점이었을지도 모르겠군."

잠시 후 다케루가 불쑥 중얼거렸다.

"머리 없는 여자의 정체를 알아냈어?"

"……다도코로 스에."

"그게 무슨……."

가즈히라는 저도 모르게 멈춰 섰다.

"아주머니도 머리 없는 여자를 목격했잖아."

"그래서 다들 감쪽같이 속은 거야. 의도적으로 목격자를 바꾸더라도, 반복해서 머리 없는 여자로 변장해서 나타나면 정체를 간파당할 위험성이 늘어나. 하지만 처음에만 변장해서 나타나고, 두 번째는 범인 본인이 목격자 행세를 하면 그럴 위험성도 피할 수 있겠지."

"다리는 어쩌고?"

"다도코로의 흰 다리면 그 점도 해결되지 않을까?"

"하지만 다리가 굵으니까……."

가즈히라는 다도코로 스에가 머리 없는 여자로 변장한 모습을 상상해 보다가 번쩍 생각이 떠올라 반론에 나섰다.

"아니, 역시 용의자에 해당하지 않아."

"어째서?"

"아주머니에게는 동기가 없어. 할머님을 위협해 집에서 쫓아내면, 가정부를 그만둬야 하잖아."

"나도 그 생각은 했어."

"그렇다면……."

다케루는 씩 웃으며 말을 꺼냈다.

"그 소중한 일자리와 바꿔서라도 가지고 싶은 물건이 있다면? 일자리를 잃어도 충분한 이득을 얻을 만큼 가치 있는 물건을 손에 넣기 위해서였다면?"

"……아오히메 님의 보물 말이야?"

말을 마치자마자 가즈히라는 어처구니가 없어져서 툴툴거렸다.

"아무리 그래도 그건……."

"무슨 일이든 믿는 사람에게는 현실인 법이지."

"할머니를 위협하는 행동으로 어떻게 보물을 손에 넣는데?"

핵심을 찌르는 질문을 던지자, 다케루는 별것 아니라는 듯 대답했다.

"머리 없는 여자가 아오히메의 보물을 노리고 있다고 다도코로는 철석같이 믿는지도 몰라. 그렇다면 요괴에게 도둑맞기 전에 할머니가 숨겨 둔 곳에서 보물을 꺼내지 않을까. 가미나시 가문을 떠날 때 분명 보물도 가져가지 않을까. 분명 그렇게 생각하고 행동에 나선 거겠지."

"……가정부 아주머니의 광적인 믿음을 전제로 한다면 일단 말은 되네.”

가즈히라가 한 발짝 양보하자 다케루는 말했다.

“지금 서둘러 집에 돌아가면 다도코로가 퇴근하기 전에 붙잡을 수 있을지도 몰라.”

두 사람은 달렸다. 이날 저녁녘만 해도 꽤 먼 거리를 이동한 셈이다.

그들이 거친 숨을 몰아쉬며 후로가오카 언덕 아래에 도착했을 때, 마침 다도코로 스에가 언덕길을 내려오는 모습이 보였다. 다케루가 스에를 불러 세우기 전에, 가즈히라는 전신주 뒤편에 숨었다. 그리고 바깥쪽으로 휜 스에의 두 다리를 유심히 훔쳐보았다.

상대가 동급생이나 선배뻘 되는 여자였다면 분명 가즈히라도 가슴이 두근두근했으리라. 하지만 상대는 나이 많은 아주머니다. 진지하게 관찰하는 동안 자기혐오와도 비슷한 감정이 느껴졌다.

다케루와 헤어진 스에가 완전히 시야에서 사라질 때까지 기다렸다가 가즈히라는 전신주 뒤편에서 나왔다.

“어땠어?”

기대감 담긴 질문이 날아들었다.

“……솔직히 잘 모르겠어.”

가즈히라가 정직하게 말하자 다케루는 낙담한 눈치였다.

"키는 머리 없는 여자와 비슷하지만, 두 다리에서 기괴함이 느껴졌던 게 과연 다리가 바깥으로 휜 탓인지는……."

"확실치 않다?"

"……훨씬 가늘었던 것 같아."

이렇게 되면 그것이 다시 출몰하기를 기다렸다가 붙잡는 수밖에 없겠다고 두 사람은 의견을 모았다.

하지만 사건은 여기서부터 전혀 예상치도 못한 전개를 보인다.

다음 날은 토요일이라 오전 수업만 했다. 그래서 가즈히라는 집에서 점심을 먹은 후 가미나시 저택에 놀러 갔다. 주말이라 여유가 있을 때는 도시코와 이야기를 나누는 시간도 길어진다. 다케루는 자유롭게 동석하거나 하지 않기도 했다.

이날 집으로 돌아갈 때 가즈히라는 드디어 존 딕슨 카의 《세 개의 관》을 빌렸다. 왜 '드디어'냐면 이 책에는 유명한 '밀실 강의' 장이 있는데, 거기서 밀실 범죄를 다룬 탐정소설의 트릭 몇 가지를 거침없이 밝히기 때문이다. 즉, 이 책을 펼치기 전에 해당하는 작품을 미리 읽어 둘 필요가 있다. 따라서 가즈히라는 최근 《세 개의 관》을 읽기 위한 준비에 몰두했다. 준비가 끝났기에 드디어 책을 빌린 것이다.

가즈히라는 가미나시 저택의 대문을 나서자마자 책을 펼쳤다. 물론 정독하는 것은 아니고, 잠깐 훑어볼 생각이었다. 하지만 점차 걸음이 느려져서 후로가오카 언덕을 내려가는 도중에 거의 멈춰 섰다.

으으아아아악.

그때 갑자기 으스스하게 울부짖는 소리가 위에서 들려왔다. 새빨간 석양이 비치는 가운데 머리 없는 여자가 절규하며 달려 내려오는 모습이 퍼뜩 머릿속에 떠올랐다.

가즈히라가 허둥지둥 돌아보자 정말로 머리 없는 여자 같은 형체가 눈에 들어와서 깜짝 놀랐다. 그것은 무시무시한 기세로 다가왔다.

재빨리 달아나려다가 그것이 뭔가 말하고 있음을 알아차리고 간신히 참았다. 무슨 말인지 궁금하다는 호기심이 앞섰다.

"……모, 목……졸려서……무서워……나왔어……그런데, 없어……공중에……끌려가서……목을……그것에게……까끌까끌……주, 죽이려고……따끔……아파……괴로워……하지만 모습이……없어……무서워……목 졸려서……역시……있었어……그래서 목을……두려워…………지벌………목……무, 무서워……."

가즈히라의 눈앞에서 정신이 나간 것처럼 말을 늘어놓는 그 사람은 다도코로 스에였다. 스에는 가즈히라를 보고 한순간 매달릴 것처럼 다가왔지만, 결국 그대로 달려갔다.

"……모, 모, 목이."

마지막으로 그렇게 외치는 소리가 들렸다.

가즈히라는 서둘러 가미나시 저택으로 돌아가 다도코로 스에의 모습을 본 그대로 다케루에게 설명했다. 그러자 "잠깐 같이 가자." 하고 다케루는 가즈히라를 저택 동쪽에 펼쳐진 숲으로 데려갔다.

"여기에 들어가자고?"

이미 날이 완전히 저물었다. 아무리 친구와 함께라도 깊은 숲속에 발을 들여놓기는 꺼려졌다.

"다도코로가 머리 없는 여자를 처음 봤을 때……."

하지만 다케루는 개의치 않고 점점 숲 안쪽으로 들어갔다.

"만약 비명을 지르지 않았다면 머리 없는 여자는 어디로 갔을까? 아니, 정확한 표현이 아니로군. 자신의 존재를 알아차리지 못했다면 다도코로는 머리 없는 여자가 어디로 갔을 거라고 생각했을까?"

"이 숲이라는 뜻?"

그렇게 되물은 후, 가즈히라는 문제의 해답을 알아냈다.

"아오쿠비 님과 쿠비나시를 모신 사당이야."

"응, 분명 그럴 거야. 그리고 다도코로는 그 사당 속에 아오히메의 보물이 있다고 짐작한 것 아닐까."

그때 두 사람 눈앞에 거목이 쑥 나타났다. 다케루가 나무 뒤편으로 돌아가자, 지붕처럼 뻗어 있는 굵은 나뭇가지들 밑에 작은 사당이 있었다. 사당 앞에는 꽤 길쭉한 금줄이, 마치 똬리를 튼 뱀 같은 형태로 무참하게 버려져 있었다.
“아주머니가 사당에서 벗겨 낸 건가.”
“사당 안을 확인해 보려고 그랬겠지.”
다케루가 쌍바라지로 된 격자문을 열길래 가즈히라는 당황했다.
“야, 그래도 돼?”
하지만 다케루는 이미 사당 속에 얼굴을 들이민 후였다. 천벌받을 행동처럼 느껴져서 가즈히라는 안절부절못했다.
“……아무것도 없네.”
“아주머니는 ‘역시……, 있었어…….’라고 했는데.”
“그래서 목을 졸렸다고 다도코로는 생각한 거로군.”
“그렇지만 ‘그런데, 없어…….’라는 둥 ‘모습이……, 없어…….’라는 둥 그런 말도 했어.”
“상대는 요괴니까.”
다케루의 입에서 그런 말이 나올 줄은 몰랐지만, 얼마나 진심인지는 알 수 없었다.
“결국 보물은…….”
“설령 있었더라도 다도코로가 가지고 달아났다기보다, 머리 없는 여자가 탈환했다고 보는 편이 자연스럽겠지.”
이날 이후로 다도코로 스에는 가미나시 가의 가정부를 그만둔다. 정확하게는 출근을 거부했다고 해야 할까. 도시코가 몸소 스에의 집까지 찾아갔지만, 스에는 돌아오지 않았다.

"고모와 숙부가 자기들 입맛에 맞는 가정부를 고용하기 전에, 좋은 사람을 찾아야 해."

웬일로 다케루가 조바심을 내길래 가즈히라도 가정부 찾기를 도와주려고 마음먹었지만, 이 문제는 어이없이 해결된다.

도시코가 니시이즈의 별장에 가겠다고 했기 때문이다.

아무래도 스에의 집에 찾아갔을 때 이런저런 말을 들은 모양이다. 물론 머리 없는 여자에게 살해당할 뻔한 이야기였으리라. 그래서 도시코도 마침내 결심이 선 듯했다.

"그 저택은 어떻게 되는데?"

다케루도 할머니와 함께 니시이즈로 간다길래, 가즈히라는 말로 다 표현할 수 없을 만큼 아쉬운 심정을 맛보았다. 하지만 정작 입에서 나온 것은 그런 질문이었다.

"글쎄."

하지만 다케루는 그다지 흥미가 없는 듯했다. 그보다는 니시이즈에서 맞이할 새로운 생활이 더 걱정되는 것이리라.

"……너 같은 친구는 두 번 다시 못 만날 거야."

가즈히라는 다케루와 헤어지기 직전에야 겨우 본심을 전했다.

"지금까지 고마웠어."

다케루와 도시코가 이사 가고 며칠 후, 가즈히라의 집에 골판지 상자가 배달됐다. 상자를 열어 보자, 다케루가 소장 중이었던 존 딕슨 카의 전 작품이 깔끔하게 포장된 상태로 들어 있었다. 가즈히라는 가슴이 뭉클했다.

4

장마철이 지나 단숨에 햇살이 강해진 계절의 어느 날 저녁, 도쇼 아이는 무묘대학교 도서관 지하에 있는 괴이 민속학 연구실 문 앞에 서 있었다.

찌는 듯이 더운 바깥에 비하면 도서관 1층은 시원하다. 하지만 지하로 내려가면 그 기분 좋은 감각이 묘한 선뜩함으로 바뀐다. 그리고 괴민연 앞까지 오자 한기까지 느껴질 정도였다.

정말이지 왜 내가…….

장마철에 어릴 적 체험을 들려준 후로 괴민연에는 발을 들여놓지 않았다. 덴큐 마히토와도 만난 적이 없었다. 할머니에게 부탁받은 일을 완수했으니 자신의 역할은 끝났다고 생각했다.

그런데 도조 겐야가 보낸 감사장에는 감사의 말과 함께 다른 부탁이 적혀 있었다. 교토에 있는 호쓰쇼대학교 2학년 안리 가즈히라를 만나, 그가 중학생 때 체험한 일을 덴큐에게 들려주도록 중간에서 다리를 놓아 달라는 내용이었다.

그런 건 덴큐 씨의 역할이잖아.

즉시 편지를 그에게 보여 주고 알아서 하도록 놔둘까 했지만, 과연 덴큐 마히토가 다른 학교에 가서 그런 교섭을 할 수 있을지 의문이었다.

……어쩔 수 없지.

결국 아이가 교섭에 나섰다. 솔직히 도조 겐야가 자신에게 의지한다고 생각하자 기분이 나쁘지는 않았다. 도조 겐야 선생님이 대학교 조수인 덴큐 말고 내게 부탁하셨다는 우월감도 크게 작용했다.

하지만 지금 이렇게 괴민연 앞에 서자, 너무 설치는 게 아닌가 싶은 기분이 들었다. 어디까지나 도조 겐야의 부탁에 응했을 뿐이지만, 마치 덴큐를 제치고 전면에 나서기라도 한 것 같았다.

"……실례합니다."

실내에서 인기척이 느껴지길래 인사하고 들어갔다.

아이는 덴큐에게 오늘 날짜와 시간을 미리 엽서로 알려 두었다. 덴큐가 언제 연구실에 있는지 모르니까……, 하고 스스로에게 핑계를 댔지만, 실은 미리 정해 놓지 않으면 그와 만나기가 망설여지는 탓일지도 모른다. 딱히 덴큐 마히토가 싫거나 거북하지는 않다. 다만 어쩐지 부끄러운……, 기분이 들기 때문이다.

약속 시간보다 일찍 왔으므로, 안리 가즈히라는 아직 없었다. 그건 당연하다 치더라도 덴큐는 왜 없는 걸까.

안쪽 책상까지 확인했는데도 덴큐 마히토가 없길래 아이는 화가 났지만, 다음 순간 흠칫 놀라 굳어 버렸다.

……이상한데?

연구실에 들어오기 전에 실내에서 인기척을 느꼈다. 그래서 인사했다. 그러고 보니 전에 왔을 때도 똑같은 체험을 했었던 것 같았다. 그때도 인기척을 느꼈는데, 방에 들어가자 아무도 없었다.

……거기, 나온대.

학교에 나도는 소문이 뇌리를 스쳐서 아이가 몸을 부르르 떨었을 때, 뒤에서 누군가 말을 걸어서 펄쩍 뛸 만큼 놀랐다.

"미안, 놀랐나 보네."

얼른 돌아보자 안리 가즈히라가 서 있었다.

"앗, 요전번에는 실례 많았습니다. 오늘 여기까지 오시느라 고생 많으셨어요. 정말 감사합니다. 어, 그게……."

아이는 치미는 화를 꾹 참으며 덴큐 마히토가 없는 것에 대해 사과하고 변명했다. 가즈히라 입장에서 아이는 아무리 생각해도 이쪽 사람이기 때문이다.

작업용 책상의 의자를 가즈히라에게 권하고 자신도 의자에 앉았다. 차라도 대접하고 싶었지만, 공교롭게도 필요한 것들이 연구실 어디에 있는지 모른다. 어쩔 수 없이 무난한 잡담을 나누었지만, 금방 어색한 분위기가 되돌아왔다. 가즈히라도 아이와 단둘뿐인 상황에 어쩐지 당황한 듯했다.

어휴, 덴큐 씨, 어디서 뭘 하는 거야.

아이의 화가 부글부글 끓어올랐을 때, "으아앗." 하고 실내에 비명이 메아리쳤다. 서가 뒤편에서 나타난 덴큐 마히토였다. 두 손으로 펼친 책을 보건대, 또 책을 읽으며 방에 들어왔다가 이제야 두 사람이 있다는 사실을 알아차린 듯했다.

어디 갔었어요? 설마 오늘 약속을 잊어버린 건 아니겠죠?

아이는 튀어나오려던 불평을 삼키고, 두 사람을 서로에게 소개했다.

덴큐는 도조 겐야와 안리 가즈히라의 관계를 간단하게 물어본 후, 아이 옆에 앉아 가즈히라에게 이야기를 재촉했다. 생각해 보면 아이가 입회할 필요는 전혀 없지만, 자연스레 동석한 모양새가 됐다.

안리 가즈히라가 기억을 더듬으며 들려준, 무사시노 후로가오카 언덕의 가미나시 가문에서 발생한 머리 없는 여자 사건은 뭐라고 형용하기 힘든 으스스함으로 가득했다. 그 독특한 분위기에 취해 뺨이 상기된 아이와는 대조적으로, 덴큐는 안색이 창백해졌다.

설마 무섭다는 이유로 안리 씨의 체험 자체를 부정할 생각은 아니겠지.

이미 전적이 있기에 아이는 걱정됐다. 아니나 다를까 간접적이기는 했지만 역시나 덴큐는 트집을 잡았다.

“히메카미촌의 히가미 일족을 둘러싼 머리 없는 살인 사건에 대해서는 에가와 란코의 《혈혼사血婚舎의 신부》나 히메노모리 묘겐의 《히메쿠비산의 참극》 등에서 묘사되고, 물론 도조 겐야 선생님도 사건의 상세한 내용을 아시지만, 가미나시 가문의 머리 없는 여자 사건이 과연 그 일과 관계가 있을지는 모르겠군.”

“……역시 무관할까요.”

순수한 후의에서 들려준 체험담을 반쯤 부정당했는데도 가즈히라는 화내기는커녕 오히려 송구스러워했다.

“무관하다고 할 수는 없을 거예요.”

그런 가즈히라가 딱한 나머지 아이는 이야기에 끼어들었다.

“가미나시 가문은 히가미 일족의 먼 친척이고, 아오쿠비 님과 쿠비나시를 사당에 모셨으니까요. 그리고 안리 씨의 체험담이 설령 도조 선생님이 수집하시는 민속학적 괴이담에서 벗어나는 내용이더라도, 선생님은 괴담 자체에도 흥미가 있으시잖아요. 따라서 안리 씨의 이야기는 엄연히 수집 대상에 해당하겠죠.”

아이는 덴큐의 반론까지 미리 차단하도록 논리적으로 대응했다. 스스로를 칭찬해 주고 싶은 기분이었다.

“음, 그건 그렇지만…….”

그렇게까지 밀어붙이자 덴큐 역시 인정할 수밖에 없는 모양이었다.

“좀 묘하게 부합되는 점이 있는 것도 뭐, 사실이니까.”

게다가 마음에 걸리는 소리를 하길래, 아이는 바로 물어보았다.

"그게 무슨 말이에요?"

"가미나시 가문의 '가미(頭)'는 이를테면 '쿠비(首)'야. '首'라는 한자도 '가미'로 읽을 수 있으니까, 더더욱 그렇게 간주할 수 있지. 그리고 '나시(類)'는 '아루나시'•의 '나시(無し)'와 발음이 같아. 즉, '가미나시(頭類)'는 '쿠비나시(首無)'로 바꿔 쓸 수도 있는 셈이지."

"전혀 무관하지 않잖아요!"

깜짝 놀란 아이의 반응에 기분이 좋아진 듯, 덴큐는 연이어 가즈히라에게 물었다.

"당신 친구의 할머니, 또는 할머니의 조상이 시코쿠 출신이라는 이야기는 못 들어 봤나?"

"앗, 다케루의 할머님께 들은 적 있습니다. 분명 할머님의 할아버지가 고치 출신이랬던가……."

"그것 또한 굉장히 부합되는군."

아이는 혼자 흐뭇해하는 덴큐에게 캐물었다.

"그건 또 무슨 말이죠?"

"고치에서는 '쿠비'를 '후로'라고 했거든. 그래서 '후로쓰리'••나 '후로오하네루'••• 같은 표현이 남아 있지."

• 有る無し. '있고 없음'이라는 뜻
•• 목을 맨다는 뜻
••• 목을 베다라는 뜻

"그럼 무사시노의 후로가오카 언덕은 쿠비가오카 언덕이 되는 건가요?"

"고치에 있는 언덕이 아니니까, 물론 그렇게는 안 되지. 다만 그런 명칭의 언덕 위에 가미나시 저택이 있었던 건, 소름 끼치는 우연이라 하지 않을 수 없어."

"그렇듯 이런저런 관련성이 있었기 때문에 머리 없는 여자가 나타난 걸까요? 그건 진짜 요괴였을까요?"

성씨와 지명을 분석할 때는 활기찼던 덴큐의 표정이, 가즈히라가 질문한 순간 침울해졌다.

설마 지난번처럼 공포심을 떨쳐 내기 위해 괴이 현상을 합리적으로 풀어내려는 작정은 아니겠지.

아이의 걱정에는 아랑곳없이 덴큐는 갑자기 벌떡 일어서서 실내를 빙글빙글 돌아다니기 시작했다. 게다가 가끔 멈춰 서서 서가의 책을 꺼내 펄럭펄럭 넘겼다. 그렇다고 읽는 것처럼 보이지는 않았다. 마치 뭔가 의식을 치르듯 그런 행동을 반복했다.

……역시 시작됐다.

예상과 어긋나지 않는 전개에 아이는 묘하게 가슴이 설렜다. 덴큐가 어째선지 서가에 장식된 작은 가쿠베에지시• 인형 앞에서 발을 멈췄다. 그리고 인형을 잠시 들여다보더니, 아무 일도

• 니가타현이 발상지인 사자춤. 또는 그 사자춤을 추는 어린이

없었다는 듯 자리로 돌아왔다.

"잘 생각해 보면 일련의 일이 벌어지는 동안 납득이 가지 않는 행동을 취한 사람이 한 명 있는데, 누군지 알겠나?"

"엇……, 아니요, 모르겠습니다."

갑작스러운 질문에 가즈히라는 아주 당황한 표정으로 고개를 저었다.

"누군데요?"

아이가 대신 묻자 덴큐는 당연하다는 듯한 어조로 대답했다.

"가미나시 다케루야."

깜짝 놀란 아이와 가즈히라가 아무 대꾸도 하지 못하자, 덴큐는 담담히 말을 이었다.

"합리주의자인 다케루는 머리 없는 여자가 할머니에게 좋지 못한 영향을 줄까 봐 걱정돼서, 그것이 인위적인 현상임을 밝혀내고자 추리를 거듭했다. 얼핏 그런 식으로 보이지. 하지만 할머니가 아오쿠비 님과 쿠비나시의 저주와 지벌을 진심으로 믿고, 그것들을 사당에 모실 만큼 미신에 사로잡힌 사람이라는 사실 역시 다케루는 잘 알고 있었어."

"그건 그렇지만 누군가의 소행이라는 걸 증명하면……."

"머리 없는 여자라는 위험 요소는 그걸로 없어질지도 모르지. 하지만 미신에 사로잡힌 할머니의 마음까지 깨끗하게 씻어낼 수 있을까? 머리가 좋은 다케루라면 그 정도 효과까지는 없을 거라고 생각하지 않았을까 싶은데."

"그렇다고 그냥 내버려둘 수도 없잖아요."

아이가 지당한 의견을 내놓자 덴큐는 고개를 끄덕이면서도 말했다.

"고모와 숙부는 할머니를 집에서 쫓아내고 싶어 했어. 오카베 부동산 역시 그랬을지도 모르지. 그러니 그들에게는 동기가 있었어. 또한 다도코로 스에에게는 아오히메의 보물이라는 다른 동기가 있었어. 따라서 모두가 용의자였다고 할 수 있겠지. 당연하지만 이럴 때 용의자와 그 동기는 피해자에게 불리하게 작용하는 사례가 많아. 하지만 개중에는 유리하게 작용하는 사례도 있지 않을까."

"즉 다케루 씨는……."

"주치의도 주의를 주었듯이, 할머니가 계속 가미나시 저택에 살면 정신적으로 괜찮을까 다케루는 몹시 걱정했어. 하지만 할머니는 할아버지의 추억으로 가득한 집을 떠나기 싫어했지. 한편으로 할머니는 아오쿠비 님과 쿠비나시를 두려워했고, 언덕 아래 건널목에서 사고로 죽은 메구미도 지벌을 받은 것이 아닐까 믿었어. 그래서 다케루는 일단 머리 없는 여자의 소문을 퍼뜨렸어. 그리고 요괴가 언덕 아래에서 가미나시 저택으로 다가온다……, 라는 식으로 소문을 발전시킨 거야."

"그건 국민학생들의 목격담이었죠?"

아이는 가즈히라에게 확인한 후, 덴큐에게 의문을 던졌다.

"다케루 씨가 머리 없는 여자로 변장해서 국민학생을 위협했다는 뜻인가요?"

"아니, 나름대로 무대 설정을 갖추지 않는 한, 머리 없는 여자를 출현시키기는 힘들겠지. 목격자로 만들고 싶은 국민학생 말고, 예상외의 다른 사람이 지나갈 위험성도 있고 말이야."

"그럼……."

"가미나시 다케루가 같은 반 여학생뿐만 아니라 주부와 국민학교 여학생들에게도 인기가 있다는 건, 오카베 아사코의 외모를 확인하러 갔을 때 증명됐어. 그렇듯 호의를 보이는 여자들에게 괴담을 들려주기만 해도 순식간에 소문이 퍼져 나갔겠지. 그러고는 다도코로 스에가 할머니에게 그 소문을 전하기를 기다리면 돼."

"과연. 하지만 효과가 없었다……."

"그러니 머리 없는 여자를 실제로 출현시켜 할머니가 신용하는 사람에게 목격시키는 수밖에 없다. 다케루는 그렇게 생각한 거야."

"다케루 씨의 친구였던, 안리 씨……."

당사자인 안리 가즈히라는 상당히 충격을 받은 것 같았지만, 아무 말 없이 덴큐의 추리에 귀를 기울였다.

"존 딕슨 카와 관련된 일화로도 알 수 있듯이, 당신은 무서운 이야기를 질색했어."

덴큐 씨도 그렇잖아요……, 라는 말을 아이는 입 밖에 내놓지 않고 꿀꺽 삼키느라 고생했다.

"머리 없는 여자가 진짜로 나타났다고 당신이 믿기만 하면 조만간 그 공포가 할머니에게 전해져서, 가미나시 저택에서 지내기를 포기하고 니시이즈의 별장으로 옮겨 갈지도 모른다. 그게 다케루의 동기였어."

"방문객이 거의 없는 가미나시 저택의 대문 근처, 더구나 강렬한 석양을 등질 수 있는 저녁녘에 머리 없는 여자가 나타난 건 아까 덴큐 씨가 말했던 무대 설정 때문이었군요……."

"하지만 여전히 효과가 없었지. 어쩔 수 없이 다도코로 스에를 다음 목격자로 선택했어."

"저기……."

드디어 가즈히라가 조심스레 말을 꺼냈다.

"하지만 머리 없는 여자가 나타났을 때, 다케루는 항상 2층 자기 방에 있었는데요."

"앗, 그러네요."

아이도 바로 맞장구를 쳤지만 덴큐는 동요하지 않았다.

"가미나시 저택에서는 예전부터 엄중하게 문단속을 했어. 그런데도 다케루는 밤에 놀러 나갔지. 즉, 그는 여유롭게 집을 빠져나갔던 셈이야. 운동신경이 뛰어났다니까, 물받이 같은 걸

타고 2층 방을 드나들기는 그렇게 어렵지 않았을 거야."

덴큐는 가즈히라에게 시선을 주며 말했다.

"당신이 머리 없는 여자를 피해 저택 뒤편으로 도망갔을 때, 다케루는 반대편에서 자기 방으로 돌아갈 수 있었을 거야. 이때 당신은 다케루의 방 아래에서 그를 불렀지만, 숨이 차서 목소리가 제대로 나오지 않았지. 그런데도 다케루는 바로 고개를 내밀었어. 왜냐하면 무슨 일이 일어났는지 알고 있었으니까."

"그렇지만……."

아이는 주저하면서도 가장 중요한 문제를 꺼냈다. 주저한 것은 어쩐지 물어보기가 무서웠기 때문이다.

"다케루 씨가 머리 없는 여자로 변장하다니, 아무리 생각해도 말이 안 되잖아요."

"보통 상태라면 그렇겠지."

"무슨 뜻이죠?"

"다케루는 원피스 위아래를 거꾸로 바꿔서 입고, 물구나무를 선 상태로 양손에 구두를 신었어. 두 무릎은 구부려서 원피스의 어깨 위치에 오도록 했고. 그러면 무릎부터 발끝까지 가려지니까 마치 머리가 없는 것처럼 보이겠지. 이때 두 발 끝부분이 속에서 옷을 밀어 올려서 마치 풍만한 가슴처럼 느껴진 거야. 다만 물구나무를 섰을 때 양팔 관절은 무릎과 반대 방향으로 구부러져. 게다가 팔은 다리보다 가늘어. 그래서 닭 같다는……, 인상이 남은 거지. 하지만 다케루는 분명 그 점이 머리 없는 여자의 섬뜩함을 강조할 거라고 예상했을 거야."

"원피스와 구두는 어디서 마련한 건데요?"

"메구미의 것이 남아 있었든지, 헌옷 가게에서 샀든지 했겠지."

"다도코로 스에 씨가 습격당한 것도……."

"다케루 짓이야. 그는 머리 없는 여자가 목격되는 것만으로는 효과가 없다는 걸 깨닫고, 할머니에게 좀 더 큰 충격을 줄 만한 사건을 일으킬 필요가 있다고 생각했어. 하지만 친구에게 심한 짓을 하고 싶지는 않았겠지. 그래서 다도코로 스에를 희생자로 선택한 거야. 어쩌면 머리 없는 여자는 사당으로 향하는 것 아닐까. 왜냐하면 사당에 아오히메의 보물이 숨겨져 있기 때문 아닐까. 다케루는 다도코로 스에에게 그런 미끼를 뿌려서 사당으로 유인했겠지. 다도코로 스에가 어떻게 행동할지는 뻔해. 사당의 쌍바라지 격자문을 열고 안을 들여다볼 거야. 만약 안쪽에 뭔가 보인다면 고개를 들이밀어 확인하거나, 손을 뻗어서 꺼내려 하겠지."

"그때 다케루 씨가 덮쳤다……. 뒤에서 목을 졸라서 스에 씨에게는 얼굴이 보이지 않았던 걸까요? 하지만 스에 씨의 증언에서는 도무지 인간의 소행 같지 않은 기괴함이 느껴졌는데……."

"물론 다케루도 직접 덮치지는 않았어. 사당에 칭칭 감겨 있던 길쭉한 금줄로 목을 맬 때 사용하는 고리를 만들고, 고리를 네모나게 변형시킨 후 격자문 안쪽에 바늘 몇 개로 고정해. 격자문을 닫고 문 위쪽으로 꺼낸 나머지 금줄을 사당 위에 뻗은 굵은 나뭇가지에 걸친 후, 거목 뒤편에 늘어뜨리는 거야. 금줄 끄트머리에는 적당한 돌을 무게추 삼아 묶어 놨겠지. 그러고 나서 다도코로 스에에게 미끼를 뿌리고, 퇴근하는 스에의 동태를 살피다가 대문이 아니라 숲으로 향하면 쫓아가서 사당에 고개를 들이밀 때까지 기다렸다가 단숨에 금줄을 잡아당겨. 하지만 죽으면 큰일이니까 살짝만 끌어올렸다가 바로 내렸을 거야. 이때 바늘 중 하나가 금줄에 남아 있다가 목을 찌른 거겠지."

"다도코로 씨의 증언과 거의 일치하네요."

"땅에 발이 닿자 금줄로 만든 고리가 목에서 벗겨져서 스에는 정신없이 도망쳤을 거야. 만약 경찰이 개입해서 스에가 진정되기를 기다렸다가 이야기를 들었다면, 잠깐 목이 매달렸다는 걸 눈치챘겠지. 흉기가 금줄이고, 사당 위쪽의 굵은 나뭇가지를 이용했다는 사실도 대번에 판명됐을 테고. 하지만 스에의 남편은 여러 번 경찰 신세를 졌어. 따라서 경찰에 진절머리가 난 스에가 신고는 하지 않을 것이라고 다케루는 예상했겠지."

덴큐는 이것으로 이야기가 다 끝났다는 듯이 만족스러운 표정이었지만, 아이는 달랐다. 친구에게 속았다는 사실을 깨달은 가즈히라가 일단 걱정됐다.

하지만 가즈히라의 반응이 묘했다. 아까는 덴큐의 추리에 충격을 받아 어두운 표정이었는데, 지금은 희미한 웃음마저 띠고 있었다.

"덕분에 해묵은 체증이 싹 내려간 것 같은 기분이네요."

감사를 표하는 가즈히라에게 덴큐는 쌀쌀맞게 대꾸했다.

"그거 다행이로군. 괴담 같은 체험담이었지만, 실은 합리적인 추리가 가능한 사례로 기록해 둘게."

"다케루와 할머님이 이사 가고……."

"아니, 그 이야기는 이제 됐으니까……."

가즈히라가 또 이야기를 시작하자, 성가신 듯 덴큐가 막으려 했지만, "일 년쯤 후에 고모가 사당 옆 나무에다 목을 맸습니다."라는 이야기에 덴큐는 굳어 버렸고, 아이도 말문이 막혔다.

"그로부터 일 년 후, 이번에는 숙부가 같은 곳에다 목을 맸습니다."

"……."

"그리고 가즈요 씨는……."

"아니, 아니, 잠깐만. 당신 대체 무슨……."

덴큐가 당황해서 끼어들자 가즈히라는 절대적인 신뢰를 보내는 표정으로 말했다.

"그 후에도 가미나시 가문에 발생한 믿기지 않는 괴이한 일들을 덴큐 씨가 꼭 추리해서……."

"오늘 고마웠어. 이제 돌아가도 돼."

덴큐가 서둘러 그렇게 말한 건, 지금부터 들을 이야기가 진짜 괴이라서 추리를 끼워 넣을 여지가 전혀 없을지도 모른다……, 라는 예리한 직감이 발동했기 때문 아닐까. 아이는 그렇게 짐작했다.

그러므로 아이는 가즈히라를 붙잡아 놓고 차분히 이야기를 듣고 싶었다. 하지만 한사코 거부하는 덴큐를 보고 있자니, 어쩐지 딱하게 느껴졌다.

그래서 어쩔 수 없이 머뭇대는 가즈히라를 재촉해 연구실을 나섰다.

이 빚은 꼭 갚아요.

도쇼 아이는 그런 눈빛을 덴큐 마히토에게 던지며 괴이 민속학 연구실을 뒤로했다.

제3화
배를 가르는 호귀와 작아지는 두꺼비집

1

내가 주재소 경찰관이었던 시절에 체험한, 그 지방 특유의 신기하거나 기묘한 일을 듣고 싶다……는 건가.

일찍이 메자시라고 불렸던 지방의 어떤 마을에 있었을 때, 그런 사건을 딱 한 번 경험했지. 메이지• 시대의 끝자락이었는데, 어쩌면 세상이 바뀔 때는 그렇듯 무섭도록 처참하고, 소름 끼치도록 수수께끼 같은 사건이 곧잘 일어나는 법인지도 모르겠어.

음, 그 사건은 미궁에 빠졌지. 하지만 정확하게는 아닌가. 일

• 1868~1912년까지 사용된 일본의 연호

단은 짐승의 짓이라는 견해를 내놓았으니, 기록상으로는 해결된 셈인가.

그 마을 북쪽에는 해발 2천 미터급 산들이 줄지어 있었어. 그 중에서 슈하산이 마을과 가장 가까웠지만 곰이 살아서, 드나드는 사람은 포수 정도였지. 마을 사람들에게는 가깝지만 먼 산이라고 할 수 있었어.

그런데 그해 초겨울이 찾아왔을 무렵, 마을까지 내려온 곰이 종종 목격됐지 뭔가. 포수들 설명에 따르면 보통은 인간과 곰의 영역이 완전히 구분돼 있지만, 어쩌다 경계선이 무너지기도 한다더군. 산에 먹이가 없다든가, 인간의 음식에 맛을 들였다든가, 요컨대 평소와 다른 일이 일어났을 때 곰이 경계선을 침범하는 거지.

그때는 무슨 이유였는지 생각이 안 나지만, 아무튼 손을 쓸 필요가 있었어. 포수들끼리 상의한 결과 슈하산 기슭에 덫을 놓았지.

참새를 어떻게 잡는지는 알 테지. 나무통이나 소쿠리에 버팀목을 받쳐 놓고, 그 밑에 쌀알을 뿌려 놔. 참새가 쌀을 먹으러 들어가면 버팀목에 묶어 둔 끈을 잡아당기는 거야. 어린애도 만들 수 있는 간단한 덫이지.

포수들은 그걸 응용한 덫을 준비했어. 나무통이나 소쿠리 대신 철제 우리, 쌀알 대신 살아 있는 토끼를 사용했지. 하지만 철제 우리에 버팀목을 받쳐 놓기는 힘들잖아. 곰이 토끼에게 달려든 순간, 토끼를 묶어 둔 끈이 잡아당겨지거나 끊어져서, 올려 둔 우리의 문이 저절로 닫히는 방식이었어. 게다가 문이 내려온 충격으로 갈고리 두 개가 문틀에 걸려서 문이 꽉 잠기는 걸작이었지. 문을 열려면 쇠지레로 갈고리 두 개를 벗겨 내야 해. 물론 우리 바깥에서. 설령 곰이 문을 밀어 올리는 사태가 발생해도 절대 열릴 걱정 없지.

그런 덫을 슈하산 기슭에 설치했다는 사실을 마을 사람들은 물론 다 알고 있었어. 그렇다고 흥미 삼아 구경하러 가는 사람은 한 명도 없었지. 곰이 나올 우려가 있으니까 당연하지만, 그래도 나는 주의를 기울여야 했어.

……어린 애들 때문에라도.

그렇게 굉장한 덫이 있다는 소리를 듣고 어떻게 가만히 있겠나. 특히 사내애라면 더하겠지. 우리 어른들은 그걸 예상했어야 했어.

그날 황혼 녘, 고레요시 가문의 일꾼 기치요시가 주재소로 달려왔지. 고레요시 가문 셋째 아들이자 소학교 2학년인 미쓰하루가 점심을 먹고 집을 나선 뒤로 돌아오질 않는다는 거야. 학교를 쉬는 일요일이라 아침부터 놀러 나갔던 미쓰하루는 집에 와서 점심을 먹고 또 나갔다는군. 그때 집에 있던 사람에게 "우리코강에서 낚시할 거야." 하고 말했다나 봐.

그 마을에서는 대대로 우리코 가문이 절대적인 세력을 자랑했었지. 강에 이름이 붙을 정도니까 얼마나 유서 있는 가문이겠는가. 다만 혈통에 너무 연연한 게 화근이었어. 우리코 가문은 점차 쇠퇴했다네. 옛날부터 의사 가문이었던 사실을 생각하면 참으로 얄궂은 일이 아닐 수 없지.

그 무렵 우리코 가문은 이미 완전히 몰락했다네. 그 자리를 대신한 것이 고레요시 가문이었고. 자산만 따지면 고레요시 가문도 옛날부터 우리코 가문에 필적할 정도였어. 하지만 우리코 가문이 절대적인 권력자라 아무래도 기를 펼 수가 없었지. 마을 사람들도 우리코 가문을 아주 두려워했고 말이야. 아니, 마을에서만 군림했던 건 아니야. 인근의 유력자들과 끈끈한 관계라 광범위하게 영향력을 발휘했지. 그런 존재였던 우리코 가문이 거의 망해 가던 참이었어.

난 당시의 우리코 가문과 고레요시 가문을 헤이케와 겐지•에 몰래 비유했었는데, 그런 건 딱히 상관없나.

어쨌거나 이제는 마을에서 제일가는 세력인 고레요시 가문의 셋째 아들이 행방불명됐으니 큰일이었지. 난 청년단 사람들을 데리고 즉시 우리코강으로 향했어. 우리는 강가를 상류부터 하류까지, 물론 물속도 포함해서 그야말로 구석구석 수색했다네.

• 서로 대립하던 헤이케 일족과 겐지 일족이 전쟁을 벌인 결과, 겐지 일족이 승리해 가마쿠라 막부를 세운다.

하지만 아무리 찾아도 없더라고. 강폭은 제법 넓지만 깊이는 얼마 안 돼. 시기상 물살도 빠르지 않았고 말이야. 만약 강에 빠져서 떠내려갔더라도 이미 찾아냈어야 마땅했지.

어쩌면…….

찜찜한 예감이 들길래 수색에 참가했던 기치요시에게 물어보았지.

"미쓰하루의 친구 집은 어딘지 아나?"

그의 안내를 받아 몇 집을 돌면서 친구들에게 미쓰하루가 어디로 갔는지 짐작 가는 곳 없느냐고 물어봤어.

하지만 다들 고개를 젓더군. 그렇지만 그들 중 몇 명은 미쓰하루의 행방을 아는 게 아닐까 싶더라고. 만약 시간만 충분하다면 알아낼 자신이 있었지만, 한시가 급한 상황이었거든.

이렇게 되면 애들에게 으름장을 놓을 수밖에 없나 싶었는데, "경찰관님, 형제들에게 물어보시는 건……." 하고 기치요시가 제안하길래 무릎을 탁 쳤지.

바로 고레요시 저택으로 가서 첫째 아들과 둘째 아들에게 물어보았지만, 전혀 모르는 눈치더군. 이어서 첫째 딸(이라고 해도 미쓰하루보다 두 살 아래)에게 물어보자 우물쭈물하더라고.

뭔가 알고 있구나.

그런 확신이 들었어. 말하면 오빠에게 몹시 혼날까 봐 입을 열지 않는 것 아닐까. 만약 평소에 미쓰하루가 난폭하게 대했다면, 앙갚음이 두려워서 여간해서는 말하지 않겠지.

아무튼 첫째 딸의 불안감을 없애기 위해 계속 어르고 달랬어. 노력한 보람이 있어서 간신히 입을 열기는 했지만, "강에 간다고 했지만, 진짜로는 반대편으로 갔어요."라는 말을 듣고 가슴이 철렁하더군. 찜찜한 예감이 적중한 것은 아닐까 싶어 눈앞이 깜깜해졌다네.

곁에 있던 기치요시도 같은 상상을 했는지 안색이 창백하더라고.

"일단 우리끼리 먼저 확인해 보자."

말없이 고개를 끄덕이는 기치요시와 함께 서둘러 우리코강 반대편에 있는 슈하산 기슭으로 향했어.

포수들이 곰 덫을 놓을 때 나도 입회했지. 그래서 어딘지는 알고 있었어. 주재소 경찰관이라는 직무상 마을 사정을 속속들이 알아 두어야 일하기 편하거든.

날이 완전히 저물었지만 다행히 달빛이 밝아서 밤길을 수월하게 나아갔지. 하지만 덫에 가까워질수록 엽총을 든 포수와 같이 왔어야 했다……, 이런 후회가 고개를 쳐들더군. 물론 곰이 무서웠기 때문이야. 기치요시도 같은 심정이었는지 자꾸 주변을 두리번거렸어. 하지만 우리에 도착하자마자 딴생각이 싹 달아났지.

철제 우리 속에 뭔가 있더라고.

처음에는 곰인 줄 알았지만 곰치고는 작았어. 역시 미쓰하루가 실수로 덫에 걸렸나 싶어 다가갔다가 말문이 떡 막혔다네.

우리 속에 쓰러져 있던 것은 분명 미쓰하루였어. 다만 배가 갈라져서 피투성이로 죽은 상태였지.

나는 즉시 허리에 찬 권총을 뽑아 들고 주변을 경계했어. 미쓰하루를 덮친 곰이 아직 근처에 있을지도 모른다 싶었거든.

하지만 잘 생각해 보니 이상하더라고. 미쓰하루는 분명 우리 속에서 습격당했어. 닫힌 우리의 문에는 갈고리도 걸려 있었지. 그런데 정작 곰은 우리 속에 없는 거야. 불행하게도 곰과 함께 덫에 걸린 미쓰하루가 곰에게 습격당해 죽었다……, 그런 해석이 성립하지 않는 상황이었던 셈이지.

대체 무슨 일이 일어난 걸까.

멍하니 서 있는 내 옆에서 기치요시가 구역질을 했어.

"본관은 여기 남아서 지키고 있을 테니, 얼른 주재소로 가서 경찰서에 연락하게."

주재소 경찰관 혼자서는 감당이 안 되는 일이라고 즉각 판단했지. 그래서 기치요시에게 세세한 지시를 내려서 주재소로 보냈어.

하지만 경찰서 형사들은 밤늦은 시간에야 도착했지. 그 전에 고레요시 가문 사람들이 몰려와서 현장을 보존하느라 얼마나 고생했는지 몰라. 가족 입장에서는 미쓰하루의 시신을 그냥 내버려두기 싫었겠지. 그토록 처참한 상태였으니 더 그랬을 거야. 가족들을 달래고 이해시키느라 애먹었다네.

그날 밤, 포수들이 우리 문을 열고, 형사들이 내부를 한 차례 조사한 후 시신은 일단 가까운 마을의 병원으로 옮겨졌어. 다음 날, 현장검증과 시신 검시가 본격적으로 진행됐지.

그 결과, 다음과 같은 사실이 판명됐어.

첫 번째, 우리 옆에 낚싯대가 떨어져 있는 것으로 보건대, 미쓰하루는 호기심에 덫에 다가갔다가 실수로 갇힌 것으로 추정된다.

두 번째, 우리 속에는 미쓰하루의 시신밖에 없었지만, 그 밖에 누군가 있었던 듯한 흔적이 남아 있었다.

세 번째, 그자가 언제 우리에 들어왔는지는 알 수 없다. 또한 그자가 결코 곰이 아니라는 것은 확실하다.

네 번째, 미쓰하루는 무딘 날붙이에 배가 갈라졌으며, 내장이 휘저어졌다. 사인은 다량의 출혈로 추정된다.

다섯 번째, 미쓰하루와 함께 우리에 있었던 정체불명의 누군가가 미쓰하루를 죽였다고 보아도 거의 무방하다.

여섯 번째, 우리의 쇠창살 일부에 피해자의 피가 묻어 있었지만, 범인이 그리로 빠져나갔다고 볼 수는 없다. 왜냐하면 쇠창살 간격은 여덟 살인 미쓰하루가 간신히 통과할 정도밖에 안 되므로, 범인이 통과하기는 불가능했을 것이라 추정되기 때문이다.

일곱 번째, 범인이 우리에 들어가지 않고 밖에서 미쓰하루를 죽였을 가능성은 다음 두 가지 근거로 부정된다. 일단 밖에서는 우리 거의 한복판에 있는 피해자에게 양손이 닿지 않아 범행을 저지르기가 극히 어렵다. 그리고 만약 우리 밖에서 범행을 저질렀다면 쇠창살에 핏자국이 좀 더 많이 남았을 것이다.

보통은 일개 주재소 경찰관에게 이런 정보를 알려 주지 않지. 하지만 현장 상황이 너무나 불가해했던 터라 경찰서 형사들도 골치가 아팠나 봐. 그래서 마을을 잘 아는 내게 의견을 구하려고 현장검증과 검시 결과를 알려 준 거겠지.

하지만 안타깝게도 난 그 기대에 부응하지 못했어. 아니, 오히려 반대였는지도 모르겠군.

그건 호귀(狐鬼)의 짓 아닐까.

어느 틈엔가 마을 일부에서 그런 소문이 돌았어. '여우 도깨비'라는 뜻의 그 요괴가 슈하산에 산다더군.

허, 역시 그런가. 실은 당시 나도 '여우'와 '도깨비'의 조합에 위화감을 좀 느꼈거든. 둘 중 한쪽이라면 옛날이야기나 전설에 얼마든지 나와. 하지만 두 가지를 합친 명칭은 들어 본 적이 없었어.

이 '호귀'라는 놈은 여우가 도깨비로 변한 존재일까. 만약 그렇다면 그 정체는 '여우'겠지. 그런데도 일부 마을 사람들이 두려워하는 모습을 보면, 아무래도 '여우'보다 '도깨비'에 중점을 두는 것 같더라고. 즉, 그들이 두려워했던 건 호귀의 '여우' 부분이 아니었던 건가.

그 이상으로 신기했던 건, 내가 그때까지 호귀 이야기를 한 번도 못 들어 봤다는 거야. 아까도 말했듯이 주재소 경찰관 노릇을 하려면 마을 내부 사정을 속속들이 알아야 해. 그런 입장인 내가 몰랐으니, 마을의 어두운 부분에 관련된 전승이 아닐까 싶기도 하더군.

해당 마을 출신자가 주재소 경찰관으로 부임할 때도 있어. 실은 그런 경우가 더 많을지도 모르지. 하지만 난 아니었다네. 그래도 비슷비슷한 마을 출신이라 별 지장 없이 이 마을에도 잘 녹아들었다고 생각했는데…….

언제까지고 외지인 취급하며 절대로 끼워 주지 않을 때가 가끔 있어. 마을의 어두운 역사를 건드려야 할 때야.

호귀도 그런 유의 이야기가 아닐까 직감했으므로, 가능하면 모르는 척하고 싶었지. 그러나 어린애가 살해당했고, 경찰서에서 형사도 출동했어. 게다가 피해자는 마을을 쥐락펴락하는 권력자의 아들이야.

괜히 머뭇거릴 때가 아니다 싶어 호귀에 관한 소문을 형사에게 전달했지. 하지만 멸시로 가득한 비웃음만 돌아오더군. 그럴 만도 해. 반대 입장이었다면 나도 그랬을 테지.

결국 경찰은 미쓰하루가 짐승에게 당했다는 견해를 내놓았어. 몸집이 작은 짐승이라 우리의 쇠창살 사이를 자유롭게 드나들 수 있었다는 거지. 무딘 날붙이는 짐승의 발톱으로 간주됐고.

그럼 그 짐승의 정체는 뭘까.

가장 중요한 수수께끼가 밝혀지지 않고 남아 버렸지. 경찰은 그야말로 호귀가 범인이라고 수군대는 것과 아무 차이 없는 결론을 내놓은 거야.

난 몹시 불만이었지만, 납득이 가는 부분도 없지는 않았어. 요컨대 짐승의 소행이 아니라면, 범인이 왜 어린애의 배를 가를 필요가 있었는지 동기가 전혀 짐작이 가지 않았거든. 짐승이라면 그렇게 죽일 만도 하다고 고개가 끄덕거려지지만, 인간을 범인으로 보는 순간 의미 불명의 기분 나쁜 수수께끼가 남게 되지.

고레요시 가문에서는 그 결론에 수긍하지 못했어. 뭐, 내 눈에는 그렇게 보였지만, 그렇다고 항의하지는 않고 그대로 받아들인 듯한 낌새였지…….

경찰이 무리한 견해를 내놓은 건 물론 위신을 지킬 필요가 있었기 때문이야. 거짓말일지언정 사건을 해결한 것처럼 꾸며야 한다는 거지. 하지만 고레요시 가문이 경찰 눈치를 볼 이유는 전혀 없는데……. 뭔가 사정이 있었던 걸까.

사건은 일단 마무리된 모양새였어. 하지만 무섭게도 그걸로 끝이 아니었지. 또 피해자가 나왔거든.

미쓰하루가 시신으로 발견되고 이틀 후, 이번에는 고레요시 가문의 분가에 해당하는 집안의 셋째 아들인 사부로타가 학교 가는 길에 행방불명된 거야. 그날 아침, 사부로타는 늦잠을 자는 바람에 평소보다 늦은 시간에 집을 나섰지. 친구들은 이미 등교하고 없어서 사부로타 혼자 소학교로 향했어. 그런데 결국 학교에 나타나지 않았다지 뭔가.

교사는 사부로타가 결석한 줄 알았지만, 무서운 사건이 발생한 지 얼마 지나지 않았으니 만약을 위해 사환을 집으로 보냈어. 그러자 지각은 면할 수 없겠지만 틀림없이 학교에 갔다는 이야기를 들었지.

바로 주재소에 연락이 왔어. 난 일단 곰 덫으로 뛰어갔다네. 특별한 이유는 없었어. 또 찜찜한 예감이 들었을 뿐이야.

사부로타는 우리 속에서 발견됐지. 미쓰하루처럼 배가 갈라진 상태로……. 게다가 일부러 우리에 옮겨 놓은 듯한 흔적이 남아 있었어.

또 경찰서에서 형사가 출동했지만, 역시 짐승의 소행으로 결론 났지. 미쓰하루와 똑같은 방식으로 배가 갈라진 것이 무엇보다 큰 증거라나.

내가 산속을 뒤져 보자고 제안했지만, 야생동물을 상대하는 건 경찰의 직무가 아니라고 하더군. 그래서 고레요시 가문을 비롯한 마을 유력자들에게 이야기했지만 아무래도 반응이 미적지근했어. 마을 사람들도 마찬가지였고, 마치 호귀의 존재를 믿고서, 그것에게 화를 당할까 봐 두려워하는 것처럼…….

한편 포수들은 산에 들어간 낌새가 있었으니, 어쩌면 내게는 비밀로 하고 호귀를 쫓고 있었는지도 모르지.

그런데도 두 번째 사건이 발생한 다음 날 아침, 또 피해자가 나왔어. 고레요시 가문의 땅을 부쳐 먹는 소작인의 아들인데, 이름은 분명 유키치였을 거야. 걔는 툭하면 지각을 했지만 사부로타처럼 늦잠을 자서 그런 게 아니라, 매일 아침 집안일을 돕는 탓이었지. 다만 마을 아이들은 대부분 등교하기 전에 당연하다는 듯 부모님을 도와 일했어. 그렇게 따지면 유키치가 지각한 것도 본인 문제인가.

또래 애들이 두 명이나 살해당했는데, 왜 유키치의 가족이나 유키치가 혼자 등교하는 걸 불안해하지 않았느냐고?

지당한 의문이지만, 이유가 있었어. 미쓰하루와 사부로타는 유복한 집의 자식이잖아. 그래서 표적이 된 거라고 마을 사람들은 생각했어. 아무 논리성도 없지만 극히 자연스러운 마음가짐 아닐까 싶군. 그렇기에 마을 사람들 대부분 자기하고는 상관없는 일이라고 여기며 지낼 수 있었던 것 아닐까.

하지만 안타깝게도 그게 화근이었다네.

범행 현장은 역시 우리 속이었어. 왜 감시를 붙이지 않았나 싶어서 기가 차겠지만, 당시의 나로서는 어쩔 도리가 없었어. 경찰은 짐승의 소행이라고 단정 지었고, 마을에서는 포수들에게 호귀 사냥을 부탁한 모양이야. 그런 상황에서 혼자뿐인 주재소 경찰관이 손쓸 방법은 없어.

포수들의 움직임이 활발해진 것처럼 보였어. 하지만 나와 마을 청년단에게 협력을 요청하지 않고, 어디까지나 자기들끼리 끝을 보려는 것 같더군. 우리에서 자꾸 사건이 벌어져서 책임감을 느낀 거겠지. 특히 미쓰하루는 덫에 걸리지 않았다면 그렇게 죽지 않았을지도 모르니까, 더욱 그렇지 않았을까.

그다음 날 아침, 또 사건이 발생했어. 이번에는 고레요시 가문의 소작인에게 일감을 받는, 소위 아랫소작인의 아들이었는데 이름은……, 시로였던가.

걔는 지각한 게 아니라 늘 혼자 등교했어. 소학교에 가다 보면 한낮에도 침침한 잡목림이 나와. 그 옆을 지나가는데 갑자기 뒤에서 누가 목을 졸랐다는군.

즉, 범인이 그 잡목림에 숨어 있었던 거야. 거기서 다음 희생자가 지나가기를 가만히 기다렸던 거겠지.

그런데 묘하게도 범인은 아무 짓도 하지 않았어. 반쯤 실신한 시로를 그 자리에 남겨 놓고 가 버린 거야. 이전 두 사람처럼 왜 우리까지 끌고 가지 않았을까. 사부로타와 유키치를 굳이 옮긴 것만 보더라도 범인이 우리에 집착하는 건 틀림없어. 그런데 왜 시로만 그냥 내버려둔 걸까. 시로가 목숨을 건진 이유는 대체 뭐였을까.

그날 포수들이 호귀를 쏴 죽였다……, 라는 소문이 마을에 퍼졌지.

확인해 보려 했지만 그들은 긍정도 부정도 하지 않더군. 하지만 다섯 번째 사건이 발생하지 않았으니 소문이 맞나 보다 했지.

대체 호귀는 뭐였을까. 왜 어린애들의 배를 갈랐을까. 지금도 가끔 당시 일이 떠오르곤 해.

2

할아버지에게 들은 젊은 시절의 체험담 중에 으스스한 이야기가 있어.

요즘 내 또래의 젊은 세대 사이에서 등산이 유행인 모양이지만, 내가 산에 갈 마음이 전혀 없는 건 이 이야기 때문인지도 몰라.

일본에서 근대적인 등산이 시작된 건 1900년대 초반, 또는 1910년대 중반이라는 설이 있다고 예전에 산을 좋아하는 친구 다카네가 말하더군. 가령 1900년대 초반이라고 하더라도 우리 할아버지가 그보다 훨씬 일찍부터 산을 오른 셈이야.

하기야 본격적인 등산이었는지는 잘 모르겠어. 텐트 같은 것도 없이 군용 모포를 덮고 야숙했다는 모양이니까 말이야. 그래서 여름이 아니면 도저히 산에 갈 수 없었다는군. 다카네 말로는 한여름이라도 해가 지면 추워진다니까 아주 무모한 짓을 한 셈이지.

할아버지 말에 따르면, 자기는 옛날부터 되는 대로 말하고 행동할 때가 많았대. 남에게 폐를 끼치는 것도 아니니 자기 마음대로 하겠다고 늘 큰소리를 뻥뻥 쳤다는군. 할아버지 혼자 산에 갔다가 돌아오는 거니까 확실히 남과는 전혀 무관했겠지만, 가족들은 속이 타겠지. 훌쩍 집을 나서면 언제 돌아올지 모르니까 미칠 지경이었을 거야.

아무튼 할아버지가 옛날에 도도메라고 불렸던 지방의 산을 사흘간 종주하려고 했을 때 아주 이상야릇한 집을 발견했다는군.

둘째 날 오후까지는 일단 계획대로 산을 탔어. 할아버지가 미리 계획을 세우고 산을 탔다니 믿기지 않지만, 본인 말로는 그렇다나 봐. 무모한 사람도 산에 대해 조금이라도 알면 계획 없이 입산하지 않을 거라고 다카네가 그랬지만, 우리 할아버지는 보통 무모한 사람이 아니니까 말이지.

하지만 두 밤을 보낼 곳 정도는 미리 결정해 둔 것 같아. 첫째 날은 예정대로 도착했지. 하지만 둘째 날은 늦은 오후 시간이 됐는데도 목적지에 도착하지 못했어. 그렇다기보다 길을 잃어버린 거야.

계획에 있었던 비간타케산은 틀림없이 넘은 것 같았지만, 그 다음에 산길을 잘못 들었나 봐. 이럴 때는 함부로 돌아다니지 말고 원래 있던 곳까지 돌아가는 게 좋다지만, 할아버지는 일단 지르고 보는 성격이라 쭉쭉 나아갔어. 덕분에 완전히 길을 잃고 만 거지.

산에서는 해가 빨리 진다는군. 아직 괜찮을 줄 알았는데 어느 순간 어두침침해지는 거지. 그때 할아버지도 그랬대.

어차피 군용 모포를 덮고 야숙하니까 어디서 자든 똑같을 텐데도, 계획에 없던 곳에서 잠을 청하기는 아무래도 싫었나 봐. 웃기지. 평소 방약무인하게 말하고 행동하는 주제에, 희한한 부분에서 신경질적으로 군다니까. 정말 성가시고 까다로운 사람이었을 거야.

어느 틈엔가 산길이 내리막으로 변했어. 원래 계획대로라면 올라가야 했으니까, 요컨대 하루 일찍 그것도 다른 곳으로 하산하게 된 셈이지.

그렇게 됐으니 이제 어쩔 수 없어. 그래도 다시 산을 오르려

할 만큼 할아버지도 멍청하지는 않았거든. 오히려 얼른 근처 마을로 내려가서 재워 달라고 하자, 요 부근의 향토주는 맛있다니까 한잔 대접해 줄지도 모른다. 멋대로 그런 상상을 했다는군.

그런데 아무리 내려가도 기슭에 닿아야 말이지. 게다가 해가 완전히 지기까지 시간이 좀 있을 줄 알았는데, 어느덧 주변의 어둠이 깊어졌어. 우물쭈물하다가는 낯선 산속에서 밤을 맞을 판이었지. 길을 잃은 상태로 하룻밤을 보내야 하는 거야. 하지만 주변을 둘러봐도 야숙에 적합한 곳은 없었지. 할아버지는 어쨌거나 계속 걷는 수밖에 없는 상황에 빠지고 말았어.

이렇게 된 이상 계속 내려가는 수밖에 없나.

할아버지가 그렇게 결심했을 때였어. 전등이 확 꺼진 것처럼 갑자기 주변이 어두워졌어.

……엇?

할아버지는 몹시 놀랐어. 아무래도 말이 안 되는 일이잖아. 어스름이 점점 깊어지다가 부지불식간에 암흑에 휩싸이는 것이 산속의 일몰임을 할아버지는 경험상 알고 있었어.

그런데 그때는 전기가 나간 것처럼 느닷없이 깜깜해졌지. 마치 여우나 너구리에 홀린 것 같아서 몹시 으스스했다는군.

할아버지는 허둥지둥 난리를 치지 않고 산길에 털썩 앉아 담배를 천천히 한 대 피웠어. 홀렸을 때는 그게 효과가 있다더라고. 할아버지는 자기 할아버지한테 배웠대.

하지만 한동안 담배를 피워도 계속 깜깜했어. 그래서 진짜로 해가 졌다는 걸 깨달은 거야. 갑작스레 어두워진 건 이해가 안 됐지만, 느긋하게 담배나 피우고 있을 상황은 아니었지.

산에서는 아직 밝을 때 저녁을 준비해서 먹어. 그때 불을 피워야 하니까 할아버지도 성냥은 가지고 있었지. 하지만 조명 기구는 없었어. 산에서는 날이 저물면 절대로 움직이지 않는다니까, 애초에 가지고 다닐 필요가 없었겠지. 하지만 이런 사태를 겪을 때도 있는 거야. 할아버지는 그런 불상사를 전혀 염두에 두지 않았어. 좋게 말하면 호방한 거고, 나쁘게 말하면 멍청한 거지.

한다하는 할아버지도 막막했다더군. 하늘을 올려다보자 흐렸지만 일단 별빛은 비쳤어. 그렇지만 커다란 나무가 우거진 산속이라 발밑은 컴컴하니 아무것도 보이지 않았지. 도저히 못 걸어갈 지경이었다나. 그렇다고 비탈진 산길에서 야숙을 할 수도 없고. 좀 더 평평한 곳을 찾아야 했어. 하지만 어두워서 걸을 수 없었어. 마치 쳇바퀴를 굴리는 다람쥐 꼴이 돼 버린 거지.

너무 불안했던 나머지 할아버지는 성격에 맞지 않게 신과 부처님에게 매달리는 기분으로 주변을 둘러봤어.

불빛이 얼핏 눈에 들어왔다는군.

당황해서 다시 살펴봤지만 그런 불빛은 어디에도 없었어. 하지만 분명히 봤지. 잠깐 반짝인 정도였지만, 틀림없이 어둠 속에 켜진 불빛이었어.

할아버지는 제자리걸음을 하듯 조금씩 몸을 움직인 후, 눈에 힘을 주어 앞쪽을 바라봤어. 몸이 살짝 틀어진 탓에 나무 사이로 보인 불빛이 가려졌다고 생각한 거야.

하지만 암흑 속에 있으면 정말로 방향감각이 상실되는 모양이야. 이쪽에 불빛이 있었다……. 할아버지는 확신했는데, 아무리 몸을 틀어 봐도 여전히 아무것도 보이지 않았지. 고개를 좌우로 움직여 보기도 했지만, 눈앞에는 시커먼 어둠만 펼쳐졌어.

결국 할아버지는 그 자리에서 돌기 시작했어. 하지만 한 바퀴를 돌고, 두 바퀴를 돌아도 역시 불빛은 눈에 들어오지 않았지. 아니, 애당초 기준이 없으니까 한 바퀴가 어디서 끝나는 건지도 몰라. 세 바퀴인 줄 알았는데 실은 두 바퀴일 수도 있지. 네 바퀴일 가능성도 있고.

이번에야말로 여우나 너구리에게 홀린 것 아닐까……, 할아버지는 빙글빙글 돌면서 겁이 났대.

그 직후에 불빛이 얼핏 보였지.

할아버지는 생명줄인 불빛을 놓치지 않으려고 얼른 멈춰 섰지. 절대로 앞쪽의 불빛에서 눈을 떼지 않으려고 기를 썼어.

다만 거기서부터가 문제였어. 저기까지 어떻게 갈 것인가. 발끝으로 더듬어 본 느낌상, 불빛이 켜져 있는 방향은 산길 위도 아래도 아니야. 비스듬히 오른쪽으로 내려가는 쪽이었지. 즉, 길이 아닌 거야. 만약 대낮이었다면 목적지를 확인한 후, 산길을 내려가며 그쪽으로 나아갈 방법을 찾으면 되겠지만, 캄캄한 밤에는 무모한 짓이잖아. 바로 불빛을 잃어버리고 다시는 못 찾아낼지도 몰라.

이대로 불빛을 향해 쭉 나아가는 수밖에 없어.

할아버지는 각오를 굳혔지. 무모한 행동이기는 매한가지지만, 자신이 처한 상황을 고려한 결과, 그 방법밖에 없다고 판단한 거야.

그때부터 고생 시작이었지. 덤불을 헤치고 나아갔다는데 아무튼 어두워서 무섭고, 수없이 발을 헛디딜 뻔할 때마다 식은땀을 흘렸지. 그런 곳에서 넘어졌다가는 저 밑까지 굴러떨어질지도 모르잖아. 그랬다가는 몸이 성할 리 없어. 분명 다쳐서 꼼짝도 못 하게 되겠지. 그럼 끝장이야. 그렇다고 발밑만 신경 쓰면 나뭇가지와 잎사귀가 얼굴을 찰싹찰싹 때려서 아파. 눈알을 보호하기 위해 눈을 감고 싶어. 어차피 깜깜하니까 말이야. 하지만 불빛이 보이지 않는 건 싫지. 덤불을 빠져나와 두 눈을 떴을 때, 만약 아무것도 보이지 않는다면……, 상상만 해도 무섭잖아.

갖은 고생을 하면서도 할아버지는 앞으로 나아갔어. 희망의 불빛을 향해 점점 다가갔지.

이윽고 깊은 숲에서 쑥 빠져나왔어. 할아버지 말로는 느닷없이 평평한 풀밭에 서 있었다나. 마치 또 여우나 너구리에게 홀린 것처럼…….

그리고 눈앞에 참으로 희한한 집이 있었어. 나무를 짜 맞춰서 만든 산막인 줄 알았는데, 자세히 보니 서양풍 가옥이었고 집 왼편 부분에는 2층까지 있었지. 그때 할아버지가 본 건 그 집의 측면이었어.

다만 그러한 집의 외관과는 다른 부분에서 아무래도 묘한 느낌이 들더라는 거야. 집 전체가 눈에 딱 들어온 순간, 이 집은 이상하다는 걸 알았다나 봐. 하지만 말로는 뭐라고 표현할 수가 없어서 답답했다는군.

왜 위화감을 느끼는지 이해하는데도, 뇌가 받아들이지 않는 듯한 으스스함을 맛봤대.

집 오른편 부분의 1층 창문에서 새어 나오는 불빛은, 전깃불이 아니라 분명 램프 불빛이었어. 유리창 안쪽에 켜져 있는 램프 불빛이 커튼 틈새로 희미하게 비친 거지.

할아버지가 집 오른편 모퉁이를 돌아가자, 그쪽이 정면이고 현관문이 있었어. 그렇다고 서양 가옥처럼 초인종이나 노커가 있는 건 아니었고. 세로로 길쭉한 직사각형 모양 문과 그 바로 옆의 반원형 창문이 보일 뿐이었지. 이 현관 부분의 좌우는 창문이고 뭐고 없는 벽이었지만, 지붕 오른편에 굴뚝이 있었으니까 거기에는 분명 난로가 있을 것 같았어.

현관문을 조심스레 두드리자, 예상외로 소리가 크게 울려 퍼져서 할아버지는 움찔했지. 하지만 실내는 쥐 죽은 듯 고요했어.

다시 문을 두드리려는데 끼익……, 하고 희미한 소리가 들렸어. 아무래도 집 안에서 뭔가 삐걱거리는 소리가 난 모양이야. 집주인인가 싶어서 기다렸지만, 누군가 나올 낌새는 전혀 없었지.

할아버지는 다시 문을 두드린 후 귀를 기울였어. 하지만 아무리 기다려도 아까 같이 삐걱거리는 소리는 들리지 않았지.

그래서 불빛이 새어 나오던 창문을 확인하려고 집 왼편 모퉁이로 가서 고개를 내밀자, 어째서인지 깜깜하더라는 거야. 아까 문을 두드리는 소리에 반응해 잽싸게 램프를 껐다고밖에 볼 수 없는 상황이었지.

환영해 주지 않는 건가.

아무리 방약무인한 할아버지라도 그렇게 받아들이지 않았겠어? 하지만 그 집밖에 도움을 요청할 곳이 없었지.

현관으로 돌아가서 머뭇머뭇 문고리를 돌리자 철컥……, 하고 안쪽에서 소리가 나더니 약간 걸리는 듯한 느낌에 이어 문이 스르르 열렸어. 문을 반쯤 열고 고개를 넣어 "실례합니다." 하고 인사한 후 흠칫 놀랐지. 뭐가 이상한지 할아버지도 드디어 깨달았거든.

……집이 작아.

당시 할아버지의 키가 얼마였는지는 모르지만, 그걸 감안해도 현관문이 낮았어. 아니, 문뿐만 아니라 애당초 집 전체가 축소된 것처럼 느껴지는 크기였대.

할아버지가 느끼기에는 보통 가정집의 3분의 2정도였다는군.

그런 기묘한 집이 산속에 세워져 있었던 거야. 대체 누가, 뭣 때문에……. 일부러 서양풍으로 지은 건……. 여기에는 어떤 사람이 살까…….

다양한 의문이 한꺼번에 할아버지의 머릿속을 채운 순간, 목덜미에 소름이 쭉 끼쳤지.

여기는 마물의 소굴 아닐까…….

할아버지는 귀신이고 요괴고 안 믿지만, 진심으로 그렇게 생각했지. 하기야 여우나 너구리에게 홀린다는 걸 당연하게 여겼으니, 산에 사는 마물의 존재도 평범하게 받아들였을지도 모르지.

이런 집에 들어갔다간 분명 무서운 일을 겪을 거야.

뭔가 나타나기 전에 냉큼 달아나야 해.

할아버지는 스스로를 타일러 현관문을 살짝 닫은 후 몸을 돌렸어. 하지만 바로 멈춰 섰지.

눈앞에 새까만 어둠뿐인 데다 쌀쌀했거든. 게다가 뺨에 빗방울까지 뚝뚝 떨어지기 시작했지. 분명 맑은 날씨가 이어질 거라는 일기예보를 보고 출발했지만, 산은 날씨가 변덕스러우니까 말이야. 이대로 큰비가 내릴지도 몰라.

뒤쪽에는 이상하나마 집이 있어. 적어도 추위와 비는 막을 수 있겠지. 그런 쉼터를 쉽사리 버려도 될까. 애당초 갈 곳도 없어. 안전하게 야숙할 수 있는 곳을 지금부터 찾아야 해. 빗방울이 떨어지기 시작한 최악의 상황에서…….

할아버지는 몹시 망설였지.

뒤쪽 집에 들어가면 비바람은 피할 수 있어. 난로도 있는 모양이니까 불도 피울 수 있겠지. 하지만……, 안전할까. 이런 수상쩍은 집에서 정말로 무사히 하룻밤을 보낼 수 있을까.

그때 갑자기 쏴아, 하고 빗발이 거세졌어.

할아버지는 바로 몸을 돌려 현관문을 열고 그 으스스한 집으로 들어갔지. 죽기 아니면 까무러치기, 라는 심정이었대.

문 안쪽은 자기 손도 보이지 않을 만큼 컴컴했어. 짐을 더듬더듬 뒤져서 꺼낸 성냥을 켜자, 현관홀이라고 할 만한 공간이 있었지만 역시 좁았지. 물론 천장도 낮은 탓에 몹시 갑갑한 기분이었어. 그래서인지 이대로 집이 줄어들어 짓뭉개질 것 같은 두려움이 문득 밀려왔다나 봐.

성냥을 몇 번이나 새로 켜면서 살펴보자, 현관홀 좌우와 안쪽 벽에 문이 있었지. 왼쪽 문을 열어 보자 광이었고, 오른쪽 문 너머는 거실이었어. 거실 탁자 위에는 고맙게도 석유램프가 놓여 있었지.

할아버지가 램프를 켜자 거실 안쪽에 난로가 보였어. 안쪽이라고 해도 문이 기준이니까, 실제로는 집 앞쪽에 해당하지. 역시 보통보다 작은 탁자와 소파를 돌아서 난로까지 가자 아직 온기가 남아 있었다는군.

그 방의 불빛과 마찬가지로 난롯불도 끈 건가.

그것도 할아버지가 현관문을 두드렸기 때문이겠지. 즉, 이 집주인은 갑작스러운 방문자가 두려웠던 모양이야. 분명 현관문도 안쪽에서 걸쇠를 걸었겠지. 하지만 당황해서 제대로 걸리지 않은 것 아닐까. 그래서 할아버지는 집에 들어갈 수 있었던 거야.

그런 곳에 있는 기묘한 집을 찾아올 사람은 없을 테니, 집주인의 기분도 이해는 돼. 그렇다고 할아버지가 결코 마음을 놓았던 건 아니고. 상대방이 두려워하는 이상 이쪽에 위험이 없을 듯하지만, 정체 모를 존재라는 사실은 변함없었으니까.

할아버지는 난로에 불을 피우고 거실에서 자기로 했어. 실은 현관홀에서 쉬다가 날이 밝자마자 떠나는 것이 제일이다 싶었지만, 바로 옆방에 난로가 있다는 걸 알면 역시 사용하고 싶잖아. 그리고 거실이면 아슬아슬하게 집 앞쪽에 해당하는 기분이라 죄책감도 좀 줄어들지.

하지만 난감하게도, 아무리 둘러봐도 장작이 없었어. 이래서는 난로를 못 써.

할아버지는 망설인 끝에 장작을 찾기로 했어. 거실에 난로가 있으니, 근처에 장작도 비축해 놓았을 거라고 생각한 거지.

램프를 들고 좁은 홀로 돌아가서 현관문 맞은편에 있는 문을 열자, 짧은 복도가 나왔지. 복도로 들어서자 천장이 낮고 폭도 좁아서 어쩐지 갇힌 것 같은 기분이 들더래. 마치 무덤 속에 들어간 것 같은 심정이었다나.

복도 좌우 벽에는 문이 하나씩 있었지. 혹시 오른편은……, 하고 열어 보니, 역시 아까 있었던 거실이었어. 램프 불빛만으로는 난로 반대편에 문이 또 있다는 걸 알아볼 수 없었던 모양이야.

복도 왼편 문을 열자 무슨 냄새가 풍겼지. 거기는 부엌이었어. 하지만 아무도 없었고, 몹시 간절했던 음식도 없었지. 하지만 남아 있는 냄새는 분명 음식 냄새였어. 아까까지 누군가가 여기서 음식을 만들었다는 증거겠지. 위치상으로도 이 방의 불빛을 밖에서 본 거라고 짐작이 갔어.

……역시 사람이 살아.

그건 분명했어. 게다가 상대는 어째선지 방문자에게 들키지 않으려 한다는 짐작도 들어맞은 것 같았지.

남의 집에 무단으로 침입한 건 이쪽인데…….

할아버지는 좀 미안했대. 하지만 양심의 가책을 조금밖에 느끼지 않은 건, 아무리 생각해도 그 집이 너무 이상했기 때문이지. 여기서 괜히 동정해서 방심했다가는 지독한 꼴을 당할지도 모른다는 공포심을 아무래도 지울 수 없었어.

이 냄새도 뭔가 이상해.

할아버지는 배가 고팠어. 그런데도 전혀 맛있는 냄새로 느껴지지 않았대. 고약한 냄새였던 건 아니야. 분명 음식 냄새라는 건 알겠어. 하지만 먹고 싶으냐고 물으면 고개를 저어 거절하겠지. 즉, 생리적 혐오감과 비슷한 감정이 부엌에 감도는 냄새에서 느껴진 거야.

할아버지는 복도로 돌아와서 문을 닫고 거실로 돌아가려 했어. 하지만 장작을 원하는 마음이 가시지 않았어. 난로에 불을 피우면 밤공기에 차가워진 몸을 덥힐 수 있을 뿐 아니라, 분명 정신적으로도 도움이 되겠지. 그걸 실감하는 만큼 도저히 장작을 포기할 수 없었어.

복도 끝에 아직 열어 보지 않은 문이 있어. 밖에서 집의 측면을 본 느낌상, 그 문 너머가 집의 안쪽 절반이겠지.

할아버지는 조심조심 천천히 그 문을 열었어.

그러자 쌀쌀한 밤공기가 밀려와서 몸을 부르르 떨며 놀랐지. 집의 안쪽 부분이 있어야 할 텐데 어째선지 밖으로 나와 버린 모양이야.

램프로 아래를 비추자 포석이 깔린 통로가 뻗어 있었지. 놀란 마음으로 주변을 살펴보다가 더 놀랐어. 왼편에는 원했던 장작이 쌓여 있어서 할아버지도 일단 안도했지만, 오른편에 펼쳐진 중정에는 정자까지 있었다지 뭐야. 너무 뜬금없는 광경이라 섬뜩하게 느껴졌다는군.

그 집은 산속에 있어. 자연에 둘러싸인 곳이라 어딜 둘러봐도 풀이며 나무가 눈에 들어와. 요컨대 바깥이 전부 그 집의 정원인 셈이라고. 그런데 굳이 실내에 중정을 만들다니, 아무리 그래도 이상하잖아.

물론 잘 손질한 정원은 저절로 자라난 풀과 나무와 달리, 모양새가 가지런해서 볼품이 있어. 하지만 중정은 결코 그런 상태가 아니었지. 잡초가 무성할 만큼 방치해 둔 건 아니지만, 그렇다고 관상용으로 정비한 것도 아니었어. 그렇듯 아주 어중간한 풍경이었던 거야. 그리고 중정이 펼쳐져 있었다고 했지만, 자세히 보니 정원수 너머에 울타리가 쳐져 있었어. 역시 중정도 집처럼 작았던 거지. 정자도 마찬가지고.

할아버지는 중정과 정자에 등을 돌리고 장작더미를 살펴봤어. 장작더미의 아래쪽 절반은 쌍바라지 문으로 가려져 있었는데, 거기를 열면 앞으로 와르르 무너져 내리지는 않을까 싶을 만큼, 그야말로 장작이 수백 개는 쌓여 있었대. 위쪽에 천장이 덮여 있어서, 비도 막을 수 있을 듯했지. 그 증거로 눈앞에 마른 장작이 잔뜩 있었어. 하지만 보통 장작보다 역시 작게 쪼개져 있었지.

장작에 손을 뻗던 할아버지는 포석 통로 끝에 있는 문이 신경 쓰였어. 밖에서 집의 측면을 봤을 때, 2층이 있는 부분이 그 문 너머였거든.

얼른 장작을 챙겨서 거실로 돌아가자.

그렇게 스스로를 질타했지만, 문 너머에 뭐가 있을지 너무 궁금했대. 이미 집을 절반 넘게 들어왔으니, 나머지를 살펴봐도 상관없잖느냐. 아무래도 할아버지는 그런 자의적인 생각에 사로잡혔던 모양이야.

하지만 역시 무섭기도 했지. 여기까지 오면서 누구와도 마주치지 않았으니, 이 집 주인은 저 문 너머에 있을 거야. 그자와 얼굴을 마주치고 싶으냐 하면, 그렇지는 않았어. 오히려 피하고 싶은 기분이 강했지.

그렇다면 안 가는 게 맞잖아.

그렇게 생각하면서도 빨려들 듯 포석 통로를 지나 안쪽 문에 손을 댔다니까, 정말로 뭔가에 씌었는지도 몰라.

문 너머는 홀이었어. 오른편과 안쪽에 문이 하나씩, 그리고 왼편에 문이 두 개 있었지. 왼편 문 중 가까운 걸 열어 보자 화장실과 욕실이었고, 그다음은 식료품 창고였어. 식료품 창고를 지나 안쪽 문의 왼편에는 가파른 계단이 있었는데, 아무래도 2층 부분으로 통하는 듯했지. 그리고 걸쇠가 걸린 안쪽 문을 열어 보자 바깥이었어. 보통 가정집으로 치면 부엌문이랄까, 요컨대 뒷문이었지.

칠흑 같은 어둠이라는 말처럼 바깥은 완전히 깜깜해서 아무것도 보이지 않았어. 비도 주룩주룩 쏟아졌고 말이야. 할아버지는 바로 들어가려다가 땅바닥에서 무슨 자국을 발견했지. 램프로 비춰 보자 사람이 지나다닌 듯한 흔적이 풀밭에 희미하게 남아 있었다는군.

이 집 주인이 여기로 드나드는 건가.

할아버지는 그렇게 추측했지만, 보통은 현관을 사용할 거라고 바로 생각을 바꿨지. 이어서 뒷문이니까 상인이 드나드는 것 아닐까 싶은 생각이 자연스레 떠올랐지만, 그런 산속까지 배달을 오는 사람이 어디 있겠어?

그럼 이 흔적은 뭘까.

대체 누가 이 집에 드나드는 걸까.

이것저것 상상하자 겁이 나서 할아버지는 부리나케 집 안으로 들어갔지. 그리고 남아 있던 오른편 문을 열어 보자 이 또한 기묘한 방이었어. 아니, 뭣 때문에 만든 건지 전혀 이해할 수 없다는 의미에서는, 그 집과 비슷하거나 그 이상으로 무서울 만큼 이상한 방이었지.

램프 불빛을 받고 바닥이 으스스하게 번쩍이길래, 뭔가 싶어 자세히 봤더니 뜻밖에도 타일이 깔려 있었대. 방 중앙에는 직사각형 책상이 덩그러니 놓여 있었고. 의자는 하나도 없이 오직 책상만.

그것만으로도 묘하지만, 제일 큰 문제는 방 전체의 만듦새였어. 문을 기준으로 정면과 왼편에 널찍한 계단이 있었던 거야. 거기는 완전히 실내인데……. 계단을 올라가도 벽밖에 없는데…….

그 벽은 위로 쭉 솟아 있었어. 그 집에 들어가서 처음으로 높은 천장을 봤다니까, 분명 2층 부분까지 뚫어 놓은 거겠지.

이 수수께끼의 계단 두 개가 그 방을 3분의 2쯤 차지하고 있었어. 뭣 때문에 설치한 건지 아무리 둘러봐도 모르겠더래. 그 이전에 그 방의 용도 자체도 알 수가 없었고.

게다가 이상한 냄새도 풍겼지. 부엌에서 맡은 냄새는 식욕이 전혀 동하지 않았다고는 해도 일단 음식 냄새였어. 하지만 그 막힌 공간에는 식욕을 완전히 감퇴시키는 냄새가 감돌고 있었대.

막힌 공간이라고 표현한 건 그 방에 창문이 하나도 없었기 때문이야. 그때까지 둘러보면서 창문이 없었던 곳은 광과 식료품 창고뿐이었지. 나머지 방에는 전부 창문이 있었는데, 이 방에만 창문이 없는 건 어째서일까.

위팔에 소름이 쭉 끼쳐서 할아버지는 그 방에서 도망쳤어. 그대로 뒷문을 열고 그 집에서도 떠나고 싶었지만, 그렇게는 안 되지. 산속에서 자칫 조난당했다가는 살아서 돌아갈 수 없다는 걸 할아버지도 잘 알고 있었거든.

장작을 챙겨서 거실로 돌아가는 수밖에.

할아버지는 그렇게 생각하면서도 2층으로 통하는 계단이 신경 쓰였어. 방금 너무나 이상한 방을 보고 섬뜩함을 느꼈지만, 아직 확인하지 않은 공간이 이 집에 남아 있다는 걸 견딜 수가 없었대. 2층을 확인하지 않고서는 두려워서 못 배길 지경이었다나.

할아버지는 램프로 발밑을 비추면서 계단을 올라갔어. 천장이 낮은 데다 발판이 좁고 짧아서 몹시 갑갑한 기분으로 신중하게 한 단씩 올랐지. 그러자 계단이 왼편으로 구부러졌어. 그 모퉁이 너머의 어둠 속에 뭔가가 숨어 있는 것 같아서, 할아버지는 일단 램프를 내밀었지. 아무것도 없는 걸 확인한 후, 또 올라갔어. 계단이 한 번 더 구부러지고 몇 단 더 올라가자 2층 바닥이 나왔대.

좁은 바닥에 서자 눈앞에 문이 하나 보였지. 그것 말고는 아무것도 없었고. 할아버지는 무심코 문을 두드리려다 웃음을 터뜨릴 뻔했어. 여기까지 무단으로 침입해 놓고, 이제 와서 문을 두드리려 한 것이 스스로도 엄청 우스웠던 거지.

문을 열자 좌우로 짧은 복도가 뻗어 있었어. 왼편에 보이는 문을 열어 확인하자 광이었지. 오른쪽으로 나아가자 서재 같은 방이 나왔어. 책상, 의자, 서가 모두 보통보다 작았지만, 할아버지가 놀란 건 서가에 꽂힌 책도 축소판이었기 때문이야.

여기는 다른 세상 아닐까…….

할아버지의 머릿속에 그때 처음으로 SF 같은 발상이 떠올랐어. 물론 할아버지는 SF를 읽어 본 적이 없지. 공상과학소설이라는 말조차 당시는 아직 없지 않았을까. 하지만 주인공이 다른 차원이나 다른 세상으로 넘어가는 옛날이야기도 있으니까, 아예 생소한 개념은 아니었을 거야.

산속에서 헤매다가 자신도 그렇게 된 것 아닐까……, 싶어서 할아버지는 더 겁이 났대.

아무리 이상한 집이라도 현실 속 건물이라면 얼마든지 달아날 수 있어. 하지만 현실에 존재하지 않는 집이라면 어떨까. 들어가기는 쉬워도 나가기는 어렵다면…….

할아버지는 벌벌 떨면서 급히 서가에서 아무 책이나 적당히 꺼냈어. 만약 책장을 펼쳤는데 의미 불명의 글자가 적혀 있다면, 여기가 현실 속 집이 아니라는 증거라고 생각했기 때문인데…….

뜻밖에도 책의 내용은 동화 같았어. 그것도 각 나라의 민화나 전래동화 같은 책뿐이었지. 그중에서도 《페로 동화》와 《그림 동화》만 많이 읽었는지 책이 너덜너덜했다는군.

대체 뭐 하는 놈이야.

이 집 주인에 대한 흥미와 공포가 뒤섞여 뭐라 표현할 수 없는 감정에 사로잡혔을 때, 할아버지는 중요한 문제를 깨달았어.

이 집 주인은 어디 있지?

현관홀에 들어간 후 2층 서재까지 모든 방을 들여다봤지만, 아무도 없었어. 누군가 여기 산다면 이미 마주쳤어야 해. 몸을 숨길 만한 곳은 하나도 없었으니까…….

뒷문으로 도망친 건가.

남은 방법은 그것뿐이었지만, 비가 내리고 깜깜한 산속에서 대체 어디로 간단 말이야? 더구나 상대가 왜 도망쳐야 하는데? 할아버지는 막무가내로 침입한 게 아니야. 문을 두드리고 실례한다고 인사도 했어.

하지만 역시 경계하려나.

그럴 수도 있겠지. 산속에서 은거하듯 생활하는 사람이라면 갑작스러운 방문자를 환영할 리 없을 거야. 할아버지도 그렇게 생각하려다가 중요한 사실이 번쩍 떠올랐어.

뒷문 걸쇠는 걸려 있었어…….

집주인이 뒷문으로 밖에 나가지 않았다는 증거가 눈앞에 있었던 거야.

그럼 어디로 사라진 걸까…….

밖에서 본 부엌의 불빛, 현관에서 들었던 실내의 삐걱거리는 소리, 거실의 불 꺼진 난로에서 느껴진 온기……, 그런 상황증거만 봐도 분명 사람이 있었을 거야. 아니, 할아버지는 상황증거니 뭐니 따지지 않았겠지만, 완전히 똑같은 의심을 품었어.

그러자 몹시 겁이 나서 허둥지둥 2층 서재에서 달아났지.

짧은 복도를 달려 문을 열고, 2층 바닥을 나아가, 좁고 가파른 계단을 반쯤 구르다시피 내려왔어. 그리고 홀을 재빨리 지나쳐 중정으로 나왔지. 거기서 바깥 공기를 마시자 그제야 조금 진정이 됐다는군.

제정신이 든 할아버지는 원래 목적이었던 장작을 들고 거실로 돌아갔어. 그러고는 가지고 있던 신문지를 사용해 불 피우기에 전념했지.

타오르는 장작불은 참 좋지. 가만히 바라보고 있어도 전혀 질리지 않거든. 언제까지고 바라볼 수 있어. 아무리 뒤숭숭한 마음도 곧 가라앉아. 분명 그런 효과가 있다니까.

하지만 그때 할아버지는 그렇지 않았대. 얼굴이 달아오를 만큼 난로 곁에 바싹 붙어 있는데도 불안감이 가시질 않았지. 그러다 뒤쪽이 무서워져서 난로에서 등을 돌렸어. 그러자 이번에는 밝은 난롯불과 램프 불빛이 닿지 않는 거실의 어두침침한 부분이 몹시 신경 쓰여서 힘들었다는군. 보고 싶지 않는데도 시선이 자꾸 가는 거야.

결국 할아버지는 뒤로 움찔움찔 물러나서 난로 속으로 들어가고 싶다는, 터무니없는 충동에 사로잡혔다나 봐. 아주 위험한 정신 상태였던 거지.

스스로도 그런 줄 알고 있었기에 할아버지는 일단 저녁을 먹기로 했어. 이 집의 식료품 창고에서 먹을 걸 가져오자는 생각이 얼핏 뇌리를 스쳤지만, 바로 고개를 저어 그 생각을 떨쳐 냈지. 배낭에 넣어 온 음식만으로 간단히 식사를 마쳤어.

그 정도로도 할아버지는 기운을 좀 차렸대. 허기와 추위에 시달리면 되는 일이 없다는 것이 할아버지의 지론이었는데, 어쩌면 당시 체험으로 느낀 바였는지도 모르겠군.

할아버지는 난로에 장작을 충분히 넣은 후, 거실문 쪽으로 발을 뻗고 군용 모포로 몸을 감쌌어. 산에서는 저녁을 먹으면 자야 하니까. 이상한 집에서도 그건 마찬가지였지. 오히려 뭔지 모를 희한한 집에 있는 만큼, 얼른 쉬는 게 최고라고 할아버지는 생각한 모양이야.

육체적으로는 몹시 피곤했지만 정신적으로는 아직 긴장이 남아 있었는지, 자리에 누워도 잠이 오질 않았지. 그러다 더워졌어. 난로에 너무 바싹 붙어 있었거든. 그래서 조금 떨어졌지. 하지만 불이 날까 봐 램프를 끈 탓에 불빛이라고는 타오르는 난롯불뿐이었어. 그래서 난로에서 되도록 떨어지고 싶지 않았지. 하지만 너무 더워도 문제잖아. 결국 난로에 가까워서 불기운이 미치는 몸 왼쪽과 어둠에 휩싸인 몸 오른쪽으로 몸뚱이가 두 동강 난 기분이라 더 잠이 오지 않았대.

야숙을 하면 부스럭부스럭, 윙윙……, 하고 작은 야행성동물의 소리와 바람 소리가 들리지만 잠을 못 자지는 않아. 금방 익숙해져서 아무렇지도 않거든.

그에 비해 그 집은 조용하니 아무 소리도 들리지 않았어. 질 좋은 목재로 지었기 때문이겠지. 그렇지만 무서우리만치 아무

소리도 들리지 않으면 도리어 신경에 거슬리는지도 몰라. 가끔 타닥, 하고 장작이 터지는 소리에 깜짝 놀라면서도 오히려 안심했을 만큼, 할아버지는 그 집의 고요함이 겁났다나 봐.

그래도 시간이 흐르자 졸음이 밀려왔지. 역시 피곤함은 이길 수 없어. 곧 수마가 할아버지를 덮쳤어.

……끼이익.

그때 어디선가 희미하게 삐걱거리는 듯한 소리가 들렸지.

무슨 소리지…….

할아버지는 꼼짝도 하지 않고 가만히 귀를 기울였어.

……끼이이.

그러자 거실 안쪽에서 들리는 소리라는 걸 알았지.

현관홀을 지나면 나오는 짧은 복도에는 이 방으로 통하는 문이 하나 더 있었어. 어쩌면 그 문이 열린 것 아닐까.

……끼익.

약간 크게 소리가 울린 후, 다시 조용해졌지.

할아버지는 가만히 누운 상태로 오로지 귀만 기울였어. 두 눈을 떠도 아무것도 보이지 않으니까 말이야. 난로 근처 말고는 캄캄했거든.

만약 안쪽 문이 열렸다면, 거기로 뭔가가 쑥 들어오지는 않을까. 그리고 난로 쪽으로 슬그머니 다가오지는 않을까. 그런 상상이 자꾸 떠올라서 할아버지는 죽을 맛이었대.

조금이라도 뭔가의 기척이 느껴지면 벌떡 일어나서 밖으로 도망치자. 그렇게 결심했지만 실은 이미 늦었다나 봐.

어느 틈엔가 할아버지 머리맡에 뭔가가 서 있었거든.

그것이 빤히 들여다보듯 할아버지를 내려다봤지. 물론 보인 건 아니지만, 기척만으로도 충분히 알 수 있었어.

……살려 주세요.

할아버지는 자존심이고 뭐고 다 내 버리고 신과 부처님께 빌었지. 실은 산신에게 매달리고 싶었지만, 지금 자신을 들여다보고 있는 존재가 어쩌면 산신과 관련 있을지도 모르잖아. 그런 생각이 머리를 스치자 산신에게는 빌 엄두도 나지 않더래.

얼마나 빌었을까.

머리맡에서 느껴지던 무시무시한 기척이 어느덧 사라진 것 같았어. 머뭇머뭇 실눈을 떴지만 잘 모르겠길래, 몸을 뒤척이는 척하며 오른쪽으로 고개를 돌렸다가 몹시 후회했지. 그것이 아직 있었거든. 거실 한복판쯤에 천장에 닿을 만큼 가늘고 길쭉한 기둥이 우뚝 서 있었지.

한순간 이 방을 지탱하는 기둥인가 싶었지만 저런 건 없었다……, 라는 사실을 깨닫고 온몸에 소름이 돋았대. 난로 곁에 있는데도 한기가 느껴져서 몸이 바들바들 떨렸다는군.

기둥 같은 그것에 눈, 코, 입과 손발이 달렸는지는 너무 어두워서 알 수가 없었어. 그래도 유심히 지켜보자 흐늘흐늘 흔들렸으니까 분명 생물이겠지. 아니, 요괴인가.

정신이 아득해지는 것 같다가 갑자기 눈이 번쩍 떠진 듯한 기분을 맛봤다니까, 어쩌면 할아버지는 일시적으로 의식을 잃었던 건지도 몰라.

다시 실눈을 뜨고 거실 안쪽을 살펴봤지만, 너무 어두워서 아무것도 보이지 않았어. 한동안 귀를 쫑긋 세우고 있다가 아무것도 없다고 판단하고 램프를 켰지.

안쪽으로 가 보자 문은 꼭 닫혀 있었대. 그렇다고 열리지 않았다는 보장은 전혀 없지. 문에 귀를 대 보았지만 아무 소리도 들리지 않았어. 문을 조금씩 열어 보자 끼익, 끼익……, 소리가 났지. 역시 아까 그 뭔가는 이 문으로 들어온 것 아닐까.

아니, 잠깐만……, 하고 할아버지는 고개를 갸우뚱했지.

그렇게 키가 큰 것이 이 문으로 들어올 수 있을까. 그렇게 따지고 보면 이렇게 작은 집에 살기에 그것은 키가 너무 크지 않은가. 딱 적당한 곳은 실내에 묘한 계단이 있는 그 방뿐 아닐까. 거기는 2층까지 뚫려 있으니 기둥 괴물에게 적합하겠지.

거기까지 생각하다 또 무서워졌지. 정체 모를 존재를 상대로 이것저것 고민해 봤자 아무 의미 없다는 걸 깨달았기 때문이야.

할아버지는 실내로 열리는 문 두 개를 소파로 막은 후 다시 자리에 누웠어. 하지만 잠이 와야 말이지. 문을 막은 만큼 아까보다 안전할 텐데도 전혀 마음이 놓이지 않았어.

그것이 마음만 먹으면 얼마든지 들어올 수 있어…….

그런 생각을 떨칠 수가 없었지. 문 앞의 소파는 아무 도움도 안 돼. 그냥 위안거리에 불과하다는 걸 할아버지도 알았던 모양이야.

결국 거의 한숨도 자지 못했지. 끔찍할 만큼 시간이 느리게 가서 밤이 영원히 계속될 것만 같은 공포에 시달리며 뜬눈으로 밤을 새운 꼴이야.

거실 창문이 희붐하게 밝아지고, 새가 지저귀는 소리가 희미하게 들려와서 겨우 날이 밝았다는 걸 알았지. 원래 같으면 아침밥을 든든히 먹고 길을 나서야 했지만, 단 일 초라도 더 그 집에 머물기가 싫어서 할아버지는 서둘러 출발했어.

하지만 현관문으로 나가자마자 난감한 기분에 빠졌지. 기슭까지 내려가는 길을 모르겠는 거야. 아직 이른 아침이니 시간은 넉넉해. 하지만 어젯밤처럼 길을 잃어버리는 건 딱 질색이었지. 무엇보다도 얼른 이 산에서 빠져나가고 싶었어.

할아버지는 잠시 고민하다 좋은 생각이 번쩍 떠올랐어. 어젯밤에 집 뒷문을 열고 밖을 내다봤을 때, 사람이 지나다닌 듯한 흔적이 있었잖아. 그걸 따라가면 혹시 기슭으로 내려갈 수 있지 않을까 싶었던 거야.

서둘러 집 측면을 돌아 뒷문으로 향하다가 문득 시선이 느껴져서 올려다보자, 2층 창문에 새까만 얼굴이 보였어. **그것**은 할아버지를 빤히 내려다보듯 유리창에 찰싹 달라붙어 있었지.

할아버지는 속으로 비명을 지르자마자 쏜살같이 달아났어. 사람이 지나다닌 흔적을 따라가다 조금 헤맸지만, 오전 중에 산기슭에 도착해서 겨우 마음이 놓였대.

3

……이런 이야기를 대학교 등산부 선배에게 듣고 깜짝 놀랐습니다. 왜냐하면 저희 백부님의 체험담과 아주 흡사했거든요. 아니지, 거의 똑같다고 해도 과언이 아닐 거예요. 다만……, 다른 곳도 없지는 않은데, 거기서 선배의 이야기와 비슷하게 정체 모를 으스스함이 느껴져서 섬뜩했습니다.

언제쯤이었는지 정확하게는 모르겠습니다만, 백부님이 학창 시절에 겪으신 일이니, 분명 선배의 할아버님보다 나중(칠팔 년 또는 십 년쯤 후 아니려나.)일 거예요. 저희 아버지와 백부님은 꽤 터울이 있습니다. 그러니 백부님은 선배의 할아버님 쪽에 나이가 좀 가까웠을지도 모르겠네요.

그때 백부님이 오르신 산도 도도메 지방의 비간타케산이었습니다. 하지만 처음은 아니었고, 예전에도 가 보신 적이 있으세요. 그리고 그때는 종주가 아니라 당일치기 일정이라 경로도 확실했습니다.

그런데도 약간 불안하셨다고 해요. 하산 경로가 당시에 이미 사용되지 않았던 산길이었거든요. 예전에 등산 친구가 알려 준 길이라, 다음 기회에는 꼭 그 길로 가 보고 싶으셨던 모양이더라고요.

이 막연한 불안감이 불행히도 적중했습니다. 산꼭대기에서 내려오는 도중에 길을 잃으신 거죠. 당일치기 계획이라 3시경에는 하산할 예정이었습니다. 덕분에 아직 해가 높고, 시간도 여유가 있었죠. 그러나 산을 얕봐서는 안 된다는 걸 백부님은 경험으로 알고 계셨어요.

그래서 내려가기를 멈추고, 높은 곳으로 다시 올라가서 주변을 살피다가 두 눈을 의심했습니다.

집이 보였거든요.

이런 산속에 있을 리 없는 집이 서 있다. 아무리 생각해도 말이 안 되는 광경이었죠.

옛날이야기에 나오는 마귀할멈의 집은 아닐 테고.

백부님은 미심쩍어 하셨지만, 마귀할멈의 집 하니까 등산 친구에게 들었던 이야기가 갑자기 떠오르셨대요.

도도메 지방의 깊은 산속에는 '두꺼비집'이라는 기괴한 저택이 있는데, 거기 묵으면 혼을 빼앗긴다……, 라는 괴담이죠. 두꺼비집은 '두꺼비 저택'이나 '두꺼비 인간의 거처'라고도 불리는

데, 보통 집이 아니래요.

하지만 저 아래에 보이는 집은 좀 별난 산막처럼 느껴지기도 했습니다. 입지는 너무나 이상했지만, 그렇다고 요괴의 집 같지는 않았어요.

다만…….

뭔가가 묘하게 마음에 걸리셨대요. 보면 볼수록 어쩐지 이상하다……, 라는 기분이 점차 강해지는 거죠. 하지만 아무리 유심히 바라봐도 뭐가 이상한지는 통 알 수가 없었고요. 결국 위화감만 점점 쌓여서 부풀어 올랐습니다.

백부님은 답답하면서 무섭기도 하셨대요. 오히려 공포심이 좀 더 강했을지도 모르겠네요.

저 집은 꺼림칙하다.

그러니 다가가서는 안 된다.

얼른 시선을 돌리고 원래 하산 경로를 찾아야 한다. 백부님도 그렇게 생각하셨지만, 좀처럼 결심이 서지 않았습니다.

완전히 길을 잃은 상태에서 집을 발견했는데, 무시하는 게 옳은 일일까. 아무리 꺼림칙해도 안내를 청해야 하지 않을까. 적어도 가까이 가서 사는 사람이 있는지 없는지 정도는 확인해야 하지 않을까.

망설이신 끝에 백부님은 일단 근처까지 가서 동태를 살펴보기로 하셨습니다. 조금이라도 위험하게 느껴지면 바로 달아나기로 하고 수수께끼의 집으로 향하신 거죠.

그나저나 왜 '두꺼비'일까.

개구리 하면 물가라는 인상이 있습니다. 결코 산은 아니겠죠. 그 집 곁의 계곡이나 연못에 수많은 개구리나 두꺼비가 서식한다. 백부님은 그런 환경을 상상하셨습니다만, 아까 내려다본 바로는 아무래도 아닌 것 같더래요.

결코 그냥 두꺼비는 아니야…….

왜냐하면 '두꺼비 인간'이라고도 불리니까.

그 점에 생각이 미치자, 그 집이 더 꺼림칙하게 느껴지시더래요. '두꺼비'뿐이라면 다양하게 해석할 수 있겠지만 '두꺼비 인간'이라면 이야기는 별개죠. 더구나 '두꺼비 인간의 거처'니까요.

저 집에는 두꺼비와 비슷하게 생긴 사람이 살고 있다.

순수하게 받아들이면 그렇게 됩니다. 그렇듯 특이하게 생겼으니 남의 눈을 피해 산속에 산다고 해석할 수도 있는 거예요.

하지만 실제로는 말도 안 됩니다. 분명 특이하게 생긴 사람도 있기는 합니다만, '두꺼비 인간'이라고 불릴 만큼 특이하게 생긴 사람이 어디 있겠어요?

백부님은 길 없이 수풀이 우거진 비탈을 미끄러지듯 내려가면서 계속 생각하셨습니다.

그럼 왜 '두꺼비 인간'일까. 어쩌면 '두꺼비'라는 말에 다른 뜻이 있는 건 아닐까.

……두꺼비, 무수히 많은 돌기, 뿌연 독액, 양서류.

그런 말들이 연상되는 사이에 눈앞이 갑자기 확 트이고, 그 집 근처로 나왔습니다. 그리고 실물을 본 순간, 그 집이 어떻게 이상한지 똑똑히 알았죠.

……너무 작아.

얼핏 산막이라고 착각할 뻔했습니다만, 자세히 관찰하자 서양식이었습니다. 집의 측면에서 보았을 때 오른편에 현관이 있었고, 왼편 3분의 1 정도에는 2층도 딸려 있었습니다. 나머지 3분의 2는 1층뿐이었는데, 아무튼 전체적으로 작았어요.

……절반 정도인가.

마치 보통 가정집을 절반 크기로 축소한 것 같은 모양새였죠. 그렇게 기묘한 집이 산속에 서 있는 겁니다. 게다가 구석구석 살펴보자 군데군데 상한 느낌이 있었어요. 아직 폐허로 변하지는 않았지만, 가까운 장래에 그렇게 될 것 같은 낌새가 풀풀 풍겼죠.

백부님은 집 주변을 빙 돌아보셨습니다. 창문에 커튼이 쳐져 있어서 안은 보이지 않았어요. 하지만 커튼이 없었더라도 과연 실내를 들여다볼 수 있었을지는…….

그도 그럴 것이 작은 집을 한 바퀴 도는 동안 뭐라고도 형용할 수 없을 만큼 찜찜한 감각에 사로잡혔기 때문입니다.

……이쪽을 가만히, 계속 관찰하고 있어.

집 안에서, 또는 집 자체가…….

그렇게 생각하자 목덜미에 소름이 돋고, 냉수를 끼얹은 것처럼 오싹오싹한 한기가 등골을 타고 내려갔습니다.

백부님은 허둥지둥 도망치셨대요. 산길이 있건 없건 개의치 않고, 그 집에서 조금이라도 멀어지려고 마구잡이로 나아가셨습니다. 아주 위험한 짓이라고 할 수 있겠습니다만, 그만큼 무서우셨던 거겠죠.

이 무모한 행동이 결과적으로 백부님을 구했습니다. 이윽고 본래 하산 경로와 맞닥뜨려 무사히 하산할 수 있었으니까요.

제가 왜 선배의 할아버지께서 겪으신 일을 듣고 몹시 놀랐는지 아시겠나요? 문제의 기묘한 집은 칠팔 년에서 십 년쯤 사이에 크기가 작아진 겁니다. 이 두 분 말고도 그 기괴한 집을 목격한 사람이 더 있고, 목격한 시기가 두 체험담과 몇 년 차이 날 경우, 어쩌면 그 집은 크기가 또 달랐을 가능성도 있지 않을까요?

즉, 지어진 당시는 보통 집이었는데, 세월이 흐르면서 점차 작아진 거예요.

물론 저도 어처구니없는 망상이라고 생각합니다. 애당초 누가 무슨 목적으로 그런 산속에 집을 지었느냐, 대체 누가 살고 있었느냐는 수수께끼가 풀리지 않고 남아 있으니까, 그런 해석을 해 봤자 아무 의미도 없겠죠.

아니, 의미가 없다면 왜 작아지는 현상이 발생했느냐, 어떻게 발생했느냐는 수수께끼가 해결되지 않는 한, 다른 문제에 해답이 나와 본들 그야말로 의미가 없을 것도 같네요.

이런 희한한 이야기로 기대에 부응할 수 있을지 모르겠군요.

4

도쇼 아이는 괴이 민속학 연구실 문가에 서서 실내를 바라보며, '여기 문은 늘 열려 있네.' 하고 구태여 별 상관없는 생각을 했다. 또 하나의 '늘'을 의식하기 않기 위해 일부러 자기 자신을 속이려 했다.

하지만 허사인 듯했다. 왜냐하면 '늘' 느껴지던 **기척**이 그날도 느껴졌기 때문이다.

……방 안에 누군가 있어.

지난번에도 지지난번에도 완전히 똑같은 감각에 사로잡혔다. 그래서 말을 걸고 들어갔는데도 두 번 다 실내에는 아무도 없었다.

……오늘도?

그렇다고 인사하지 않고 들어가는 건 역시 실례이리라. 그런 행동은 예의 없는 짓이다.

하지만 말을 걸어도 아무 대답이 없다.

방 안쪽까지 들어가도 아무도 없다.

또 그런 무서운 일을 겪을 우려가 있는데, 대체 어떻게 하면 좋을까.

덧붙여 현재, 무묘대학교는 여름방학 기간이다. 따라서 도서관도 휴관일이 정해져 있었다. 다만 도서관 지하에는 뒷문으로도 들어갈 수 있으므로, 아이는 날짜를 신경 쓰지 않고 이렇게 괴민연 앞에 서 있는 것이다.

하지만…….

예전에 두 번 방문했을 때를 돌이켜 보며 아이가 오도 가도 못 하고 있자니, "겐야 있나?" 하고 갑자기 비스듬히 뒤쪽에서 누군가 말을 걸어서 아이는 펄쩍 뛸 만큼 놀랐다.

"앗, 어, 그게?"

반사적으로 돌아보았지만 바로 이름을 떠올리지 못한 것이 아무래도 상대의 자존심을 몹시 건드린 모양이었다.

"조교수 호소이야."

남자가 불쾌한 말투로 이름을 댔다. 덧붙여 이름보다 직함인 '조교수'를 강조한 점이 아이의 기억을 자극했다.

"네, 호소이 선생님이시죠."

"정말로 기억하는 건가?"

의심에 찬 눈빛을 던지길래 아이는 '아니요.' 하고 속으로 툭 쏘아붙이면서도, "물론이죠." 하고 거짓말도 방편이라는 듯 잽싸게 대답했다.

"그런데 내 연구실에는 전혀 놀러 오지 않는군그래."

호소이가 치근덕거린 순간, 아이는 몹시 후회했다. 이런 사람에게는 "전혀 기억 안 나는데요." 하고 똑똑히 말해 주는 것이 상책이다.

"전에도 말했지만 자네라면……."

호소이가 그 이야기를 이어 나갈 낌새길래 아이는 서둘러 말허리를 끊고, "선생님은 자리를 비우셨어요."라고 확인해 보지도 않고 단언했다.

그러나 민속 탐방을 나선 도조 겐야가 연구실에 돌아올 생각이 없다는 것은, 며칠 전 자기 앞으로 배달된 편지를 통해 엄연히 증명된 셈이라고 도쇼 아이는 새삼 생각했다.

"흠, 선생님이라."

지난번에도 이런 말투로 야유했다는 것이 생각나서 아이도 속으로 지난번과 똑같이 비아냥거렸다.

네네, 댁은 조교수고 도조 선생님은 그냥 특별 강사죠.

하지만 이번에는 속내가 표정에 드러났는지, 호소이가 파충류 같은 눈빛으로 아이를 가만히 노려보았다.

"……여기에는 나오나요?"

난감한 상황을 얼버무리고 넘어가기 위해 툭 튀어나온 말이었지만, 뜻밖에도 호소이가 반응했다.

"무, 무슨 소리인지……."

분명히 싫어하는 눈치였다. 그러고 보니 지난번에도 호소이는 실내에 있는 아이에게 복도에서 말을 걸었다. 문으로 고개를 디밀었을 뿐, 결코 방으로 들어오지는 않았다. 어쩌면 호소이는 학생들 사이에 퍼진 "……거기, 나온대."라는 소문을 진심으로 믿고서 이 연구실에 들어오기를 싫어하는 것 아닐까.

"호소이 선생님, 이 방 말인데요……."

아이는 괴민연을 가리키며 일부러 속삭이는 목소리로 말했다.

"들어가기 전에 분명 실내에서 인기척이 났는데, 막상 들어가면 아무도 없는……, 일이 반복돼요. 그러니 선생님, 저랑 같이……."

"아아앗, 맞다. 주, 중요한 볼일이 있었지, 참."

호소이는 말을 마치기가 무섭게 줄행랑쳤다.

좋아, 다음부터 이 방법으로 격퇴하자.

씩 웃으며 괴민연에 발을 들여놓은 아이는 서가 너머에서 바라보는 잘린 머리와 눈이 마주쳤다.

"꺄아아악."

"으아아악."

저도 모르게 튀어나온 아이의 비명과 그에 호응하는 듯한 외침 소리가 거의 동시에 울려 퍼졌다.

"저, 저기……, 뭐 하는 거예요?"

도조 겐야가 자리를 비운 사이에 연구실을 지키는 덴큐 마히토가 서가 뒤편에서 나왔다.

"저 선생님, 참 끈덕지단 말이야."

"호소이 선생님한테 대응해야 하는 건 지가 아니라 덴큐 씨잖아요. 아니, 그것보다 방금 소리는 왜 질렀어요?"

"너 때문에 놀라서……."

"그건 지가 할 말인데요."

아직 세 번밖에 안 만났는데 (벌써 세 번이라고 해야 할까.) 익숙하게 대화를 나누는 듯한 기분이었다.

친밀한 사이.

그런 말이 머릿속에 떠올라 왠지 아이는 쑥스러웠지만, 어느새 덴큐의 모습이 보이지 않았다. 이미 안쪽 책상으로 돌아간 듯했다.

"손님을 내버려두면 어쩌자는 거예요?"

툴툴 화를 내며 아이도 안쪽 책상으로 가자 덴큐가 진지한 표정으로 물었다.

"네가 손님이야?"

"도조 선생님의 조수도 아니고, 덴큐 씨의 후배도 아니니까요."

"그렇지. 그럼 왜 여기 오는 건데?"

"……어."

너무 야멸찬 말에 한순간 아이는 벌어진 입이 다물어지지 않았지만, 바로 매섭게 쏘아붙였다.

"무슨 말이 그래요! 지가 어렸을 때 겪은 일이랑 호쓰쇼대학교의 안리 가즈히라 씨가 중학생 때 겪었던 기기괴괴한 일을 기록으로 남길 수 있도록 덴큐 씨에게 이야기를 들려주라고 도조 선생님께서 직접 부탁하셔서, 지는 아무 상관도 없는데 이렇게 일부러 찾아와서 선생님의 기이담 수집에 협력하고 있는……."

덴큐 마히토가 한 귀로 듣고 한 귀로 흘린다는 것을 알고 아이는 화가 울컥 치밀었다. 하지만 여기서 화내 봤자 덴큐에게는 아무 효과도 없을 것이다. 그렇게 예상하고 아이는 갑자기 목소리를 낮춰서 말을 꺼냈다.

"지 친구가 다른 친구에게 들은 이야기인데요. 그 친구의 언니는 큰 병원의 간호사인데, 어느 날 야근 시간에……."

"이, 이봐, 갑자기 무슨……."

덴큐가 당황해서 끼어들려 했지만 아이는 아랑곳없이 말을 이었다.

"간호사 대기실에 혼자 있다가 볼펜을 떨어뜨리는 바람에 쪼그려 앉아서 주웠대요. 거기는 마침 접수대 앞쪽이었죠. 볼펜을 주운 친구의 언니가 몸을 일으키려는데, 수군수군……, 하고 인기척이 느껴졌어요. 하지만 몸을 구부리기 전에 간호사 대기실에서 보이는 복도에는 아무도 없었거든요. 그런데 지금

머리 위에서 느껴지는 인기척은 한두 명의 것이 아니었어요."

덴큐는 고개를 홱 돌린 채 최대한 아이를 무시하려 했다. 하지만 두 귀를 막은 것은 아니니까 분명 목소리는 들리리라.

"이대로 몸을 일으키면 절대로 안 된다……, 라고 친구 언니는 생각했어요. 그래서 쪼그려 앉은 자세로 접수대 아래에서 옆으로 이동해, 접수대 가장자리에서 고개만 빼꼼 내밀었더니……."

아이는 그 동작을 흉내 내며 말했다.

"환자들이 접수대 앞에 줄을 쭉 서 있더래요. 물론 한밤중이니 말도 안 되는 일이죠. 그래서 친구 언니는 조용히 고개를 내리고, 순찰하러 간 선배가 돌아올 때까지 가만히 기다렸어요."

아이는 변함없이 고개를 돌려 외면하는 덴큐에게 몸을 쑥 내밀었다.

"얼마 후 순찰을 마치고 돌아온 선배에게 무슨 일이 있었는지 들려주자……."

"아, 그런데 도조 선생님의 이번 용건은 대체 뭐지?"

이야기를 중단시키려는 듯 느닷없이 덴큐가 크게 말했다.

"잠깐만요, 실은 여기서부터 더 무서워진다고요."

아이가 조금도 굽히지 않고 말을 이어 나가려 하자, 결국 덴큐는 항복했다.

"……알았어. 미안해. 넌 선생님께 충분히 도움이 되고 있어."

그런데 어쩐지 말투가 미묘했다. 오히려 실례인 것 같기도 했다. 그러나 이 정도면 덴큐 마히토가 한껏 양보했다고 볼 수도 있었기에, 아이는 너그럽게 받아들이기로 했다.

"이해해 줘서 감사하네요."

"그래서?"

바로 안 좋아진 덴큐의 태도에 아이는 속으로 화를 내면서 말을 꺼냈다.

"도조 선생님이 두툼한 편지를 보내셨어요."

"왜 선생님은 네게 편지를 보내시는 걸까."

"지야 모르죠. 선생님께 여쭤보든가요."

아이는 쌀쌀맞게 대꾸했지만, 말투와는 딴판으로 의기양양한 기분이 얼굴에 드러났다는 걸 스스로도 알 수 있었다.

그 기분이 덴큐에게도 전해졌는지 시큰둥한 표정이었다. 괴담을 듣고 무서워하는 것 말고는 감정을 별로 드러내지 않는 사람이지만, 도조 겐야의 조수라는 자부심만큼은 품고 있기 때문이리라.

덴큐가 말없이 손을 내밀길래 아이는 편지를 꺼낸 후 빙긋 웃었다.

"여기에는 도조 선생님께서 수집하신 이야기가 담겨 있어요. 하지만 그걸 덴큐 씨에게 넘겨주지 말고, 꼭 읽어서 들려주라고 편지에 적혀 있더군요."

"아니, 그게 무슨 소리야?"

당황하는 덴큐에게 아이는 또 웃음으로 답했다.

"그러니 지도 바쁘기는 하지만, 선생님의 지시에 따를게요."

도쇼 아이의 체험담을 덴큐 마히토에게 들려준 결과, 그가 어떻게 반응했고 어떻게 추리했는지는 아이에게서 할머니, 할머니에게서 도리노우라에 있는 가이후 여관의 안주인, 안주인에게서 도조 겐야에게로 실은 아주 상세하게 전달된 모양이다.

아이는 도조 겐야의 감사장을 받고 그 사실을 알았다. 그렇기에 겐야는 호쓰쇼대학교에 다니는 안리 가즈히라가 덴큐 앞에서 체험담을 들려주도록 주선해 달라고 아이에게 부탁한 것이 틀림없다. 그러면 덴큐가 다시 추리력을 발휘할지도 모른다고 겐야는 기대한 것이다.

덴큐 씨가 겁쟁이라는 걸 선생님은 모르시나.

아이는 그게 의문이었지만, 알든 모르든 도조 겐야는 변함없이 괴담 같은 이야기를 수집해서 보낼 테니 아이도 걱정을 그만두기로 했다.

다만 여기서부터가 문제였다. 덴큐는 "나중에 읽어 볼게." 하며 아이를 상대하지 않으려 했다. 하지만 여기까지 온 이상, 아이는 덴큐의 반응을 직접 보고 싶은 마음이 컸다. 실은 그 반응을 도조 겐야에게 보고하는 것이 즐겁기도 했다.

"지는 상관없지만, 괜찮겠어요?"

그래서 아이는 일부러 의미심장하게 말했다.

"뭐가?"

"선생님이 수집하신 이야기를 정리하기 위해 덴큐 씨는 조만간 편지를 읽겠죠."

아이는 편지를 거듭 보여 주며 말을 이었다.

"아무도 없이 조용한 지하의 연구실에서, 덴큐 씨가 혼자 괴담 같은 이야기를 읽는다고 생각하니……."

"아무래도 네가 읽어 주는 게 낫겠군."

안쪽 책상에 앉아 있던 덴큐가 재빨리 작업 책상의 의자에 앉길래, 아이도 부랴부랴 덴큐 앞에 앉아 편지에 동봉된 원고를 읽었다.

도조 겐야가 보낸 이야기는 총 세 가지였다.

첫 번째는 어린이 연속 괴사 사건이었다. 아이에게는 기분 나빠서 몸서리가 나는 이야기였다. 범인은 왜 피해자의 배를 갈랐을까. 도무지 그 동기를 알 수 없어서 소름 끼치고 무서웠다. 그렇지만 덴큐는 의외로 흥미를 느낀 듯했다. 첫 번째 피해자가 살해당한 현장이 일종의 밀실 상태여서 지적 호기심을 자극받은 것이리라.

두 번째는 전래동화에라도 나올 법한 작은 집과 관련된 이야기였다. 덴큐가 무서워해서 낭독하는 아이도 목소리에 힘이 들어갔다. 말투로 겁을 주려는 의도가 뻔히 드러났겠지만, 덴큐에게는 그걸 알아차릴 여유가 없었을지도 모르겠다.

세 번째는 두 번째 이야기에 등장한 집이 더 작아졌다는, 바로 믿을 수 없는 이야기였다. 아이가 보기에는 여기서 덴큐가 약간 기운을 차린 듯했다.

무서워한 건 두 번째 이야기뿐인가.

아이가 비정하게도 아쉬워하고 있자니, 덴큐가 느닷없이 일어나서 서가뿐인 실내를 이리저리 돌아다녔다. 이윽고 그는 책을 두 권 들고 책상으로 돌아왔다. 《페로 동화》와 《그림 동화》였다.

"도조 선생님은 분명 접점을 찾아내서 이 수수께끼들을 단숨에 풀어내셨을 거야."

"네?"

평범하게 받아들이면 덴큐는 아이가 읽어 준 세 가지 이야기에 접점이 있다고 말한 것이다. 하지만 두 번째와 세 번째는 그렇다 치더라도, 그것들과 첫 번째가 서로 연관됐을 것 같지는 않았다. 애당초 어린애가 연속해서 살해당한 사건과 집이 작아지는 괴이 현상은 전혀 다른 곳에서 일어난 일이잖는가. 더구나 집이 작아지는 현상을 어떻게 해결하겠는가. 불가능할 게 뻔하다.

몹시 당혹스러워하는 아이의 심정이 얼굴에 드러난 것이리라.

"하기야 강한 상상력……, 아니지, 이번에는 망상력이라고 해야 할까? 강한 망상력이 필요하겠지만. 도조 선생님은 물론 그

힘을 지니고 계셔. 게다가 선생님은 거기에 강력한 추리력을 더하실 수 있지."

덴큐는 두 번째 이야기를 들을 때 보여 주었던 겁에 질린 표정은 가짜였다는 듯 환하게 웃으며 말을 이었다.

"그 망상력이 아무래도 내게도 있는 것 같아서 이번에는 다행이야."

5

"하지만 덴큐 씨, 어린애가 살해당한 사건과 집이 작아지는 현상은 다른 지방에서 일어났잖아요. 거기에 접점이 있다고 보는 건 아무래도 무리가 있지 않을까 싶은데요."

도쇼 아이로서는 가장 큰 의문을 꺼낸 셈이었지만, 덴큐 마히토는 아무것도 아니라는 듯이 대답했다.

"여러 이야기를 한꺼번에 보내신 건 선생님이 이 세 가지 이야기를 나름대로 가까운 곳에서 연속해서 수집하셨기 때문이다. 일단 그런 추측이 성립해."

"듣고 보니 그렇지만……."

아이는 반쯤 수긍했지만, 바로 문제점을 지적하듯 말했다.

"그렇지만 뭔가 증거 같은 것이 없으면……."

“어린이 연속 괴사 사건은 메자시라는 지방에서 발생했어. 작아지는 집은 도도메라고 불린 지방에서 목격됐고. 여기서 메자시의 ‘메(芽)’는 원래 눈을 뜻하는 ‘메(目)’가 아니었을까 싶어.”

덴큐가 의기양양하게 자기 눈을 가리키길래 “저기, 갖다 붙이는 데에도 정도가…….” 하고 아이는 사기꾼이라도 보는 듯한 눈빛을 던졌다.

“설령 그 ‘메(目)’였다고 쳐도, 그것만으로 두 지방이 가깝다고 간주하는 건 너무 억지잖아요.”

“너, 전공이 문학부 국문학과 아니야?”

“……네, 맞는데요.”

갑작스러운 질문에 아이는 당황했지만, 덴큐가 자신의 전공을 알고 있다는 사실이 어째선지 묘하게 기뻤다. 한편으로 그런 자신의 감정이 믿기지 않아서 아이는 더 허둥거렸다.

“그럼…….”

하지만 덴큐는 아이의 반응에 아랑곳없이 말했다.

“메자시(芽刺) 지방의 슈하산(秋波山)과 도도메(留目) 지방의 비간타케(媚眼岳)산이라는 말을 듣고 뭔가 짚이는 거 없어?”

“뜬금없이 무슨…….”

아이가 더 이상 아무 말도 못 하자 덴큐가 물었다.

“슈하산과 비간타케를 거꾸로 하면?”

“비간타케와 슈하산……, 앗, 미안추파(媚眼秋波)가 되는 건가요?”

"물론 뜻은 알겠지?"

"미인의 맑고 시원스러운 눈매……, 여기에도 '눈'이 나오네요."

"즉, 슈하산과 비간타케산은 거의 인접해 있지 않을까? 이건 완전히 상상이지만, 두 지방에서 각 산을 올려다봤을 때, 사람의 눈 같은 설형(雪形)이 보이는지도 몰라. 설형이란 산줄기나 암반에 쌓인 눈이 멀리서 바라보면 어떠한 모양으로 보이는 현상을 뜻해."

"시로우마다케산의 말이라든가……."

"그렇지. 그래서 산과 그 지방에도 그런 이름이 붙은 건지 몰라. 메자시와 도도메 둘 다 옛날 명칭인 듯하지만, 얼마든지 조사할 수 있을 테니……."

아이는 서둘러 고개를 젓고 말했다.

"도조 선생님은 분명 수집하신 이야기만을 근거 삼아 수수께끼를 푸셨을 거예요."

"그러니까 나도 똑같이 하라고?"

아이가 대답하기 전에 덴큐는 당연하다는 듯한 표정으로 말했다.

"물론 그럴 작정이었지만, 네가 납득이 가지 않는다면……."

"아니요, 이대로 계속하세요."

아이는 냉큼 대꾸했지만, 과연 덴큐 마히토가 도조 겐야 같은 추리력을 발휘할 수 있을지 걱정됐다.

분명 자신과 안리 가즈히라가 들려준 기괴한 체험담 속의 수수께끼를 멋지게 풀어 내기는 했다. 하지만 이번 사건은 그 두 가지 일에 비해 너무나 황당무계하지 않은가. 애당초 합리적으로 해석하기가 가능하기는 할까.

"도조 선생님은 지금까지 체험자에 따라 단층집이었다가 2층집으로 변하기도 하는 '게모노야'와 목격자에 따라 같은 곳에 나타나거나 사라지기도 하는 '마요이가' 등 집 자체가 괴이한 존재인 사건도 멋지게 해결하셨어."

큰 불안감에 사로잡힌 아이의 마음을 알아차린 듯 덴큐는 구체적인 사례를 들었다.

응, 그야 도조 겐야 선생님이시니까.

그것이 아이의 솔직한 심정이었다. 과연 덴큐 마히토는 비슷한 시련을 극복할 수 있을까.

"일단 고레요시 미쓰하루 살해 사건 말인데……."

하지만 걱정하는 아이를 본체만체 덴큐는 수수께끼 풀이에 도전했다.

"밀실 상태였던 우리에 드나들 수 있을 것. 그게 가장 중요한 범인의 조건이겠지. 그렇다면 피해자 미쓰하루의 보복을 두려워했던 듯하고, 오빠보다 분명 몸집이 작았을 미쓰하루의 여동생이 부각돼."

"엥, 아무리 그래도……."

아이는 깜짝 놀랐다.

"응, 여동생이 범인이라면 그 이후에 연쇄 살인이 벌어진 게 의문이지. 게다가 오빠의 배를 가를 필요가 있었을 것 같지도 않고."

덴큐가 순순히 자신의 추리를 철회해서 아이는 화가 났다.

"그럼 아예 말을 꺼내지 말든가요."

"머리에 떠오른 해석을 주저 없이 제시하는 도조 선생님을 흉내 낸 거야."

하지만 덴큐는 태연자약하게 반응했다.

"여기서 중요해지는 건 범인에게 요구되는 신체적인 특징이야."

"설마……, 어른인데도 몸집이 왜소해서 서커스에서 활약할 법한 사람이 그 연쇄 살인 사건의 범인이었다……, 그런 건가요?"

"즉, 어린이 연속 괴사 사건의 범인은 작아지는 집에 사는 사람 아닐까, 라고 망상해 볼 수 있어."

"뭐라고요?"

수긍하지 못한 아이가 목소리를 높이자 덴큐는 당연하다는 듯 말했다.

"작은 집에 살려면 역시 몸집이 작아야겠지."

"그, 그건……."

"산속의 그 건물은 왜 두꺼비집이라고 불렸을까?"

"……왜인데요?"

"두꺼비를 뜻하는 '가마(蟇)'라는 한자를 '히키'라고도 읽을 수 있다는 건 물론 너도 알겠지."

"네. 두꺼비의 또 다른 명칭인 히키가에루의 '히키'죠."

"일찍이 키가 극히 작은 사람을 주유, 난쟁이, 히키토(低人)라고 부르던 시절이 있었어."

덴큐는 책상 위의 메모지에 한자를 적으며 설명했다.

"이 '低人'에서 '히키토'라는 음만 전해지다 어느 틈엔가 '히키토(蟇人)'로 착각하게 된 거야. 그리고 '低'라는 한자는 사라지고, '蟇'라는 한자만 남은 결과, 문제의 '히키토(蟇人)'라는 표현이 정착된 거지. 그 사람이 사는 곳이라는 의미로 그 건물은 '두꺼비집'이라고 부르게 된 거고."

"누가요?"

"고레요시 가문이 머물던 마을의 일부 사람들이겠지. 하지만 그들도 그런 집이 있다는 모양이다......, 정도의 소문밖에 몰랐어. 왜냐하면 그 집이 지어진 곳은 슈하산이 아니라 메자시와는 반대쪽인 비간타케산이었으니까."

"......잠깐만요. 애당초 어디의 누가 집을 지은 건데요? 아니, 그 전에 두꺼비집 주인은 대체 누구인데요?"

아이가 혼란스러워하자 덴큐는 또 명칭을 해설했다.

"슈하산에는 호귀가 산다는 소문이 어느 틈엔가 마을에 퍼졌지. 하지만 당시 주재소 경찰관도 고개를 갸웃거렸듯이 나도

'여우 도깨비'라는 괴이는 들어 본 적 없어. 그렇다면 '호(狐)'는 원래 그 짐승을 의미하는 한자가 아니었을지도 몰라. 다른 한자가 변한 것이라고 볼 수도 있겠지. 이번에 선생님이 보내신 원고 속에 나왔던 한자 중에 '狐'와 비슷한 한자는 대체 뭘까."

아이는 서둘러 원고를 다시 훑어보았지만 통 짐작이 가지 않았다. 그러자 덴큐가 말을 이었다.

"고레요시 가문 이전에 마을의 권력자였던 우리코(瓜子) 가야."

"앗……'瓜'와 '子'를 합치면 '고독'의 '고(孤)'라는 한자가 되는군요."

"'孤'라는 한자가 개사슴록변의 '狐'로 변한 거지. 또는 애초에 개사슴록변 쪽이 어울렸기에 일부러 '狐'라는 한자를 썼든가."

"그런 인상이 있었기 때문에……."

"아직 우리코 가문에 재력이 남아 있었던 무렵이라, 마을에서 멀리 떨어진 비간타케산에 그 인물이 전용으로 사용할 집을 지었어. 마을 사람들의 호기심 어린 시선을 피하기 위해서라도 몰래 산속 집에 살게 한 거지."

"그렇지만 체험자가 그 집에 묵었을 때, 내부를 조사했잖아요. 그야말로 구석구석. 하지만 어디에도 없었어요. 그건……."

"문을 전부 열고 안을 살펴본 것처럼 느껴지지만, 그가 빼먹은 문이 하나 있어."

"어딘데요?"

"중정에 장작이 쌓여 있던 곳. 장작이 수북이 쌓여 있어서, 아래쪽 절반을 가린 쌍바라지 문 안쪽에도 장작이 있을 거라고 믿었지. 하지만 거기에 은신처가 있었던 것 아닐까 싶어. 여차할 때 낯선 사람에게서 몸을 숨기기 위한 대피 장소 같은 거겠지."

"체험자가 밤중에 거실에서 본, 길쭉한 기둥 같은 존재는……."

"두꺼비집의 주인(일단 임시로 두꺼비 신선이라고 부를까?)이 평소 작은 키에 열등감을 느꼈기 때문에 그런 모습으로 나타난 거겠지. 소재까지는 모르겠지만, 뭔가 머리에 썼을 거야. 그것도 은신처에 보관해 뒀다고 봐야 하려나. 침입자를 위협해서 집에서 쫓아낼 목적도 있었을걸."

아이는 잠시 침묵한 후 입을 열었다.

"……가령 덴큐 씨의 추리가 옳다고 쳐도, 집이 작아질 리는 없는데요."

"당연하지."

"그렇다면……."

"분명 몇 년에 한 번씩 집을 다시 지었을 거야."

"네에?"

"집은 서양풍이었지만, 나무를 짜 맞춰서 만든 산막처럼 보였다고도 했어. 즉, 실은 쉽게 분해하고 조립할 수 있도록 지은 거지."

"아니, 아니, 그런 게 아니라……."

"다시 지은 이유?"

아이가 고개를 끄덕이자 덴큐는 터무니없는 동기를 꺼내 놓았다.

"두꺼비 신선에게 성장하고 있다는 실감을 주기 위해서야."

"……."

"그래서 집 자체를 정기적으로 작게 줄여서 다시 지은 거지."

"……."

"두꺼비 신선이 완전히 속아 넘어갔는지는 모르겠어. 하지만 작아지는 집에 사는 한, 그런 환상을 품을 수 있지 않았을까."

"……집을 다시 지은 건 두꺼비 신선의 부모님?"

"우리코 가문에 대해서는 아무 자료도 없어. 하지만 정황상 역시 부모의 애정이라고 봐야……. 상당히 일그러지기는 했지만, 그게 맞지 않겠어?"

아이는 원고를 재빨리 훑어본 후 말했다.

"보통의 절반 정도 크기였던 집은 이미 폐허로 변해 가고 있었던 것 같은데, 이건 우리코 가문의 몰락과 관계가……."

"당연히 있지. 꼬박꼬박 배달됐던 식료품도 분명 밀렸을걸. 그래서 두꺼비 신선은 우리코 가문이 있는 마을로 향했어. 도중에 발견한 우리에 어린애가 갇혀 있다는 걸 알았지. 그래서 본인도 우리로 들어가서 녹슨 메스로 배를 가른 거야. 우리코 집안은 옛날부터 의사 가문이었어. 메스는 드물지 않겠지."

“아니, 아니, 그게 무슨.”

아이는 당황해서 끼어들었다.

“추리가 너무 비약했잖아요.”

“그런가?”

“두꺼비 신선이 왜 갑자기 어린애의 배를 가를 필요가 있는데요?”

“작아지는 집에 기묘한 방이 하나 있었잖아.”

“……벽에 이상한 계단이 있는?”

“무슨 방인지 알겠어?”

아이가 고개를 젓자 덴큐는 답을 알려 주었다.

“계단 교실이야.”

“……대학교 강의에 사용하는?”

“문제의 그 방은 아마도 해부학 교실을 모방한 게 아닐까 싶어.”

“앗, 예전에 해외 영화에서 본 적 있어요.”

“물론 일종의 놀이터 삼아 만들었겠지. 그리고 체험자가 이상한 냄새를 맡은 걸 보면, 두꺼비 신선은 분명 거기서 작은 동물을 해부했을 거야. 방에 창문이 하나도 없었던 건, 만에 하나라도 들키지 않도록 경계한 거고. 그래서 두꺼비 신선은 별 망설임 없이 어린애의 배도 가를 수 있었던 거야.”

“그, 그렇다 쳐도 우리에 갇힌 어린애에게 느닷없이 그런 짓을 할 이유가……. 아무리 봐도 없는걸요.”

덴큐는 책상 위에 놓아 둔 《페로 동화》와 《그림 동화》를 한 손에 한 권씩 들고 말했다.

"이 두 책에는 똑같은 이야기가 몇 편 담겨 있어."

뜬금없는 지적에 아이는 당황했지만, 틀림없이 뭔가 의미가 있을 듯했기에 머리를 짜내서 대답했다.

"……분명 〈신데렐라〉가 그랬죠. 원제는 '재투성이 아가씨'였던가요?"

"응. 그리고 〈빨간 두건〉도 해당돼."

"두 책에 실린 〈빨간 두건〉의 내용에 차이점이 있다는 뜻이에요?"

한 수 앞지를 생각으로 말했지만, 아이의 판단은 멋지게 빗나갔다.

"아니, 공통점이 있지."

"설마……, 늑대의 배를 가르는 장면이라든가."

"이야, 예리한걸."

덴큐는 순수하게 감탄한 듯했지만, 그 직전에 어린이 연속 괴사 사건에 대해 이야기했으니 그다지 잘난 척할 수는 없겠다고 아이는 생각했다.

"즉, 즐겨 읽은 동화책 두 권과 평소에 작은 동물을 해부한 영향으로 두꺼비 신선은 어린애의 배를 갈랐다, 그렇게 주장하는 거예요?"

하지만 이 해석 때문에 아이에 대한 평가가 단숨에 하강한 듯했다.

"이런, 이런. 거기까지 와 놓고 아직도 모르겠어?"

"네, 지는 모르겠네요."

뾰로통하게 토라진 아이를 보고 덴큐는 한숨을 쉰 후, 또 터무니없는 동기를 들려주었다.

"당연히 어린애 배 속에 남은 음식물을 먹기 위해서지."

"……."

"먹을 것을 찾아 나선 두꺼비 신선에게는 우리에 갇힌 어린애가 그야말로 먹잇감으로 보였겠지. 작은 동물을 해부한 경험을 통해, 그는 위장에 아직 소화되지 않은 음식물이 남아 있기도 하다는 걸 알고 있었어. 두꺼비 신선의 성별은 불분명하지만, 편의상 남자라고 치자. 우연하게도 첫 번째 피해자인 고레요시 미쓰하루는 점심을 먹은 지 얼마 안 됐어. 말 그대로 사냥에 맛을 들인 두꺼비 신선은 두 번째 목표물을 습격해서 우리로 옮겼지. 그것도 이번에는 아침을 먹은 지 얼마 안 된 어린애를 노렸어. 하지만 세 번째에서 그는 목표물을 잘못 골랐어. 첫 번째와 두 번째는 유복한 집 자식이었지만, 세 번째는 아니었거든. 따라서 위장 속 음식물의 양과 질이 지난번 두 사람만 못했어. 그가 네 번째 목표물을 죽이지 않고 놔둔 것도, 습격한 후에 세 번째 목표물처럼 못사는 집 자식이라는 사실을 알아차렸기 때문이야."

"……."

"두꺼비 신선은 애당초 '살인'이라는 개념 자체를 몰랐겠지. 어린애들의 배를 가른 것도 그저 동화를 흉내 낸 것에 지나지 않아. 제대로 된 교육을 받은 적은 없지 않으려나. 그런 의미에서는 그 또한 피해자였다고 할 수 있을지도 모르겠군."

덴큐 마히토가 너무 유별난 추리를 선보여서 아이는 한마디도 말할 수 없었다.

"응? 어쩌면 이번에는……."

하지만 덴큐 본인은 아이에게 무관심한 태도로 생각에 집중했다.

"풀리지 않고 꺼림칙하게 남아 있는 문제가 전혀 없잖아."

여전히 반신반의하는 말투이기는 했지만, 덴큐는 그렇게 말하며 드디어 아이의 얼굴을 보았다.

"방금 덴큐 씨의 추리가 정말로 옳다면……, 그렇겠죠."

"그건 상관없어. 맞느냐 틀렸느냐는 중요치 않아. 합리적으로 해석할 수 있느냐 없느냐가 중요하다고."

"그렇다면야 덴큐 씨가 일단은 모든 현상을 아귀가 맞게 설명했다고 봐도 되겠죠. 터무니없는 이야기이기는 했지만요."

"응응, 역시 그렇지."

기쁜 표정으로 고개를 끄덕이는 덴큐 마히토를 바라보고 있으니, 어쩐지 아이도 흐뭇한 기분이었다. 하지만 동시에.

묘하게 성질이 나네.

그런 마음도 점차 싹텄다.

"지 친구의 어머니가 어릴 적에 들은 이야기인데요……."

그래서 아이는 느닷없이 괴담을 꺼내 놓았다.

"가, 갑자기 왜 그래?"

물론 덴큐는 소스라치게 놀라서 거부했지만, 아이는 결코 이야기를 멈추지 않았다.

제4화 봉인지가 붙여진 방의 자시키 할멈

1

구라베 마사요가 메이와대학교를 지망한 건 국문학부 교수 중에 시시가시라 도코가 있었기 때문이다. 그의 전공은 중세 문학이지만, 뼛속 깊이 요괴를 좋아하는 것으로 일부에서는 유명했다. 실제로 전공 연구서보다 요괴 관련 서적을 더 많이 썼고, 개중에는 아동용 책까지 있었다.

마사요는 국민학생 때 학교 도서관에서 시시가시라의 요괴 책과 처음으로 만났다. 몇 번이나 빌려서 되풀이해 읽은 후, 저금한 용돈으로 그 책을 샀다. 서점에는 시시가시라가 쓴 요괴 관련 책이 그밖에도 많았지만, 그 책들을 사려면 설날에 세뱃돈을 받을 때까지 기다려야 했다.

중학생이 되자 그녀는 시시가시라가 쓴 본격적인 요괴 연구서를, 사전을 찾아가며 독파했다. 고등학교 때는 시시가시라의 요괴 관련 저서를 거의 다 읽었다. 왜 '거의'냐 하면, 시시가시라의 전공인 중세 문학 관련 저서에도 당연하다는 듯 요괴가 언급됐기 때문이다.

마사요는 시시가시라 도코가 요괴에 관해 쓴 문장을 전부 읽고 싶었다. 하지만 중세 문학에 문외한이다 보니, 이해가 잘 안 되는 부분이 많았다. 그런 서적은 '요괴 책'이 아니니까 억지로 독파할 필요는 없지 않을까, 처음에는 마사요도 그렇게 생각했다.

그런데 진로를 결정할 시기가 되자 문득 시시가시라가 교수로 있는 메이와대학교의 존재가 머릿속에 떠올랐다. 부모님의 권유와 친한 친구끼리 나눈 약속도 있고 해서, 그때까지만 해도 가까운 전문대에 진학해 졸업 후에는 고향의 회사에 취직할 생각이었다. 자타공인 '만사태평'하다고 인정하는 성격인 만큼 그것이 자신에게 제일 맞는 길이라고 믿었다.

하지만 대학교에서 선생님께 배울 수 있다면…….

요괴에 대해 좀 더 폭넓게 공부할 수 있지 않을까. 시시가시라에게 배움을 받는다면 훨씬 세세한 지식을 쌓을 수 있을 것이다.

그런 마음이 생겼다. 물론 부모님은 반대했고 친구도 어이없어했다. 부모님은 설득하느라 고생했지만, 친구와는 잠시 어색해진 후에 화해했다. 친구는 "기껏 대학교에 갔는데 요괴를 공부하다니, 진짜 인기 없을 거야." 하고 말했지만 마사요의 진학을 응원해 주었다.

부모님은 '보험 삼아 전문대에 붙을 것'을 조건으로 겨우 메이와대학교 입시를 허락해 주었지만, 분명 '합격할 리 없다'고 예측했기 때문이리라. 그리고 유감스럽게도 이 단계에서는 부모님의 예측이 옳았다.

담임에게 상담해도, 지금 성적으로는 어렵다고 단언했다. 마사요는 죽어라 입시 공부에 매진했다. 태어나서 지금까지 뭔가에 이렇게 열심히 매달린 적은, 중학생 때 사전을 찾으며 시시가시라의 요괴 책을 읽었을 때 말고는 없었다.

덕분에 마사요는 메이와대학교에 합격했다. 입학 후 무엇보다 놀라웠던 점은 학생들이 독자적으로 실시하는 동아리 활동이 아주 다채롭다는 것이었다. 마사요도 다양한 권유를 받았지만, 공교롭게도 어디에도 관심이 가지 않았다. 무슨 활동을 하는지 설명을 듣고 제일 흥미가 생겼던 문예부도 자신에게는 너무 고상한 것 같았다. 그렇다고 "요괴를 좋아하는데, 그런 동아리도 있을까요?"라고는 도저히 물어볼 수 없었다.

어느덧 마사요는 동아리를 권유하느라 시끌벅적한 광장을 떠나, 되도록 인기척이 느껴지지 않는 곳을 골라서 교내를 혼자 돌아다녔다. 어느 건물 뒤로 돌아갔을 때 작은 방이 옆으로 죽

늘어선 기묘한 단층집과 맞닥뜨렸다. 각각의 문에는 '영화부', '사진부', '장기부' 등등 문화 계열 동아리의 명칭이 적힌 표찰이 달려 있었다. 그리고 동아리마다 문을 아기자기하게 꾸며 놓았다.

동아리 건물인가.

마사요는 끝에서부터 차례대로 둘러보았다. 가입을 검토해도 될 만한 동아리가 하나쯤은 있을지도 모른다. 크게 기대해서는 안 된다는 걸 알고 있었으므로, 마사요도 가벼운 기분으로 나아갔다.

그러자 창고 같은 방 다음, 단층집 제일 안쪽에 믿기지 않는 표찰이 달려 있었다.

'요괴 연구회'.

그야말로 마사요를 위해 준비된 동아리방처럼 느껴졌다.

혹시 무슨 장난인가.

순간적으로 의심한 건 지금까지 보았던 다른 동아리방과 비교해, 그 방은 이웃한 창고와 비슷한 꼴이었기 때문이다.

실은 창고라거나.

창고에 억지로 '요괴 연구회'라는 표찰을 달았다. 그런 식으로밖에 보이지 않았다. 즉, 장난이다.

마사요가 망설이면서도 문을 두드린 건, 그래도 요괴 애호가로서 피가 들끓었기 때문이리라. 이런 표찰을 보고 무시하기는 불가능하다.

……우으으으으.

그러자 실내에서 신음 소리 같은 것이 희미하게 들렸다.

어?

마사요가 귀를 기울이자 분명 묘한 기척이 느껴졌다.

……끄으으으으.

오싹한 한기가 밀려들고 등줄기가 바르르 떨렸다. 이 방은 역시 창고고, '요괴 연구회'라는 표찰도 가짜고, 아직 아무것도 모르는 신입생을 꾀어 들이기 위한 함정 아닐까……, 싶은 기분이 들었다.

마사요는 문 앞에서 조용히 물러나 왔던 길로 살금살금 돌아가려 했다. 그때 뒤쪽에서 갑자기 문이 철컥 열리는 소리가 났다.

"……그쪽이 아니야."

스러질 듯 가냘픈 여자 목소리가 들렸다.

허어억.

뛰어서 달아나야 한다고 생각했지만, 마사요는 속으로 비명을 지른 후 그 자리에 철퍼덕 주저앉고 말았다.

……타박, 타박, 타박.

즉시 다가온 발소리가 마사요 바로 뒤에서 멈췄다.

…….

말없이 바라보는 기척이 전해졌다. 오로지 응시하고 있다는 걸 알 수 있었다. 하지만 상대의 정체는 전혀 짐작이 가지 않았다.

……우어어으으으.

느닷없이 무시무시한 신음이 들렸나 싶더니 ……사락, 하고 목덜미에 남의 머리카락이 닿은 듯한 으스스한 감촉이 느껴졌다.

"끼야아아악."

마사요는 비명을 내질렀다. 그래도 도망치지 않은 것은 다리가 완전히 풀렸기 때문이리라.

탁, 탁.

이어서 어깨를 두드리길래 마사요는 당황했다. 그 가벼운 손놀림이 아주 친근하게 느껴졌기 때문이다.

머뭇머뭇 고개를 들고 돌아보자 예쁜 언니 같은 인상의 상급생으로 보이는 여자가 방긋 웃으며 서 있었다. 오른손에 든 단행본에서 가름끈이 늘어져 있었다.

머리카락인 줄 알았는데 책의 가름끈이었구나…….

그 사실을 깨달은 순간 으스스한 신음 소리를 비롯한 모든 것이 상급생의 장난이었음을 알아차렸다. 하지만 만사태평한 마사요답게 화를 내기보다는 먼저 안도감을 느꼈다.

"미안해. 좀 지나쳤네."

그 상급생은 4학년 세이조 다카코, 요괴 연구회 회장이었다.

"저, 저, 가입하고 싶어요."

상대가 정체를 밝히자마자 마사요는 동아리 가입을 희망했다. 그러자 다카코는 눈이 동그래질 만큼 놀랐지만, 바로 웃음을 터뜨렸다.

"너, 보는 눈이 있구나."

다카코는 신입생을 동아리방에 들이고 홍차를 우려 쿠키와 함께 대접했다.

"자, 잘 먹겠습니다."

마사요는 긴장한 채 감사를 표하면서도, 자꾸 서가로 향하는 시선을 참을 수 없어서 고생했다. 너무 두리번두리번하는 건 역시 실례이리라.

"너도 요괴를 좋아하는구나."

하지만 다카코는 그런 후배를 어쩐지 믿음직스럽게 바라보았다.

"아, 네. 이 학교에 들어온 것도……."

마사요가 대강 설명하자 다카코는 또 웃었다.

"정말 나랑 똑같네."

"그, 그래요?"

"그야 요괴 연구회라는 아무도 가입하지 않을 법한 동아리를 1학년 때 만들어서, 이런 창고에서 활동하고 있으니까."

이 말에는 마사요도 깜짝 놀랐다.

"1, 1학년 때부터……."

"난 중학생 때 시시가시라 교수님의 요괴 책을 처음 접했으니, 연륜은 네가 더 쌓였겠네."

"아, 아니에요."

다카코는 허둥지둥 고개를 젓는 마사요를 따스한 눈빛으로 바라보다 갑자기 눈살을 모았다.

"막 가입했는데 이런 말을 하면 미안하지만, 난 4학년이니까 앞으로 일 년밖에 활동을 못 해. 즉, 내년에는 네가 회장이 되는 거야."

"뭐라고요! 다른 부원은……. 아니, 회, 회원은요?"

"뭐, 아무 도움도 안 되는 유령 회원이라면 세 명쯤 있지만."

다카코가 한숨을 쉰 직후, 갑자기 문이 열리더니 통통한 남학생이 들어왔다.

"아아, 배고파라. 다카코 씨이, 그 라면 있나요?"

남학생이 응석 부리는 목소리로 먹을 걸 조르자 마사요는 앉아 있기가 거북해졌다. 마치 신혼부부의 살림집에 찾아온 불청객 같은 기분이었다.

"아리마, 여기는 식당이 아니라고 몇 번을 말해야 알아듣겠어?"

다카코는 몹시 냉랭하게 반응했다. 청초한 미인인 다카코가 그렇게 말하자, 아무 관계도 없는 마사요조차 간담이 서늘해졌다.

"에이. 여기의 라면만이 제 위장의 지주인데."

하지만 남학생은 우는소리를 하면서도 전혀 풀 죽은 낌새가 아니었다. 이 방에는 어울리지 않게 느껴지는 찬장에서 부랴부랴 봉지 라면과 사발을 꺼내더니, 작은 캠핑용 주전자와 버너로 물을 끓이기 시작했다.

봉지에 든 '치킨 라면'•은 닛신 식품에서 이 년 전에 출시한 인스턴트 식품이었다. 딱딱한 건면을 사발에 넣고 끓인 물을 부은 후 삼 분쯤 기다리면 완성되는 획기적인 상품이다. 다만 풀빵이 8엔, 소다맛 탄산음료가 10엔, 단팥빵이 12엔, 골든 배트 담배가 30엔, 냉메밀과 온메밀이 30엔에서 35엔에 팔렸던 당시에 치킨 라면은 가격이 35엔이나 했다. 때문에 처음에는 판매량이 저조했다고 한다.

아리마가 딱 삼 분을 잰 후에 라면을 먹기 시작했을 때, 또 문이 벌컥 열리더니 체격 좋은 남학생이 들어왔다. 겉모습만으로 판단하자면 문화 계열이 아니라 체육 계열이다.

"야, 아리마. 선배가 사 놓은 음식에 또 손을 대는 거냐."

"군조, 하나 만들어 줄까?"

엉뚱한 대답에 군조는 벌레 씹은 듯한 표정을 지었다.

"그런데 선배, 《악덕의 번영》은 읽어 보셨어요?"

군조는 태도를 싹 바꾸어 다카코에게 친근하게 말을 붙였다.

"흥미 없다고 했을 텐데."

하지만 다카코는 아리마를 대할 때와 마찬가지로 쌀쌀맞게

• 1958년에 출시된 일본 최초의 인스턴트 라면

반응했다.

《악덕의 번영》은 프랑스 혁명 시대에 귀족이자 작가였던 마르키 드 사드의 대표작이다. 완역된 판본이 작년에 시부사와 다쓰히코의 번역으로 현대사조사에서 간행됐고, 《악덕의 번영 속편》도 뒤를 이었다. 하지만 내용에 포함된 성적 묘사 때문에 《악덕의 번영 속편》은 몰수 처분을 받는다.

군조의 이야기를 들어 보니 몰수 처분 때문에 흥미가 생겨서 《악덕의 번영》을 읽은 것이 아니라 아무래도 원래부터 문학청년인 듯했다. 때문에 소동의 향방을 주시하고 있으며, 다카코와도 그 책에 대해 토론하고 싶어 한다는 것을 마사요는 손바닥 들여다보듯 알 수 있었다.

그나저나 아리마는 '요리부', 군조는 '문예부'에서 각각 활동하는 편이 낫지 않을까. 그들은 왜 요괴 연구회에 들어온 걸까.

마사요가 의문을 느끼고 있는데 또 문이 열리더니, 키가 훤칠하게 크고 잘생긴 남학생이 들어왔다.

"어, 다들 모여 있었네."

그는 인사한 후 마사요를 보고 확 밝아진 표정으로 물었다.

"설마, 혹시 신입 회원?"

"오사나이, 설마라니 무슨 말이 그래?"

다카코가 불평하자 오사나이는 과장된 몸짓으로 고개를 숙이며 말했다.

"회장님, 실례했습니다. 하지만 후계자가 생겼으니 겨우 마음 놓고 은퇴할 수 있겠군요."

"난 졸업할 때까지 연구회를 그만두지 않을 거야."

그 말을 듣고 늦게나마 마사요는 깨달았다.

다른 동아리에서는 대부분 2학년이나 3학년이 가입 권유 활동을 한다. 왜 4학년이 없는지 신기했는데, 아무래도 취업 활동 때문인 듯하다. 4학년으로 올라가자마자 탈퇴하는 학생도 많다고 한다.

그렇지만 요괴 연구회에서 착실한 회원은 세이조 다카코뿐이고, 나머지 세 명은 유령 회원이었다. 즉, 다카코가 은퇴하면 동아리도 저절로 소멸하는 셈이다. 그렇다고 4학년인데도 남아 있는 건 아무리 생각해도 주객전도 아닐까.

아니, 그보다도 내가 후계자라니…….

마사요가 당황하자 오사나이는 재미있다는 듯 웃으며 말했다.

"회장님의 본가는 사찰이라 장래에 데릴사위를 맞아서 뒤를 이어야 해. 그 교환 조건으로 우리 학교에 진학하겠다고 부모님과 직담판했지. 회장님이 우리 학교를 선택한 건 요괴 연구의 제일인자인 시시가시라 교수님의 강의를 듣기 위해서야. 그리고 입학과 동시에 요괴 연구회를 만들었지. 동아리 건물 창고 중 하나를 요괴 연구회가 사용할 수 있도록 학교와 학생 자치회에 손을 써 준 사람이 바로 시시가시라 교수님이셔. 교수님은 일단 요괴 연구회 고문이시지만, 딱히 아무것도 안 하시지. 이처럼 회장님은 학교에서 활약하고 있지만, 졸업 후에는 불교계 대학교에 편입해서 사찰을 물려받기 위한 공부를 해야 해. 따라서 다른 4학년처럼 취업 활동에 아득바득 매달릴 필요가 없는 거지. 그래서 졸업할 때까지 요괴 연구회에 머무를 수 있는 거고. 그러니 너도 일 년간은 회장님에게 실컷 가르침을 받을 수 있어. 이제 조금 안심돼?"

마사요는 자신이 품은 의문을 오사나이가 바로 눈치채고 적확한 설명을 해 주어서 놀랐다. 게다가 마사요가 느낀 불안감까지 없애 주려 했다는 것에 감탄했다.

다카코와 충격적인 만남 이후 마사요는 즉시 동아리 가입을 희망했지만, 아리마와 군조라는 회원이 있다는 사실을 알고 실은 조금 후회하기도 했다. 그 후회가 오사나이의 등장으로 싹 날아갔다.

"즉, 오늘 밤은 신입 회원 환영 회식이로군요."

라면을 다 먹어 치운 아리마가 새로운 음식 냄새를 맡고 얼굴 가득 웃음을 지었다.

"회원이 늘어나면 내가 전부터 말했던 독서회도 열 수 있겠네요."

군조는 다른 의미에서 기뻐했다. 이 두 사람은 정말로 요괴를 좋아하는 걸까 싶어 마사요는 고개를 갸웃했다.

두 사람에 비하면 오사나이는 착실해 보였지만, 그렇다고 요괴에 흥미가 있지는 않은 듯하다는 걸 얼마 지나지 않아 깨달았다. 말할 필요도 없지만, 아리마와 군조는 그 이상으로 무관심하다는 것이 뻔히 보였다.

덧붙여 아리마와 군조는 2학년이고, 오사나이는 3학년이다. 즉, 요괴 연구회는 다카코가 삼 년 전에 만든 후로 회원 수가 세 명밖에 늘지 않았다는 뜻이다. 그 외에도 가입한 학생이 있긴 했지만, 남녀를 불문하고 오래가지 않았다고 한다.

……어째서일까.

처음부터 마사요는 요괴 연구회에 뭐라고 표현하기 힘든 위화감을 느꼈다. 그래도 계속 활동한 건 물론 다카코가 있었기 때문이다. 요괴를 좋아하는 동지일 뿐만 아니라, 같은 학교 선배로서 순수하게 존경할 수 있는 사람이었다. 또한 큰 도움도 받았다. 설령 요괴 연구회가 없어지더라도, 다카코와는 꼭 관계를 이어 나가고 싶을 정도였다.

요괴 연구회에 가입한 지 두 달쯤 지났을 때, 마사요는 문제의 위화감이 어디서 비롯됐는지 알아차렸다. 그렇게까지 시간이 오래 걸린 건 마사요가 아직 남녀 관계에 숙맥이었기 때문이리라. 조금이라도 조숙한 학생이었다면 냉큼 알아차렸을 것이다.

세이조 다카코와 세 남학생은 사각 관계다.

이 사실에 생각이 미친 순간, 마사요는 눈앞이 확 밝아진 기분이었다. 좀 더 일찍 알아차리지 못한 것이 몹시 창피했다.

요괴에 흥미가 없을 텐데도 세 사람이 요괴 연구회를 그만두지 않는 건 오로지 다카코가 회장이기 때문이다. 다른 학생이 가입해도 분명 이 일그러진 관계를 눈치채고 그만두는 것 아닐까. 어쩌면 남학생은 세 사람과 마찬가지로 다카코가 목적이었는지도 모른다. 하지만 사각 관계에 끼어들 여지가 없음을 깨닫고 어깨를 축 늘어뜨린 채 떠난다. 여학생은 세 사람이 회장밖에 보지 않는다는 것을 알고 역시 그만둔다. 아리마와 군조는 모르겠으나 오사나이는 꽤 인기가 있을 것처럼 보인다. 그렇다면 그를 노리고 요괴 연구회에 가입한 여학생도 있었으리라. 하지만 여학생의 사랑은 결코 보답받지 못한다.

세 사람의 관계는 그야말로 삼자가 서로 견제하는 형태였다. 굳이 나누자면 아리마와 군조가 한편이고, 오사나이는 고립된 상태다. 세 사람 중에서는 오사나이가 아무래도 우월한 느낌이 들기 때문이리라.

덧붙여 세 사람이 다카코에게 품은 마음에는 각각 특징이 있었다. "다카코 씨이." 하고 응석 부리는 호칭으로 추측할 수 있듯 아리마는 다카코에게 모성을 바란다. 군조가 '선배'라는 호칭을 사용하는 건 사실 연상이 취향이기 때문이다. 다만 다카코에게 보호받고 싶어 하는 것이 아니라, 반대로 지배욕과 질투심이 강하다는 점이 아리마와 크게 다르다. 게다가 군조는 일편단심 다카코가 아니라 그 외에도 쫓아다니는 상급생이 있다고 한다. 오사나이는 감정을 겉으로 드러내지 않으므로 알기 힘들지만, 어디까지나 '회장님'으로서 다카코의 체면을 세우는 걸 보면 경애심이 앞서는지도 모른다.

그렇다면 다카코는 어땠을까.

사각 관계라고 표현했지만 정확하게는 그렇지 않았다. 세 사람은 완전히 다카코 쪽을 향했지만, 다카코는 아무도 안중에 없는 듯 거의 평등하게 대했다. 그렇다기보다 거리를 두고 있다고 해야 할까.

"그게, 걔네 중에 요괴 이야기를 할 수 있는 사람은 아무도 없는걸."

마사요가 회원들의 기묘한 인간관계를 알아차린 듯하다는 걸 눈치채자마자 다카코는 난감하다는 표정으로 그렇게 말했다.

"딱히 감춘 건 아니지만, 굳이 설명하는 것도 이상해서 말이야. 실은 전부 탈퇴시키는 게 좋겠지. 하지만……, 요괴 연구회를 하나의 부로 만들 수 있을지도 모른다는 타산적 생각을 버릴 수가 없어서."

요괴 연구회가 정식 동아리인 '요괴 연구부'로 공인되려면, 동아리원이 다섯 명 이상이어야 한다는 모양이다. 그래서 다카코는 유령 회원인 세 사람을 탈퇴시키기를 주저했다. 요컨대 머릿수 맞추기다.

"오사나이가 그러더라. 네가 가입한 덕분에 다섯 명이 됐는데, 왜 부로 변경해 달라고 신청하지 않느냐고."

"왜 안 하시는데요?"

마사요도 물어보자 다카코는 서글픔과 괴로움을 합친 듯한 표정으로 대답했다.

"부로 변경할 수는 있지만 내가 졸업하자마자 그 세 사람은 탈퇴하겠지. 그럼 구라베, 너 혼자 남아. 동시에 '요괴 연구부'는 '요괴 연구회'로 돌아가겠지. 널 그런 처지에 밀어 넣고 떠나고 싶지는 않아."

회장님이 졸업하기 전에 제가 회원을 네 명 모을게요, 하고 호언장담하고 싶었지만 낯가림이 심해서 그럴 수 없으리라는 것은 마사요 본인이 제일 잘 알고 있었다. 지금 돌이켜 보면 '요괴 연구회'라는 표찰이 달린 문을 두드린 것조차 믿기지 않는 일이었다.

요괴 연구회의 활동일은 일단 '화요일'이었다. 하지만 다카코는 주말을 제외하면 거의 매일 저녁 동아리방에 있었다. 날에 따라서는 오전 중에 또는 오후에 나올 때도 있었다. 4학년이라 들어야 할 강의가 얼마 안 되는 데다, 원래는 중점을 두어야 할 취업 활동도 하지 않는다. 그래서 다카코는 매일 독서 삼매경에 빠져 지내는 듯했다. 물론 대부분 요괴 관련 서적이다.

하기야 다카코는 1학년 때부터 동아리방에서 책을 계속 읽어

왔다고 한다. 시시가시라가 도서관에 입고시킨 이노우에 엔료의 《요괴학 강의》를 비롯해 《요괴현담》, 《요괴백담》, 《속 요괴백담》, 《영혼 불성론》, 《덴구론》, 《미신 해석》, 《요괴의 정체》, 《미신과 종교》, 《진경》, 《요괴학》 등을 여기서 독파했다는 이야기를 듣고 마사요는 현기증이 났다. 고등학생 때 《요괴학 강의》를 몇십 쪽 읽다가 못 따라가겠다고 단념한 만큼 더 그랬다.

다만 다카코는 '요괴 박사'라고 불린 이노우에 엔료를 그렇게 높이 평가하지 않았다. 기본적으로는 요괴의 존재를 부정했기 때문이리라.

회장이 틀어박혀 있기 때문인지, 아리마, 군조, 오사나이는 늘 동아리방에 얼굴을 내밀었다. 실은 '정식 동아리'가 아니지만 편의상 다들 그렇게 부른다. 마사요는 1학년이라 강의를 꽤 많이 듣는다. 그래도 짬이 나면 동아리방에 갔으므로, 낯가림이 심한 것치고는 꽤 빨리 다카코뿐만 아니라 남학생들과 친해질 수 있었다.

그래서 여름방학에 '요괴 체험 여행'을 다카코가 기획했을 때도 기쁨이 앞섰고, 불안감은 전혀 없었건만…….

2

"……자시키 할멈?"

다카코의 입에서 나온 요괴의 이름을 듣고 머릿속에서 '座敷婆'라는 한자가 떠올랐기 때문에, 마사요는 "자시키 동자(座敷童) 같은 건가요?" 하고 바로 물어보았다. 아무래도 맞는 듯했다.

"할머니와 어린애라는 차이는 있지만, 지방의 오래된 가문의 특정한 방에 나타나고, 그 가문에 번영을 가져다준다는 점에서는 비슷하다고 할 수 있겠지."

다카코의 설명을 듣고 반색한 사람은 물론 마사요뿐이었다.

"할머니 요괴가 나오는 지방은 어떤 음식이 맛있나요?"

"왜 어린애와 노인일까. 자시키 미녀가 있어도 될 것 같은데."

아리마와 군조가 바로 엉뚱한 소리를 꺼내 놓았다.

"이와테의 긴다이치 온천에 분명 자시키 동자가 나오는 전통 여관이 있었습니다."

오사나이만 진지하게 대답했는데, 그 여관이 '료쿠후소'• 임은 다카코와 마사요도 당연히 알고 있었다.

"그 지방에는 별난 메밀국수가 있으니까 아리마는 등롱이 꺼진 메밀국수••라도 먹어. 군조는 어느 저택이라도 가서 아오뇨

• '가메마로'라는 이름의 자시키 동자가 나온다는 실제 전통 여관

•• 에도시대부터 전해져 내려오는 괴담. 늘 주인이 없고 등롱도 꺼져 있는 메밀국수 노점이 있는데, 등롱에 불을 붙이면 불행이 찾아온다고 한다.

보•에게 홀리든지, 해변에서 이소히메••에게 습격당하든지, 길가에서 야교유조•••를 만나든가 해. 오사나이는 잘 안다고 칭찬하고 싶지만, 요괴 연구회 회원이라면 당연히 알아야 할 지식이니까 좀 더 공부하도록."

다카코는 일침을 놓듯 세 남학생에게 대꾸한 후, 마사요에게 천천히 고개를 돌렸다.

"자시키 할멈이라는 말에 구라베는 뭘 연상했어?"

"지금 문득 떠오른 건 구석의 할머님이요."

"앗, 과연 대단해."

다카코의 얼굴에는 바로 웃음이 맺혔다.

"또 할머니야?"

그러나 군조는 불만스러운 표정이었고, 아리마는 아무 반응도 없었다.

"그것도 자시키 동자 계열의 요괴인가요?"

별 흥미 없을 텐데도 일단 물어봐 주는 오사나이에게 마사요는 고개를 젓고 대답했다.

"구석의 할머님은 일종의 강령술이라고 할 수 있어요."

"오호."

여기에는 오사나이도 조금 관심이 생긴 듯했다. 하지만 아리

● 궁녀 행색을 한 요괴
●● 상반신은 아름다운 미녀지만 하반신은 뱀 모양의 요괴
●●● 아기를 낳다 죽은 여자의 유령. 우부메라고도 한다.

마는 질색하는 표정이었다. 남학생 중에서는 그가 제일 겁이 많기 때문이리라.

"애들도 알 수 있게 설명해 줄래?"

다카코가 부탁하길래 마사요는 그러기로 했다.

"요네자와번의 번주인 우에스기 요잔이 은거한 후, 요시다 쓰나토미라는 무사가 그의 식사를 담당했는데요. 요시다는 만년에 《동자 백물어》라는 책을……."

"아이고……."

"역시 회장님의 후계자답군."

군조는 어이없어 했고 반대로 오사나이는 감탄했다. 아리마는 여전히 아무 말도 없었다.

"구라베, 구석의 할머님에 대해서만 이야기하면 돼."

"죄, 죄송해요."

다카코의 상냥한 지적에도 마사요는 얼굴이 벌겋게 달아올랐다. 그래도 요괴에 관한 설명이라 말을 이어 나갈 수 있었다.

"그 책에 '구석의 할머님에 대하여'라는 대목이 있어요. 간단히 정리하면, 한밤중에 네 사람이 조용한 절을 찾아가 컴컴한 방의 네 구석에 한 명씩 앉아요. 그리고 각자 방 한복판을 향해 기어가죠. 곧 방 한복판에서 마주치겠지만, 서로의 모습은 전혀 보이지 않아요. 그 상태로 한 명씩 '한 구석의 할머님', '두 구석의 할머님', '세 구석의 할머님', '네 구석의 할머님' 하고 말하면서 옆에 있는 사람의 머리를 쓰다듬는데요. 네 명밖에 없을 텐데 다섯 번째 머리가 나타나는……."

"그, 그, 그만두죠."

아리마가 갑자기 갈라진 목소리로 말해서 다른 사람들은 깜짝 놀랐다.

"그런 강령술은 절대로 하면 안 돼요."

"지금까지 뭘 들은 거야?"

다카코가 화난 투로 말했지만 진심은 아닌 듯했다. 아리마가 요괴에 대해 잘 모르거니와 이런 유의 이야기를 겁낸다는 것을 잘 알기 때문이리라.

"네? 어, 이번 여행에서 다 함께 구석의 할머니라는 강령술을 해서 영혼을 불러내자……, 그런 이야기 아니었나요?"

"넌 변함없구나."

그렇게 야유하는 군조도, 야유를 받은 아리마도 거들떠보지 않고 다카코는 기쁜 표정으로 마사요를 바라보며 말했다.

"히자사스리라고 구석의 할머님과 비슷한 괴이 현상이 있잖아."

공교롭게도 마사요는 그것이 뭔지 몰랐다.

"처음 들어 봐요."

"이야, 요괴 소녀인데도 그래?"

군조가 놀리자 다카코가 냉랭하게 쏘아붙였다.

"구라베가 요괴 소녀라면 난 뭔데?"

"요괴 누님이죠."

연상을 좋아하는 후배의 대답을, 다카코는 싹 무시하고 설명에 나섰다.

"이즈미 교카•가 《초이토아야시》에서 소개한 괴담 중에 히자사스리가 있어. 축삼시••, 도코노마•••가 없는 다다미 여덟 장짜리 방에 네 명이 모이지. 불을 끄고 컴컴한 상태에서 한 명씩 방구석으로 가. 그리고 동시에 방 한복판으로 나와서 모여 앉아. 그중 한 명이 다른 사람의 이름을 부르며 그 사람 무릎에 손을 얹어."

"말씀 중에 죄송하지만……."

여간해서는 남의 말을 막지 않는 오사나이가 국민학생처럼 한 손을 들고 말했다.

"컴컴한데 이름을 부른 상대가 어디 있는지 알 수 있을까요?"

"나도 그게 의문이었는데……."

다카코는 말허리가 끊겼는데도 발끈하지 않고 대답했다.

"자신을 기준으로 오른편 구석, 왼편 구석, 정면 구석에 누가 있었는지는 아무리 그래도 기억하겠지. 그러니 예를 들어 오른

• 요괴, 민담, 전통 예능 등 일본의 전통문화를 추구하던 환상 문학의 대가

•• 오전 2시부터 2시 30분 사이. 일본에서는 귀신이 가장 활발하게 활동하는 시각으로 여긴다.

••• 일본식 방에서 바닥을 한 단 높여 족자나 도자기 등을 장식해 두는 곳

편 구석에 있던 사람의 이름을 부르고, 오른손을 오른쪽 사람의 무릎 위에 얹는 식으로 하면 가능할 거야."

"아아, 그렇군요. 이해했습니다."

오사나이가 고개를 끄덕하자 다카코는 말을 이었다.

"이름이 불리고, 무릎에 손이 얹힌 사람은 반드시 대답해야 해. 그런 식으로 두 번째, 세 번째, 네 번째가 같은 행동을 되풀이하는데, 그러다 대답을 하지 않는 사람이 나와……."

아리마뿐만 아니라 군조와 오사나이는 물론, 마사요도 침묵을 지켰다.

"즉, 어느새 다섯 번째가 컴컴한 방에 나타난 거야."

"……확실히 강령술이로군."

오사나이의 감상에 아리마는 또 착각했는지 겁먹은 목소리로 애원했다.

"그, 그, 그만두자니까요."

하지만 다카코는 개의치 않고 계속 말했다.

"야나기타 구니오•가 수집한 '뇨키뇨키'라는 이야기가 이 두 가지와 비슷한데……."

"이, 이제 그만."

아리마가 양손으로 귀를 막는 시늉을 하자 다카코는 쓴웃음

• 일본 민속학의 시조로 불리는 민속학자

을 짓더니, "안심해. 이건 웃긴 이야기니까." 하며 라쿠고• 같은 이야기를 했다. 덕분에 아리마도 마음이 놓였는지, 대놓고 안심한 표정을 지었다.

하지만 그는 너무 일찍 마음을 놓았다. 왜냐하면 다카코가 정작 '자시키 할멈'의 이야기는 아직 한마디도 꺼내지 않았으니까……. 아니나 다를까 다카코는 씩 웃더니 마사요가 생각했던 대로 이야기를 꺼냈다.

"오사나이에게는 좀 더 공부하라고 했지만, 그 여관을 떠올린 게 틀렸다는 뜻은 아니야. 머무는 집에 복을 가져다준다는 점은 자시키 할멈도 비슷하니까."

그러자 오사나이의 얼굴에 기뻐하는 표정이 맺혔다. 희로애락을 별로 드러내지 않는 오사나이로서는 아주 드문 모습이었다. 더구나 다카코의 말이 별것 아니었는지라 더 놀라웠다.

그런 오사나이와는 대조적으로 군조와 아리마는 떨떠름한 표정이었다. 두 사람이 너무 알기 쉽게 반응해서 마사요는 가끔 우습기도 하지만, 어째선지 이번에는 가슴속이 뒤숭숭했다. 아주 사소한 일이건만 왠지 마음에 걸렸다.

후배가 영문 모를 예감을 느끼는 것도 모른 채, 다카코는 즐거운 표정으로 설명을 이어 나갔다.

• 부채나 손수건을 든 화자가 몸짓과 입담만으로 이야기를 풀어 나가는 일본의 전통 예능

"다만 자시키 동자와 마찬가지로 그 집에 재액을 초래할 수 있는 존재이기도 해."

"자시키 동자가 나가면 집이 몰락하던가요?"

요괴 애호가라면 당연히 아는 이야기지만, 오사나이의 입에서 그런 말이 나와서 마사요는 깜짝 놀랐다.

"오사나이, 오늘 제법이네."

다카코도 비슷한 느낌이었는지 평소보다 상냥하게 대했다. 물론 군조와 아리마는 더더욱 못마땅한 표정을 지었다.

"그런데 구라베, 자시키 동자가 몇 명인지는 알아?"

"……한 명 아닌가요? 늘 같이 노는 애들끼리 놀고 있는데, 어느새 한 명이 늘어났다. 하지만 한 명씩 얼굴을 확인해도 아는 애들뿐이고 모르는 애는 없었다. 그런데도 평소보다 분명 한 명이 많다. 이 이야기를 책으로 처음 접했을 때 소름이 쫙 끼쳤어요."

"전형적인 자시키 동자의 목격 사례지만, 이야기에 따라서는 한 집에 두 명 있거나 두 명이 한 몸처럼 행동할 때도 있어."

"앗, 그러고 보니……. 어떤 사람이 어느 집에서 손을 잡고 나오는 어린애 두 명을 보고 저런 애들이 있었나 의아해했는데, 훗날 그 집이 불에 홀랑 타 버렸다거나, 식중독으로 일가족이 모두 죽는 등 끔찍한 불행이 찾아왔다는 이야기를 어디서 읽은 적 있어요."

다카코는 빙긋 미소 짓고는 말했다.

"자시키 할멈이 나오는 방에서 혼자 자면, 밤중에 사방에서 장난을 친다나 봐. 그래서 자시키 할멈은 네 명이라고도 하는데, 이건 자시키 동자가 두 명 나오는 이야기와 비슷하지."

마사요가 뭐라고 대답하기도 전에, "네, 구석의 할머님이니까 네 명이어야 맞겠죠." 하고 아리마가 평소에 얼마나 남의 이야기를 귀담아듣지 않는지 알 만한 말을 아무렇지도 않게 꺼내 놓았다. 다카코는 기가 찬다는 듯 대꾸했다.

"그건 구석의 할머님이라는 강령술을 행하는 사람의 숫자고, 나타나는 할머님은 하나야."

"어……, 그랬나요?"

조금도 주눅 들지 않는 아리마를 보고 다카코는 한숨을 내쉬었다.

"한 요괴가 여럿 나타나는 사례는 별로 없어?"

오사나이가 묻길래 마사요는 대답했다.

"테나가아시나가•라는 게 있는데, 그건 테나가와 아시나가로 나눠서 볼 수도 있겠죠. 완전히 똑같은 명칭인데 여럿인 건……."

거기서 마사요가 "아." 하고 소리친 후, "모쿠모쿠렌••은 어떨까요?" 하고 다카코에게 묻자 쓴웃음이 돌아왔다.

"확실히 눈알이 잔뜩 달렸지만, 그걸 전부 통틀어서 모쿠모

● 팔다리가 길쭉한 거인 요괴. 각자 팔과 다리가 긴 한 쌍의 요괴로 표현되기도 한다.
●● 장지문에 수많은 눈이 달린 형태의 요괴

쿠렌이라고 봐야겠지."

"……그렇겠죠."

마사요는 창피했지만, 바로 기운을 차리고 말했다.

"자시키 할멈은 어떤 장난을 치나요?"

"주로 베개 방향을 바꾸나 봐. 그것도 사방에서 그러니까 하룻밤 사이에 머리 방향이 동서남북으로 바뀌지. 한 바퀴 빙글 도는 셈이야."

"이야기만 들으면 재미있을 것 같은데……."

그런 마사요의 반응과는 달리, "실제로 그런 짓을 당하면 분명 무서울 거야." 하고 더럭 겁부터 내는 아리마에게 다카코가 말했다.

"문제의 방에 너를 재우지는 않을 테니까 걱정하지 마. 그런 아까운 짓을 내가 왜 하겠니?"

"회장님이 그 방에서 자려고요?"

오사나이는 어디까지나 확인차 물어봤겠지만, 당연하다는 듯 고개를 끄덕이는 다카코를 보고 표정이 조금 흐려졌다.

"오사나이, 요괴 같은 거 안 믿잖아."

오사나이의 그런 표정이 뜻밖이었는지 다카코가 재빨리 말했다.

"네. 다만……, 좋지 않은 이야기가 전해 내려오거나 나쁜 소문이 도는 곳에는 나름대로 현실적인 이유가 있는 법이니까요.

굳이 접근할 필요는 없다고 생각합니다. 그런데 자시키 할멈은 어떤 재액을 초래하나요?"

"넷에서 셋, 셋에서 둘로 장난을 치는 인원수가 줄어들수록, 체험자가 받는 복도 줄어드는 모양이야. 물론 한 명도 나타나지 않으면 아무 복도 받지 못하지만……, 오히려 감사해야 할 일일지도 모르지."

"한 명만 나타났을 때에 비하면……, 그런 말입니까."

오사나이가 말을 받아서 묻자 다카코는 무표정한 얼굴로 대답했다.

"자시키 할멈이 혼자 나타나서 그 방에 잠든 사람의 목을 조르면……, 체험자는 가까운 시일 안에 죽는대."

이 말에는 아리마뿐만 아니라 군조와 오사나이조차 흠칫 놀란 표정을 지었다. 마사요도 솔직히 충격을 받았다.

일종의 요괴를 만남으로써 목숨이 위험한 지경에 처하는 사례가 있기는 하지만, 이렇게까지 직접 위협을 가하는 경우는 흔치 않다. 그걸 아는 만큼 다카코가 걱정됐다.

그러나 이번 '요괴 체험 여행'은 다카코의 한마디로 결정됐다. 다카코는 요괴 연구회의 설립자이자 회장인 데다, 올해를 끝으로 요괴 연구회를 떠난다. 후배 중 누구도 반대할 수 있을 리 없다. 가령 넷이 함께 이의를 제기했더라도 다카코 혼자 떠났을 것이다.

"저희가 회장님을 감시하는 것처럼 행동해도 귀찮아하지 마세요."

구체적인 여행 일정을 대강 상의하고 헤어지기 전에 오사나이가 그렇게 양해를 구한 것도, 다카코를 혼자 보내기보다는 낫다고 생각했기 때문이리라. 마사요도 그 심정에 공감이 갔다.

당초는 7월 하순 예정이었지만 오스미장에 문의해 보자 자시키 할멈이 나온다는 방은 이미 예약돼 있었다.

"참 별난 사람도 다 있네."

다카코는 본인을 제쳐 놓고 말했지만, 뜻밖에도 호사가가 많은지 숙박이 가능한 날짜는 오본• 전밖에 없었다. 다들 귀성할 일정과 겹쳤지만, 어찌어찌 날짜를 조정해서 시간을 냈다.

이리하여 8월 중순, 요괴 연구회 회원들은 바쿠치 지방의 로야 온천으로 향했다. 숙소 예약부터 전철 시간표 조사까지 전부 다카코가 맡았다. 아리마와 군조는 손 놓고 있길래, 오사나이와 마사요가 돕겠다고 나섰지만 "혼자 하는 편이 빨라." 하고 다카코에게 거절당했다.

도중에 점심으로 사 먹은 도시락은 맛있었지만, 환승에 이은 환승으로 목적지인 로야역에 도착했을 때 마사요는 이미 녹초가 되었다. 그런데 이 벽촌의 전철역에서 이십 분이나 더 걸어

• 추석과 비슷한 일본의 명절

야 한다고 했다.

“다카코 씨이, 아직 멀었나요?”

먼저 우는소리를 한 사람은 아리마였다. 전철에서 과자와 주스를 너무 먹은 부작용이 이제야 나타난 모양이었다.

“다른 여자애들은 아무도 안 내렸네요.”

군조는 전철에서 친해진 여러 여자 무리 중 한 명도 하차하지 않은 것이 아무래도 섭섭한 듯했다.

하지만 다카코는 두 사람을 무시하고 오로지 지도와 눈싸움을 벌였다. 원래 같으면 든든한 모습이지만, 마사요는 어쩐지 불안감을 느꼈다.

혹시 다카코 씨, 방향치가…….

넉 달간 함께 활동하며 그런 의심이 피어오른 탓이다. 확실한 증거는 없지만, 여러 번 함께 외출해 보고 어쩌면……, 하는 생각이 들었다.

불안감이 마사요의 가슴속에서 뻥 터질 것처럼 부풀어 올랐을 때였다.

“앗, 여기다!”

다카코가 기쁘게 소리쳤다.

너와 지붕을 인 나무 대문의 문패를 확인하자 틀림없이 ‘오스미’라고 적혀 있었다. 대문 너머로 세월이 느껴지는 저택도 보였으므로, 드디어 도착했다고 다들 안심했다.

웬일로 다카코가 들뜬 표정으로 저택 앞에서 기념사진을 찍길래 마사요는 놀랐다. 그것도 후배들을 한 명씩 옆에 세워 놓고 꽤 친밀해 보이는 모습을 사진에 담았다.

참고로 카메라는 오사나이가 가지고 왔다. 다카코와 남학생들의 사진은 마사요가, 마사요와 다카코의 사진은 오사나이가 찍었다.

이 예상외의 경사에 다들 크게 기뻐하고 있는데, "댁들, 대학생인가." 하고 중간 키와 중간 몸집에 궁상맞게 생긴, 얼핏 보기에도 세상 평범하게 느껴지는 남자가 갑자기 말을 걸었다. 아무래도 저택에서 나왔지만 마사요 일행의 사진 촬영이 끝날 때까지 기다려 준 듯했다.

"네, 메이와대학교에서 왔어요."

"아아, 요괴 연구회. 댁이 예약한 회장님이로군."

"통화하신 오스미 유지 씨이신가요?"

남자는 고개를 끄덕이더니 오사나이가 들고 있는 카메라를 가리키며 말했다.

"내가 단체 사진 찍어 줄까?"

다카코가 감사를 표하고 오사나이가 유지에게 카메라를 넘겼지만, 거기서부터가 골치였다. 촬영 장소는 대문 아래로 즉시 결정됐지만, 자리 때문에 다퉜다. 누가 회장 옆에 설 것인가가 큰 문제였다.

"댁이 제일 후배인가?"

그러자 유지가 느닷없이 마사요를 가리키며 물었다.

"아, 네. 1학년입니다."

"그럼 회장님이랑 댁이 앞에 앉고 남학생 세 명이 뒤에 서면 되겠네. 제일 나이 많은 사람이 한가운데로. 동갑이면 가위바위보로 정하고."

순식간에 자리 문제를 해결하고 단체 사진을 찍길래 마사요는 유지를 약간 다시 봤다.

궁상맞게 생겼다니, 그런 무례한 생각을…….

하지만 그것도 유지의 다음 말을 듣기 전까지였다.

"댁들도 참 별나군."

"그 방에 묵는 거요?"

설마 여관 사람에게 그런 말을 들을 줄이야……, 하고 다카코도 의아하게 느낀 듯했지만, 순순히 대답했다.

"아니, 그게 아니라 우리 집 앞에서 기념사진을 찍은 것 말이야."

"뭐라고요?"

"손님들은 보통 오스미장 앞에서 사진을 찍거든."

"그게……."

역시 다카코는 방향치였다.

3

오스미장과 오스미 가는 등을 맞댄 위치였다. 다만 일반도로를 사용해 오가려면 빙 돌아가야 한다. 주소가 다른 것만 봐도 각각의 정면 현관이 전혀 다른 곳에 있다는 사실을 알 수 있다.

즉, 다카코는 완전히 길을 잘못 든 셈이다. 그런데도 오스미 가에 다다랐으니 다카코의 운이 좋다는 증거일지도 모르겠다.

"하지만 우리 집 앞에서 사진을 찍는 게 실은 정답이야."

유지는 오스미 가의 부지를 통해 이웃한 오스미장으로 마사요 일행을 안내하며 묘하게 의미심장한 말을 했다.

"그게 무슨 말씀이시죠?"

어느새 실수를 딛고 일어선 다카코가 걱정스러운 눈빛으로 물었다.

"곧 알게 될 거야."

유지는 당장 알려 주지 않고 재미있다는 표정만 지었다.

"엇……."

"이게……, 오스미장."

그 직후에 나타난 여관을 보고 다카코와 마사요가 무심코 중얼거렸다.

"자시키 할멈은 자시키 동자와……, 비슷한 것 아니었나."

오사나이도 의문을 느낀 듯했다.

"어쩐지 상상했던 것과……."

"응, 다르네."

아리마와 군조도 기대가 빗나갔다고 말하고 싶은 눈치였다.

왜냐하면 오스미장은 마치 나가야•같이 생긴 목조 단층 건물이었기 때문이다. 같은 목조라도 오스미 가는 역사가 느껴지는 중후함이 넘쳤지만, 이쪽은 척 보기에도 부실한 인상이었다.

"역시 댁들도 그렇게 생각하나."

유지가 투덜대는 듯한 어조로 말했다.

"이래 보여도 여관 운영은 순조로운 편이거든. 그러니 본관을 멋지게 재건축하고 온천을 대대적으로 홍보해서 관광객을 더 많이 끌어들이자, 그런 의욕 없이는 변화하는 시대를 따라가기 힘들 거라고 형 유이치에게 입이 닳도록 말하지만 들은 척도 안 해."

"본관이라는 게……."

다카코가 머뭇머뭇 나가야로밖에 보이지 않는 건물을 가리켰다.

"그래, 이거."

유지는 웃으며 고개를 끄덕였다.

"자시키 할멈이 정말로 영험하다면, 훨씬 훌륭한 여관이 됐

• 칸을 막아서 여러 가구가 살 수 있도록 지은 기다란 연립주택

을 거라고 댁들도 생각지 않나?"

유지는 그제야 마사요 일행도 손님임을 새삼 깨달았는지, "아참, 그러고 보니 최근에 다다미를 싹 교체했어. 방이 아주 새것처럼 깔끔해졌다니까. 나도 함께 대청소를 했으니까 잘 알지. 이보게들, 참 좋을 때 왔어." 하고 변명 같은 말을 허둥지둥 꺼내 놓았다. 하지만 이미 늦었다. 적어도 남학생 세 명은 유지를 미심쩍게 바라보았다.

하지만 다카코는 원래 목적이 떠올랐는지, "저희는 자시키 할멈이 나오는 방에만 묵으면 그만이에요. 그러니 여관의 겉모습과 알맹이는 아무 상관없어요."라고 유지에게 말했다. 그러나 자세히 생각하면 아주 실례되는 말이었는지도 모른다.

"그럼 문제없지."

유지는 전혀 개의치 않고, 오히려 재미있어하는 표정으로 마사요 일행을 본관으로 안내했다.

오스미장의 접수대에 있던 유이치는 동생에 비해 풍채가 좋고 복스럽게 생긴 사람이었다. 자시키 할멈이 주는 복을 마치 독차지한 것 같은 분위기다. 다만 생김새와는 딴판으로 무뚝뚝한 데다 손님을 대하는 태도도 그렇게 친절하지는 않았다. 사투리도 심해서 말을 알아듣느라 고생했다. 이것이 시골의 투박한 정으로 보인다면 긍정적으로 작용하겠지만, 접객업답지 않다고 불평하는 사람도 있을 것이다. 남의 일이지만 마사요는 왠지 걱정됐다.

"댁들의 방은 저쪽으로 들어가야 해."

형과는 대조적으로 첫인상은 별로였지만, 실은 친절한 유지가 앞장서서 안내해 주었다.

나가야 같은 본관의 복도를 따라 끝까지 가자 문이 나왔다. 문을 열자 연결된 복도 건너편에 별관이 보였다. 아담한 목조 이층 건물이라 이 건물만 봤다면 보통 가정집이라고 생각했으리라.

"원래 이 집이 오스미 가였지."

유지의 설명을 듣고 다카코가 바로 물었다.

"당초는 이 집뿐이었지만, 자시키 할멈 덕분에 오스미장을 지어서 여관을 운영하시게 됐고, 지금의 오스미 가도 생겼다는 말씀이신가요?"

"돌아가신 할아버지와 할머니, 그리고 부모님과 형도 그렇게 믿어."

"유지 씨는요?"

"자시키 할멈의 영험이라는 게 있다면, 좀 더 나은 여관이 됐을 것 같지 않나?"

고개를 돌려 본관을 바라보며 유지는 쓴웃음을 지었다.

"아차, 자시키 할멈을 보러 온 사람들에게 이런 소리를 하면 안 되겠지."

그는 머리를 긁적이며 별관 문을 열고 마사요 일행을 들여보냈다.

"안쪽 방이 자시키 할멈이 나오는 방이야. 다만 남자 셋에 여자가 둘이니까 그 앞방도 같이 사용해도 돼. 우리는 편의상 안방과 중간방이라고 불러."

왼쪽으로 정원을 보면서 복도를 나아가자 끝부분의 오른쪽에 문제의 방이 있었다. 북쪽에 해당하는 정원을 등지고 장지문을 열어 방으로 들어갔다. 다다미 여덟 장 크기고 동쪽에 도코노마와 벽장이, 남쪽에 커다란 창문이 있었다. 창밖은 툇마루였다. 서쪽에 있는 맹장지를 열자 이웃한 중간방이 보였다. 거기도 다다미 여덟 장 크기였다.

"우와, 다다미 냄새가 확 풍기네요."

마사요는 어스름한 안방이 자아내는 묘한 분위기보다 새 골풀 냄새를 먼저 느꼈다.

"그건 그렇지만 어쩐지 분위기가 칙칙하지 않나?"

"아무리 불을 밝혀도 침침함이 남을 것 같은 기분이야."

아리마와 군조는 아무래도 으스스함을 더 많이 느낀 듯했다.

"근사하네."

물론 다카코는 기분 좋은 표정으로 딱히 볼 것도 없는 안방을 구석구석 살펴보았다.

"회장님 혼자 여기서 주무시는 건가요?"

오사나이가 확인하듯 물어보았다.

"안 잘 거야. 방 한복판에 앉아서 반야심경을 외울까……, 했지만, 그랬다가는 자시키 할멈이 나타나기 힘들지도 모르니까 명상이라도 할까."

다카코는 진지하게 대답한 후, "오늘 밤 말인데……." 하고 중대 발표를 하는 듯한 표정으로 말을 이었다.

"내가 이 방에서 혼자 하룻밤을 보내는 걸 반대하는 사람은 없겠지?"

"저한테 혼자 있으라고 하는 게 아니라면, 아무 불만도 없어요."

일단 겁 많은 아리마가 얼른 대답했다.

"저한테 같이 있자고 한다면 기꺼이 따르겠습니다."

다음으로 군조다운 말이 날아들었지만, 다카코는 당연하다는 듯 둘 다 무시했다.

"설령 반대한들 회장님은 안 들으시겠죠."

"응, 물론이지."

다카코는 재차 확인하는 오사나이의 말에는 재빨리 반응한 후, 의외의 제안을 했다.

"하지만 모두에게 부탁이 있어."

"뭔가요?"

"내가 이 방에 있는 동안, 출입구 세 곳을 감시해 줘."

안방 북쪽 복도로 통하는 장지문과 서쪽 중간방으로 통하는 맹장지, 그리고 남쪽 툇마루로 나갈 수 있는 창문을 뜻한다는 걸 모두 이해했다. 하지만 이유까지 바로 알아차린 사람은 오사나이뿐이었다.

“만약 뭔가 괴이한 현상이 일어났을 때, 외부의 간섭이 일절 없었음을 증명하기 위해서요?”

“눈치가 좋네. 더욱 철저히 하기 위해서 방에 들어가자마자 문틀과 창문틀에 봉인지를 붙일 거야.”

“아무리 그래도 너무 지나친 건…….”

오사나이뿐만 아니라 아리마와 군조도 꽤나 당혹스러워하는 표정이었다. 하지만 마사요는 순수하게 재미있겠다고 생각했다. 그 마음이 다카코에게도 전해졌는지 마사요를 보고 빙긋 웃었다.

“환기 문제는 어떻게 하고요?”

오사나이는 출입구 세 곳을 둘러보며 말했다.

“요 부근은 밤이 되면 여름에도 선선하다는군요. 하지만 완전히 밀폐해 버리면 답답하지 않겠습니까?”

“자시키 할멈을 만날 수 있다면야 그 정도 고생은 아무것도 아니지.”

다카코는 아무 문제도 아니라는 듯 말했지만, “그리고 봉인지를 붙이면 문살이나 문틀에 자국이 남을지도 모릅니다.”라는 오사나이의 지적에는 난처한 표정을 지었다.

"봉인지를 붙인다고 했는데, 정확하게 뭘 어떻게 하겠다는 건가요?"

아리마가 물었다.

"길쭉하게 자른 종이를 준비해 왔어. 그걸 출입구에 풀로 붙여서, 내가 방에 있는 동안 아무도 드나들지 않았다는 걸 확인할 작정이었는데……."

다카코는 설명하면서 유지를 힐끔거렸다. 문제의 소지가 있다고 생각했기 때문이리라.

"뭐, 그러든가."

하지만 유지가 쉽사리 허락해 줘서 다들 놀랐다.

"하, 하지만 혹시라도 풀칠한 흔적이 남으면……."

오사나이가 걱정하자 유지는 쓴웃음을 지으며 대답했다.

"보다시피 다다미는 교체했지만, 장지문이고 맹장지고 오래돼서 후줄근해. 다음 기회에 새로 바꿀 거니까 풀칠한 자국 정도는 남아도 상관없어."

"감사합니다."

다카코는 고개 숙여 인사한 후 이야기를 재빨리 진행했다.

"그럼 누가 어디서 감시할래?"

"환기 문제는요?"

오사나이가 물고 늘어지자 다카코는 한숨을 쉬더니 타협하듯 말했다.

"출입구를 전부 조금 열어 놓은 상태로 봉인지를 붙일게. 그럼 공기도 순환되겠지."

"……알겠습니다."

오사나이가 마지못한 표정으로 그 제안을 받아들였다. 다카코는 아리마와 군조에게 시선을 돌렸다.

"그렇다고 그 틈새로 엿보면 안 돼."

"다카코 씨이, 날 어떻게 보고."

"선배, 오늘 어떤 차림새로 잘 겁니까."

항의하지 않는 아리마와 달리, 의혹을 받는데도 부정하지 않는 군조를 보고 마사요는 어이가 없었다.

"앗, 어어, 잠깐만요."

그때 아리마가 갑자기 허둥댔다.

"세 곳을 세 명이 감시하면, 어딜 담당해도 혼자 있어야 하는 거잖아요."

"응, 그렇지."

당연하다는 듯한 다카코의 표정에 아리마는 싫은 내색을 감추지 못했다. 하지만 그것도 잠깐이었다.

"아, 그렇지. 구라베가 남잖아요. 제가 맡은 곳을 구라베도 함께 담당하면 되겠네요."

아리마가 멋대로 정하려 하길래 마사요는 몹시 당황했다. 만약 하룻밤을 함께 보내야 한다면 아리마나 군조보다는 오사나이가 백배 낫다.

"음, 구라베는……."

어쩌면 다카코는 마사요를 안방에 들일까 고민한 건지도 모른다. 하지만 그러면 자시키 할멈은 못 만난다.

"미안해."

느닷없이 마사요에게 사과한 건, 그런 심적 갈등이 있었기 때문 아닐까.

"저기, 저는……."

오사나이와 함께 있고 싶다고 확실히 말하려 했을 때였다.

"2층은 어때?"

유지가 뜻밖의 제안을 했다.

"댁이 안방의 윗방에서 자면 아래쪽 상황을 조금은 알 수 있을지도 몰라. 그러면 감시하는 것과 비슷하겠지."

"2층 방을 사용해도 되나요?"

"형한테는 비밀로 해 줘."

다카코의 질문에 유지가 그런 식으로 대답했으므로 마사요는 솔직히 좀 걱정됐다. 자칫하다 형제 싸움에 휘말리지는 않을까 불안했다.

하지만 늘 신중한 성격이었을 다카코답지 않게 무턱대고 기뻐했다.

"그럼 구라베는 안방의 윗방. 아리마는 겁쟁이라 복도나 툇마루는 안 될 테니 중간방. 군조는 복도, 오사나이는 툇마루. 이러면 어떨까?"

"감시하는 장소의 조건이 점차 안 좋아지는군요."

오사나이가 지적한 대로 다다미가 있는 중간방, 마루가 깔렸다고는 하지만 건물 내부인 복도, 완전히 바깥인 툇마루에는 명백한 차이가 존재한다. 그렇다고 해서 오사나이가 불만을 늘어놓은 것은 아니다. 오히려 사람을 부리는 다카코의 솜씨에 감탄한 듯했다.

저녁을 먹고 목욕한 후, 다들 눈을 붙이기로 했다. 군조는 아쉬워했지만 다카코는 오늘 입은 외출복 차림이었다. 밤을 새우는 데에 유카타는 어울리지 않는다. 안방과 중간방에 여학생과 남학생이 각자 이부자리를 깔고 누웠다. 불침번에 대비해 미리 취침하는 건데 전혀 잠이 오지 않아서 마사요는 난감했다. 스스로 의식하지는 못했지만 역시 마음이 싱숭생숭한 것이리라.

자시키 할멈은 오전 2시에서 3시 사이에 나타나는 경우가 많다고 하므로, 모두 자정에 일어났다. 그리고 다카코만 안방에 남아 안쪽에서 봉인지를 붙이기로 했다. 이때 출입구를 얼마나 열어 놓을지를 두고 말썽이 생겼다. 다카코는 1센티미터 정도만 살짝 열어 둘 생각이었지만, 오사나이는 최소한 5센티미터는 되어야 한다며 양보하지 않았다.

"너무 많이 열어 놓으면 나 혼자 방에 있는 의미가 없잖아."

"실내에는 회장님뿐이니까 딱히 문제없겠죠. 다만 복도 쪽 장지문과 중간방의 맹장지를 너무 많이 열면 혹시 지장이 생길지도 모르겠습니다. 하지만 창문은 활짝 열어 놔도 방충망이 있으니까 괜찮지 않을까요?"

"창밖은 아예 건물 외부니까?"

다카코는 힘주어 고개를 끄덕이는 오사나이를 쳐다보며 말을 이었다.

"즉, 안방과 복도, 또는 안방과 중간방은 건물 내부에 속하니까 장지문과 맹장지를 열어둠으로써 두 공간의 경계가 사라질 우려가 크다. 게다가 복도와 옆방에 제삼자가 대기하고 있다면, 아무리 나 혼자 안방에 있어도 한 명으로 간주할 수 없는 것 아닌가. 따라서 자시키 할멈은 나타나지 않을지도 모른다. 하지만 창문은 건물 내외부의 경계이므로 걱정하지 않아도 된다. 그런 뜻이구나."

"회장님은 역시 이해력이 좋으시군요."

만족스러워하는 오사나이를 보고 다카코는 못 말리겠다는 듯이 말했다.

"요괴를 믿지도 않으면서 자시키 할멈이 나타날 조건을 순식간에 파악하다니, 정말 무섭다니까."

다카코와 오사나이는 나머지 셋을 내버려두고 완전히 둘만의 세계에 빠졌다. 마사요는 그 분위기를 약간 환영하는 마음이었지만, 물론 아리마와 군조는 별개다. 하지만 안타깝게도 다카코와 오사나이의 대화에 끼어들 수 있을 만큼 그들은 머리가 잘 돌아가지 않았다.

잘 어울릴지도…….

속으로 괜한 참견을 해 보았지만, 문을 얼마나 열어 놓을지를 두고 다시 다투는 두 사람에게서 그런 달콤한 분위기는 전혀 느껴지지 않았으므로 마사요는 무심코 쓴웃음을 지었다.

"자, 서비스야."

그때 유지가 커피를 들고 나타났다. 밤을 새우려면 필요할 거라며 원래는 유료인 뜨거운 커피를 유이치에게는 비밀로 대접해 주었다.

다 함께 고맙게 커피를 마시면서도 다카코와 오사나이는 논쟁을 멈추지 않았다.

"3센티미터면 되겠네."

잠시 대화를 듣고 있던 유지가 한마디 하자 두 사람은 그 말에 순순히 따르기로 했다.

다카코가 안방에 들어간 후, 오사나이가 지켜보는 가운데 복도 쪽 장지문과 안방 쪽 맹장지가 3센티미터 틈새를 남겨 둔 채 닫혔다. 그리고 다카코가 안쪽에서 틈새를 메우듯 조붓한 종이를 풀로 붙였다. 다만 봉인지는 위, 중간, 아래 세 군데만 붙였으므로 틈새가 더 눈에 띄었다. 그래서인지 오사나이도 더는 불편하지 않았다.

이래서는 장지문도 맹장지도 중앙 부분의 두 장만 봉인된 셈이고 좌우의 문짝은 움직이므로, 다카코는 문틀과 좌우 문짝의 경계에도 봉인지를 붙였다.

창문은 가운데에서 열리지 않으므로, 실내에서 보았을 때 왼쪽을 열어 놓았다. 그리고 창틀과 창문짝 사이에 봉인지를 붙였다. 장지문과 맹장지와 다른 점은 왼쪽 틈새 밖의 방충망이 닫혀 있다는 것이리라. 반대로 오른쪽은 창문을 닫아 놓았지만 역시 창틀과 창문짝 사이에 봉인지를 붙였다.

안방에서 준비가 끝나자 남학생들은 담당 장소로 향했다. 각자 다카코가 있는 안방에 등을 돌린 채 앉아 있기로 했다.

마사요는 유지의 안내를 받아 안방의 윗방으로 올라갔다. 유지가 이부자리를 깔려고 하길래 황급히 거절했다. 선배들이 불침번을 서는데 자기만 편하게 누워 있을 수는 없었다.

"그것도 그런가. 난 별관 앞방에서 잘 테니까, 혹시라도 무슨 일 있으면 깨워."

유지의 친절한 말에, 혹시 오늘 밤 무슨 사고라도 생기면 이 사람도 책임을 져야 한다는 사실을 늦게나마 깨닫고 마사요는 가슴이 철렁했다.

홀로 남자 묘하게 방이 쌀쌀하게 느껴졌다. 구조는 1층 안방과 달라서 북쪽에 도코노마와 벽장이 있다. 또한 도코노마에 새까만 낡은 금고가 떡하니 놓여 있어서 이색적이었다. 중후한 금고문에는 다이얼 자물쇠와 열쇠 구멍, 그리고 커다란 손잡이가 달려 있었다.

지금도 사용하는 건가.

마사요는 방 한가운데에 방석을 깔고 앉아 별생각 없이 금고에 시선을 주었다. 그 외에 달리 할 일이 없어서 어쩔 수 없었다.

그게 아니잖아.

스스로를 나무랐지만, 그럼 어떻게 해야 할까 마사요는 고민에 빠졌다.

다다미에 귀를 댈까?

1층의 동태를 살피려면 그 방법밖에 없으리라. 얼른 귀를 대 보았지만 어떤 기척도 느껴지지 않았고 아무 소리도 들리지 않았다.

명상하고 있을 테니 당연한가.

그래도 계속 귀를 기울이면 아래층에서 이변이 생겼을 때 분명 알아차릴 수 있을 것이다. 그런 생각으로 다다미에 한쪽 귀를 대고 있으니 점점 졸음이 밀려왔다.

아까 잠을 제대로 못 자서…….

그래도 잠들면 안 된다고 스스로를 꾸짖었지만, 아무래도 그만 잠에 빠진 모양이다.

누군가 몸을 흔들며 이름을 부르는 소리에 마사요는 어렴풋이 깨어났다. 아리마를 보고 깜짝 놀란 순간, 갑자기 뭐라고도 표현하기 힘든 위화감을 느꼈다.

……뭐지?

위화감의 정체를 마사요가 알아차리기 전에 아리마가 믿기지 않는 소식을 전했다.

"다, 다, 다카코 씨가 자시키 할멈에게 모, 목을 졸렸어……."

4

마사요가 급히 1층으로 내려가자 다카코는 중간방에 누워 있었다. 하지만 이부자리는 깔려 있지 않았고 베개 대신 방석이 뒤통수에 받쳐진 채였다. 좌우 머리맡에는 오사나이와 군조가 앉아서 걱정스럽게 다카코를 내려다보고 있었다.

"무슨 일이야? 벌써 끝났어?"

그때 유지가 얼굴을 내밀었다. 계단은 현관 근처, 앞방 곁에 있으므로 오르내리는 소리에 잠이 깬 듯했다.

"회장님 말로는……, 누군가에게 목을 졸렸다는데요."

오사나이가 머뭇머뭇 대답하자 유지는 어안이 벙벙한 표정을 지었다.

"보십시오."

하지만 오사나이가 다카코의 목을 가리키자 유지의 안색이 바로 변했다. 목에 빨간 자국이 선명하게 남아 있었기 때문이다. 마사요도 그걸 보고 등골이 오싹했다.

"……나, 나, 난리 났네."

말을 끝내기가 무섭게 유지는 방에서 뛰쳐나갔다.

대체 무슨 일이 있었던 걸까.

마사요는 물어보고 싶었지만 도저히 그럴 분위기가 아니었다. 오사나이의 비통한 얼굴만 봐도 몹시 가슴이 아팠다.

잠시 후 유지가 의사와 주재소 경찰관을 데리고 돌아왔다. 오전 3시 10분이 지난 시각이니 분명 둘 다 억지로 깨웠으리라.

의사는 다카코의 목을 진찰한 후, 빨간 자국에 약을 바르고 붕대를 감았다. 치료가 끝나기를 기다렸다가 경찰관이 사정을 묻자 오사나이가 대표로 이야기했다. 정리하면 다음과 같다.

오전 12시 반, 안방에 봉인지를 붙이는 작업이 끝나자 남학생들은 각자 담당한 곳으로 갔다. 그 직후에 마사요는 2층 방으로 올라갔다.

툇마루에 앉은 오사나이는 얼마 지나지 않아 따분해졌다. 모기가 없는 건 다행이었지만, 감시한다고 해도 그냥 창문 근처에 있으면 된다. 책을 읽고 싶어도 불빛이라고는 없었고, 방의 동태를 확인하고 싶어도 창문에는 커튼을 쳐 놓았다.

그래도 너무 한가한 나머지 창문 끝에서 끝까지 살펴보자, 봉인지를 붙인 창문의 반대쪽 창문 커튼에 틈새가 약간 있었다.

혹시 들키면 회장이 화낼 텐데.

그렇게 생각하면서도 들여다보자 방 거의 한복판에 방석을 깔고 꿇어앉은 다카코의 모습이 아주 어렴풋이 보였다. 중간방에 등을 돌린 자세라 앞쪽에는 도코노마와 벽장밖에 없지만, 분명 두 눈은 감고 있을 것이다. 알전구조차 껐기 때문에 방에는 불빛이 전혀 없었다. 그런데도 간신히 다카코의 모습을 확인할 수 있었던 건 오사나이의 눈이 이미 어둠에 익숙해졌기 때문이다. 덧붙여 아리마가 감시 중인 중간방도 불을 껐다. 아리마는 몹시 반대했지만 다카코가 결코 봐주지 않았다. 물론 복도도 마찬가지였다.

오전 1시 반에 오사나이는 한 번 더 안방을 들여다보았고, 2시경에 또 들여다보았다. 이때 다카코는 머리를 앞쪽으로 기울이고 있는 것처럼 보였다. 마침 오사나이도 졸음과 한창 싸우는 중이었으므로 다카코도 졸릴 만하다고 생각했다.

다음으로 2시 45분경에 들여다보자 꿇어앉아 있던 다카코가 누워 있었다. 결국 수마에 졌나……, 싶었지만 누워 있는 모습이 부자연스럽게 느껴졌다. 불빛이 전혀 없어서 똑똑히 보이지는 않았지만, 일단 일어서려다가 옆으로 푹 쓰러진 것 같은 인상이었다.

애당초 회장이…….

자시키 할멈이 나온다는 방에 머물면서 이렇게까지 푹 잠들까. 그렇게 생각한 순간 걱정으로 심장이 쿵쿵 뛰었다.

그래도 오사나이가 창문으로 방에 들어가지 않은 건 다카코가 봉인지를 붙인 의도를 망치지는 않을까 문득 우려했기 때문이다.

오사나이는 툇마루에서 별관 동쪽을 돌아 북쪽의 유리문을 두드렸다. 그 맞은편 복도에 앉은 군조는 꾸벅꾸벅 졸고 있었다. 계속해서 유리문을 두드리자 군조는 겨우 고개를 번쩍 들었다.

"……왜 그래요?"

군조가 잠긴 유리문을 열면서 잠이 덜 깬 얼굴로 물었지만 오사나이는 아무 대답 없이 복도에 불을 켠 후, 장지문의 봉인지를 꼼꼼히 확인했다.

"너도 확인해 봐."

군조에게도 확인시키고 따라오라고 손짓한 후, 복도에서 중간방으로 들어가 불을 켰다.

아니나 다를까 아리마는 안방에 면한 맹장지 앞에서 꾸벅꾸벅 졸고 있었다. 전등을 켜도 전혀 깨어날 낌새가 없었다.

"이 자식, 아무 도움도 안 되네."

오사나이는 사돈 남 말하는 격으로 욕하는 군조를 재촉해 봉인지를 함께 확인했다. 그때 아리마가 몸을 움찔하며 눈을 떴다.

"가, 가, 간 떨어질 뻔했네……."

"이 방 맹장지와 복도 장지문 양쪽 다 보이는 곳에서 잠시 감시하고 있어. 우리가 돌아올 때까지. 알겠지?"

얼떨떨한 표정을 지으면서도 아리마가 고개를 끄덕이길래, 오사나이는 군조를 데리고 남쪽 툇마루로 돌아가 창문의 봉인지를 후배에게 확인시켰다.

"……선배, 잠든 건가요?"

오사나이의 성화에 못 이겨 군조는 커튼 틈새로 안방을 유심히 들여다보았고, 곧 이변을 알아차린 듯했다.

"아리마에게 돌아가자."

오사나이는 아무 대답 없이 군조를 재촉했다.

"아무 일도 없었어?"

중간방과 복도의 경계에 서 있던 아리마에게 물어본 후, 오사나이는 맹장지 앞으로 두 후배를 데려갔다.

"회장님은 잠든 것처럼 보이지만 아무래도 상태가 이상해. 맹장지의 봉인지를 뜯고 내가 들어가서 확인해 볼게."

아리마와 군조가 뭐라고 따지려 했지만 오사나이의 날카로운 시선을 받고 거의 동시에 입을 다물었다.

"위쪽 봉인지는 나, 가운데는 군조, 아래쪽은 아리마가 뜯는다. 풀을 발라서 붙인 곳은 남겨 두고, 되도록 종이 한복판을 찢어."

오사나이는 시범을 보이듯 오른손만으로 솜씨 있게 위쪽 봉인지를 찢었다.

다음으로 군조가 같은 요령으로 가운데 봉인지를 찢었다. 마지막으로 아리마가 찢은 아래쪽 봉인지는 보기 싫게 너덜너덜해졌다. 다카코가 보았다면 "손재주가 너무 없네." 하고 어이없어 했을지도 모른다.

오사나이는 맹장지를 열고 재빨리 실내를 죽 둘러보았다. 물론 다카코 말고는 아무도 없었다. 오사나이는 부자연스러운 자세로 쓰러진 다카코에게 다가가 어깨에 손을 살짝 얹으며 "회장님." 하고 불렀다. 반응이 없어서 조금 세게 흔들었지만 여전히 축 늘어진 상태였다.

뒤에서 수군거리는 군조와 아리마를 무시하고, 오사나이는 두 팔로 다카코를 안아 올려 중간방으로 옮겼다. 방석을 베개 삼아 눕히고 나서야 목에 빨간 줄 같은 자국이 생긴 것을 알아차리고 깜짝 놀랐다.

"이것 좀 봐 봐."

오사나이가 가리킬 때까지 몰랐는지 아리마는 "헉." 하고 숨을 삼켰고, 군조는 "으." 하고 눈살을 찌푸렸다.

그때 다카코가 조용히 두 눈을 떴다.

"회장님, 기분은 좀 어떠세요? 숨쉬기가 힘들지는 않고요? 무슨 일이 있었던 겁니까?"

오사나이가 부드럽게 묻자, 다카코는 멍하니 있다가 갑자기 겁먹은 표정을 지었다.

"……앉아 있다가……, 그만 꾸벅꾸벅……, 졸았는데, 모, 목을 졸려서……."

"뒤에서요?"

"……그, 그런가. 아, 아니……, 분명, 그렇지……. 굵은 끈……, 가느다란 로프……, 같은 것이 목 뒤에서 꽉 교차되더니……. 위로 쭉……, 잡아당겨지는……, 그, 그런 느낌이 들었는데……."

"범인은 바로 뒤에 서 있었다?"

다카코는 목 상태가 좋지 않은지 힘없이 고개를 끄덕였다.

"알겠습니다. 더 말 안 하셔도 돼요."

오사나이는 얼른 만류하고, 아리마에게 2층의 마사요를 불러오라고 했다.

여기까지 상황을 확실히 파악한 후 경찰관이 의사와 함께 안방을 조사했다. 하지만 장지문과 창문의 봉인지는 멀쩡했고, 실내에 달라진 점도 딱히 없었다. 물론 자시키 할멈은커녕 제삼자가 있었던 흔적도 발견되지 않았다.

그 결과, 맹장지의 봉인에 관해 남학생들은 수없이 질문을 받았다. 그들 역시 자신들이 확인했을 때 봉인지 세 개에 손상은 없었고, 각자 하나씩 찢었다는 설명만 되풀이했다.

다카코는 목을 졸리는 바람에 일시적으로 의식을 잃은 것이리라.

한동안 안정이 필요하다고 의사가 판단했으므로 경찰관도 진술 청취를 중단했다. 마사요 일행도 쉬기로 했다.

그날 오전 10시가 지날 때까지 다들 죽은 듯이 잠에 곯아 떨어졌다. 다행히 다카코의 목 상태가 좋아져 본관에서 다 함께 늦은 아침을 먹었다. 하지만 그때 유이치가 화를 냈다. '그런 담력 시험 같은 짓을 허락한 적 없다'는 취지의 질책을 알아듣기 어려운 사투리로 늘어놓았다.

아무래도 마사요 일행이 일어나기 전에 유지가 '사건'에 대해 형에게 보고한 듯했다. 오스미장의 경영자는 유이치이고, 의사와 경찰관이 드나드는 이상 숨기기는 불가능하다.

당장이라도 내쫓길 것 같은 분위기였지만, 유지가 중재하기 위해 끼어들었다. 하지만 그도 같은 죄였으므로 유이치는 바로 동생에게 분노의 화살을 돌렸다. 그때 의사와 경찰관이 나타나서 간신히 화를 면했다.

의사는 다카코를 진찰한 후 순조로이 회복되고 있다고 말했다. 마사요는 크게 안심했지만, 어째선지 경찰관이 혼자만 불러내서 불안해졌다. 경찰관은 마사요를 별관 앞방으로 데려갔다. 이때 선배들도 거의 동시에 안방과 중간방으로 돌아왔다.

"미안해. 학생한테 좀 물어보고 싶은 게 있어서 말이야."

경찰관이 다카코와 남학생들의 관계에 대해 물어보려 한다는 걸 알아차린 순간, 마사요는 속으로 앗, 하고 소리를 질렀다.

도시에서 온 다섯 대학생 중 동아리 회장인 여학생이 목을 졸린다. 현장인 안방 밖에는 세 남학생이 있었다. 또 다른 여학생은 2층에 있었으므로 제외할 수 있다. 그리고 1학년이라 선배들에 비하면 아직 인간관계가 농밀하지 않다고 추정된다. 반대로 세 남학생은 회장을 상당히 의식하는 것처럼 느껴진다. 봉인지 문제가 있기는 하지만, 상황에 비추어 보건대 세 남학생 가운데 분명 범인이 있으리라.

그런 경찰관의 생각이 마사요의 머릿속에 쫙 밀려들었다. 아니, 그런 감각에 빠졌다고 해야 할까.

마사요는 대답하기가 난감했다. 섣불리 대답하면 바로 선배들이 의심받는다. 그래서 말을 얼버무렸지만, 경찰관이 한 수 위였다. 마사요는 어느새 선배들의 기묘한 사각 관계에 관해 털어놓고 말았다.

"하, 하지만……, 선배 중 누구도 안방에는 들어갈 수 없었어요."

황급히 그 점을 강조하자 경찰관은 머리를 긁적이며 말했다.

"음, 그게 문제이기는 하지."

"중간방 쪽 봉인지는 셋이서 확인했어요. 복도 쪽과 창문도 둘이서 철저히 확인했고요."

"공범일 가능성은……."

"오사나이 씨와 군조 씨가요? 제일 말도 안 되는 조합이에요. 오사나이 씨는 고고한 존재라 애초에 남이랑 편을 먹지 않을걸요. 군조 씨와 아리마 씨라면 그나마 가능성이……, 아니요, 선배들은 회장님을 아껴요. 지금까지 쭉 사모하고 아껴 왔으니까 애당초 동기가 없다고요."

"그게 말이야."

그렇게 나올 줄 알았다는 듯한 표정으로 경찰관이 말했다.

"학생은 아직 어려서 남녀관계가 얼마나 이상야릇한 건지 잘 모른달까……."

"네에?"

세상 물정 모르는 얼치기 취급하는 느낌이라 마사요는 화가 치밀었다.

"공범이라고 하셨는데, 복도 쪽과 창문의 봉인지는 경찰 아저씨도 확인하셨잖아요. 뭔가 이상한 점이 있었나요?"

"아니, 없었지."

"그럼 선배들 세 명이 짜고 중간방 봉인지를 찢고 들어가서 회장님을 습격한 셈이겠네요. 만약 그랬다면 좀 더 그럴싸한 거짓말을 하지 않을까요?"

"자시키 할멈 탓으로……."

"돌릴 작정이었다니, 이 지역 사람이라도 그런 계획은 안 세울걸요."

낯을 가리는 성격이건만 경찰관을 상대로 이렇게까지 분투하다니, 마사요 스스로도 놀랐다. 요괴 연구회 회원의 안위가 걸린 문제였기 때문이리라.

그렇지만…….

분명 셋 중 한 명을 범인으로 볼 수밖에 없는 상황이었다. 다만 방법이 불명확한 이상, 경찰관도 손 쓸 방법이 없다.

범인은 선배들 중 한 명이다.

하지만 아무도 붙잡히지 않으면 좋겠다.

마사요가 모순에 시달리고 있는데 묵묵히 생각에 잠겼던 경찰관이, "뭐, 한 명씩 이야기를 들어 보면 의외로 쉽게 밝혀질지도 모르지." 하고 말해서 마사요는 경계심이 들었다.

설마 자백을 강요할 작정은…….

하지만 상대는 좋은 뜻에서도 나쁜 뜻에서도 '시골의 주재소 경찰관'이므로, 으름장을 놓더라도 오사나이와 군조가 맥없이 꺾일 것 같지는 않았다. 아리마도 분명 무사하지 않을까.

그 후 마사요와 교체하듯 오사나이, 군조, 아리마가 한 명씩 앞방으로 불려 와서 경찰관에게 진술했다. 하지만 마사요의 예상대로 아무도 자백하지 않았는지 경찰관은 어찌할 바를 모르는 눈치였다.

게다가 다카코가 이번 일을 사건으로 발전시키고 싶지 않다고 했으므로 한바탕 소동이 벌어졌다.

의사는 “끈 같은 물건으로 목을 조른 건 틀림없어요. 살의가 있었는지까지는 모르겠지만 분명 상해 사건입니다.” 하고 객관적인 의견을 제시했다.

주재소 경찰관은 “안방에 어떻게 들어갔는지는 모르겠지만 용의자는 한정돼 있어. 이대로 그냥 넘어갈 수는 없지.” 하고 일부 모호한 표현을 사용하긴 했지만, 역시 사건 가능성을 내비쳤다.

유이치는 “자시키 할멈 탓으로 돌리는 건 못 참아. 범인을 꼭 붙잡아서 우리 여관과는 무관하다는 사실을 증명해 주시오.” 하고 역시 사투리로 호소했다.

유지는 “학생들 사이에서 일어난 일인데 피해자인 회장이 이제 됐다니까 일을 크게 키울 건 없겠지.”라며 마사요 일행을 편들었지만, 형이 노려보자 입을 다물었다.

“회장님의 마음도 이해는 갑니다만…….”

오사나이가 그렇게 말한 건, 남학생 중에서 범인이 나올까 봐 다카코가 걱정하는 마음을 알아차렸기 때문이리라.

“경찰관님 말씀대로 이대로 그냥 넘어갈 수는…….”

“응, 없을 테니 지금 이 자리에서 요괴 연구회를 해체하겠습니다. 그리고 여러분과도 절교하겠어요.”

다카코의 이 결단에는 네 명 모두 엄청난 충격을 받았다.

……나하고도?

남학생들뿐만 아니라 나와도 관계를 끊을 생각인가. 마사요는 사건은 제쳐 놓고 일단 그것부터 걱정했다. 그런 자신이 너무 싫었지만 그만큼 충격이 컸다고도 할 수 있다.

난리법석이 나서 더는 수습이 안 될 만큼 소동이 커졌을 때, 한 남자 손님이 오스미장을 훌쩍 방문했다.

그 떠돌이 같은 손님이 놀랍게도 이 사건을 해결했다.

5

도쇼 아이가 이제는 익숙해진 괴이 민속학 연구실에서 '자시키 할멈의 봉인지 밀실 사건'을 다 낭독하자마자 덴큐 마히토가 감탄한 듯 중얼거렸다.

"그 남자 손님이 도조 겐야 선생님이시겠군."

사건을 해결한 겐야의 솜씨보다는 그런 일에 맞닥뜨리는 확률이 높다는 것에 무심코 감탄했으리라.

계절은 가을이었지만 아직 여름 무더위가 가시지 않았다. 다만 도서관 지하의 괴민연은 변함없이 묘하게 시원한 느낌이었다.

"별다른 말은 적혀 있지 않지만, 그렇겠죠."

"선생님은 관계자들에게 이야기를 듣고 안방을 비롯한 별관을 둘러보신 후, 구라베 마사요를 시점 인물로 삼아 이 사건을 소설로 쓰신 게 틀림없어."

"마지막에 본인이 등장하신 건……."

"선생님다운 장난기가 발동하신 거겠지."

그러고 나서 덴큐는 번쩍 생각났다는 듯 물었다.

"그 원고 말고 다른 건 없었어? 선생님이 쓰신 해결편에 해당하는 편지라든가."

"그럴싸한 게 있기는 한데요……."

아이는 얇아서 흐늘흐늘하는 봉투를 꺼냈다. 앞면에 '덴큐가 추리한 후에 개봉할 것'이라고 적혀 있었다.

"편지지가 한 장밖에 안 들어 있는 것 같은데. 해결편치고는 너무 얇지 않나?"

"진상을 한마디로 설명할 수 있다든가……."

아이의 해석을 아무래도 덴큐는 받아들이지 못한 듯했다.

"그나저나 선생님은 민속 탐방으로 수집한 괴이담의 정리와 분류를 내게 부탁한다는 당초의 목적을 완전히 잊어버리신 거 아니야?"

"이제는 덴큐 씨에게 수수께끼 풀이를 시키기 위해, 재료가 될 만한 사건의 상세한 내용을 부지런히 보내신다고밖에 보이지 않는군요."

"그것도 굳이 네게……."

아이를 중간 다리로 끼워 넣은 것에 덴큐가 불만을 늘어놓으려는 찰라, 아이는 "밀실에서 목을 조른 건 자시키 할멈의 소행일까요?"라며 재빨리 덴큐의 흥미를 유발할 만한 말을 꺼냈다.

"그럴 리가 있나."

"하지만 안방에 드나들 수 있는 출입구 세 곳에는 전부 안쪽에서 봉인지를 붙였는데요. 즉, 완벽한 밀실이었던 셈이죠."

아니나 다를까 덴큐가 바로 덤벼들길래 아이는 쐐기를 박듯 사건 현장이 밀실로서 완벽하다는 사실을 강조했다.

"봉인지를 붙였다고 해도 카터 딕슨이 쓴 《He Wouldn't Kill Patience》의 파충류관 밀실처럼 모든 틈새가 실내에서 봉인돼 있던 상태는 아니야. 맹장지, 장지문, 창문에는 3센티미터나 틈새가 있었으니 완벽한 밀실이라고는 할 수 없지."

"그래도 사람은 못 드나들잖아요."

"흉기인 끈 또는 로프는 통과하고도 남겠지."

"그럼 누가 뭘 어떻게 한 건데요?"

아이가 부추기듯이 묻자 덴큐는 담담한 어조로 대답했다.

"다카코는 꿇어앉은 채 조느라고 머리를 앞으로 기울인 상태였어. 범인은 튼튼한 끈으로 서부극에 나오는 올가미 줄을 만들어서 손목을 맹장지 틈새로 넣고, 올가미 줄을 다카코의 목을 향해 던졌지. 피해자는 앞으로 숙인 자세니까 그대로 끈을 잡아당기면 목이 졸릴 거야."

"즉, 범인은 아리마 씨."

"뒤에서 목을 졸렸다는 다카코의 증언을 고려하건대, 바로 뒤쪽 중간방에 있었던 아리마가 제일 수상해."

"하지만 올가미 줄을 다카코 씨의 목에서 어떻게 벗기는데요?"

아이의 소박한 의문에 덴큐는 퉁명스럽게 대답했다.

"그야, 벗기기는 불가능하겠지."

"네에?"

"이 상황에서 걸기는 쉬워도 벗기기는 아주 어려워. 더구나 다카코는 목 뒤에서 끈이 교차했고, 위로 쭉 잡아당겨졌다고 증언했어. 하지만 올가미 줄을 걸었다면 목 앞부분이 졸리면서 뒤로 당겨지겠지. 또한 겁쟁이인 아리마가 이런 범행을 실행할 수 있었을 것 같지도 않고."

아이는 자신의 추리를 금방 뒤집어엎는 덴큐에게 한마디 불평하고 싶은 기분을 꾹 참고 물었다.

"그렇다면 범인은 끈을 교차해서 한가운데에 고리를 만들고, 그 교차점이 목 뒤쪽에 오도록 다카코 씨에게 걸었다. 그리고 끈 양쪽을 좌우로 잡아당겨서 목을 졸랐다. 그런 말인가요?"

"그렇겠지."

"즉, 범인은 다카코 씨 바로 뒤에 서 있었다……."

"꼭 그렇게 볼 수는 없어. 완벽하지 않다고는 해도 안방은 밀실 상태였으니까."

"그럼 어떻게 했는데요?"

“이 상황에서 피해자의 목을 조르려면, 목에 한 바퀴 감긴 끈을 좌우로 잡아당겨야 해. 그리고 범행 당시 다카코가 앉아 있던 곳 좌우에 마침맞게도 외부와 통하는 틈새가 있었어.”

“복도 쪽 장지문과 툇마루 쪽 창문…….”

“양쪽 위치상 끈은 방을 비스듬하게 지나가겠지만, 그 중간에 다카코 씨가 있으니까 충분히 목을 조를 수 있겠지.”

“어떻게 끈에 고리를 만들어서 다카코 씨 목에 거는데요?”

“거기에 무리가 있어.”

“뭐라고요?”

뻔뻔하게 또 말을 번복하는 덴큐를 보고 아이는 어이없다는 표정을 지었지만, “그 이전에 북쪽에서 남쪽까지 끈을 통과시키기가 더 어려워.” 하고 덴큐는 천연덕스럽게 말을 이었다.

“그리고 오사나이와 군조가 공범일 가능성이 절대 없다는 것도 구라베 마사요의 증언으로 알 수 있지.”

“그럼, 그런 추리는 하지 말아요.”

뾰로통하게 쏘아붙인 아이는 갑자기 불안해졌다.

“용의자인 세 남학생 중 누구도 범행이 불가능했다면……, 정말로 자시키 할멈의 소행이라고밖에…….”

“아니지, 봉인지를 붙인 밀실의 수수께끼가 순식간에 해결되는 진상이 있잖아.”

“대체 어떤…….”

"세이조 다카코의 자작극이야."

"설마……. 그러면 동기는요?"

"요괴에는 전혀 흥미가 없으면서 자신과 가까이 있겠다는 이유만으로 연구회에 가입한 남학생이 세 명이나 있었어. 그게 얼마나 이상한 상황인지 구라베 마사요가 가입함으로써 다카코는 새삼 깨달았겠지. 그래서 단숨에 세 사람과 관계를 끊기 위해 이번 계획을 세운 거야. 자신이 습격당한 것처럼 위장해 세 남학생을 용의 선상에 올린다. 그렇다고 누명을 써서 잡혀가면 안 되겠지. 그래서 어떻게 생각해도 세 남학생이 수상하다는 상황을 만들어 내는 것과 동시에, 세 남학생에게 범행은 불가능했다는 상황도 만드는 거야. 그러기 위해 다카코는 오스미장의 안방을 무대로 선택했어. 자시키 할멈이라는 괴이 현상을 이용할 생각이었던 거지."

"다카코 씨는 스스로 자기 목을 졸랐다……."

"흉기로 사용한 끈은 잘 접으면 속옷 속 같은 데 얼마든지 숨길 수 있을 테니까."

"그리고 요괴 연구회를 해체하면 세 사람과 관계가 끊어진다……."

"이야기의 앞뒤는 맞지만 구라베 마사요의 시점으로 묘사된 세이조 다카코라는 인물을 보건대, 과연 그런 계획을 세울까 싶다는 것이 애로 사항이지만."

"뭐라고요?"

아이는 저도 모르게 큰소리로 비난했지만, 덴큐는 개의치 않고 벌떡 일어나서 실내를 돌아다니기 시작했다.

……앗, 그 행동이 나왔네.

지금까지도 덴큐 마히토는 추리가 막히면 이렇게 연구실을 이리저리 돌아다녔다. 그리고 자리로 돌아오면 반드시 사건의 진상을 꿰뚫어 보았다.

아이도 그걸 아는 만큼 방금 발끈했던 것도 잊어버리고 크게 기대했는데…….

"카터 딕슨의《유다의 창》이야."

덴큐는 추리소설 한 권을 들고 돌아와서 아이에게 보여 주었다.

"어, 호쓰쇼대학교의 안리 가즈히라 씨가 처음으로 읽었던 존 딕슨 카의 작품이 이거였던가요?"

안리의 체험담을 떠올리며 아이가 물었다.

"2층에서 깜박 잠들었던 마사요를 아리마가 깨웠을 때, 마사요는 뭐라고도 표현하기 힘든 위화감을 느꼈잖아. 왜 그랬는지 알겠어?"

덴큐가 질문을 무시하고 갑자기 이야기를 본론으로 되돌려서 아이는 크게 당황했다.

"가, 갑자기 그런 걸 물어본들……."

"다카코의 이야기에도 나왔어."

"엇, 뭐였는데요?"

"베개 방향 바꾸기."

"……네? 요괴의 소행이라는? 마사요 씨가 그걸 당했다는 말인가요?"

"요괴의 소행은 아니지만 마사요의 베개 방향이 바뀌었지."

"대체 누가? 뭣 때문에요?"

"마사요는 분명 2층 방의 거의 한복판에서 잠들었을 거야. 그래서 유지는 마사요를 이동시킨 후 다다미를 들어 올리고, 2층에서 보면 바닥 판, 1층 안방에서 올려다보면 천장 판을 벗겨 냈어. 다다미를 교체할 때 입회했기에 재빨리 그런 생각이 떠오른 거겠지. 다다미를 교체할 때 청소도 했으니까 먼지 같은 게 떨어질 걱정도 없어. 그러고 나서 금고 손잡이에 끈 한쪽을 묶고, 끈 중앙에 고리를 만든 후 고리가 교차하는 부분을 풀로 붙여. 고리 부분을 1층으로 늘어뜨려서 졸고 있는 다카코의 목에 건 후, 금고 반대 방향으로 이동해서 끈의 다른 쪽을 잡아당겨. 범행이 2층에서 진행됐기 때문에 다카코는 위로 잡아당겨지는 느낌을 받은 거야. 다카코가 기절한 걸 확인한 후, 잡고 있던 끈을 1층에 던져 넣고 금고 손잡이에 묶어 둔 끈을 풀어서 끌어당기면 1층에 있는 끈이 회수돼. 고리라고 해 봤자 교차하는 부분에 풀을 발랐을 뿐이잖아. 다카코의 목을 졸랐을 때 이미 떨어졌지. 그래서 끈을 어려움 없이 회수할 수 있었어. 마사요와 다카코가 잠든 건 유지가 대접한 커피에 수면제가 들어 있었던 탓이야. 물론 남학생들도 마찬가지지만, 여학생들의 커피에 좀 더 많이 넣었겠지. 마사요에게 수면제를 먹인 건 2층이 범행에 사용됐다는 의혹을 배제함으로써 알리바이를 만들기 위해. 다카코에게 수면제를 먹인 건 가령 목이 졸려 실신하지 않더라도 그대로 잠재우기 위해. 요컨대 자시키 할멈에게 목을 졸렸다…… 이렇게 볼 수 밖에 없는 상황을 만들어 내는 것이 유지의 목적이었어."

"……도, 동기는요?"

"자시키 할멈은 무서운 존재일지도 모른다는 의혹을 형에게 심어 줘서, 자시키 할멈에게 의존하지 않는 관광 여관으로 오스미장을 재건하는 것. 또는 자시키 할멈의 평판을 떨어뜨림으로써 오스미장의 영업을 방해해, 형이 여관을 매각하게끔 유도하고 싶었는지도 모르지. 어쨌거나 유지는 변화가 없는 오스미장을 바꾸고 싶었던 거야."

"다카코 씨를 목 졸라 죽일 마음은 애초에 없었다는 건가요?"

"자시키 할멈이 얽힌 소동을 일으키면 그만이었어. 단순한 손님인 대학생들과 유지 사이에 접점은 전혀 없잖아. 그래서 의심받지 않을 거라 안심했겠지. 유지가 대학생들에게 여러모로 친절하게 행동한 것도 다 꿍꿍이가 있어서였어."

덴큐는 스위치가 꺼진 것처럼 갑자기 입을 다물더니, 책상 위에 놓아둔 얇은 봉투에 시선을 주었다.

"이거, 열어 볼까요?"

덴큐가 말없이 고개를 끄덕이길래 아이는 봉투에서 한 장뿐인 편지지를 꺼내 적혀 있는 글을 읽었는데…….

"선생님은 뭐라고?"

아이가 아무 말도 없이 편지지만 들여다보고 있자 더는 못 참겠다는 듯 덴큐가 물었다.

"덴큐 씨의 추리가 아마 맞을 거예요."

"그 편지의 내용에 따르면?"

"네. 하지만 한 문장밖에 없어서, 그 이외의 자세한 사정을 전혀 모르겠네요. 이래서는 너무나 설명이 부족해서……."

"알았으니까 빨리 읽어 봐."

아이는 다시 편지지를 보고 문제의 문장을 읽었다.

"사건의 진상이 밝혀진 후, 유지는 별관 안방에서 스스로 목을 매 죽었다."

제5화
서 있는 쿠치바온나

1

자칭 재야 민속학자인 도키 가사이는 공기가 맑은 이른 아침인데도 문득 찜찜한 예감이 들어서 걸음을 멈췄다. 다카바 마을로 향하는 산길 옆에는 온몸에 이끼가 낀 석불이 서 있었다.

어젯밤에 이어 또…….

무서운 괴이 현상을 체험하는 것 아닐까 싶어 대비했지만, 희미하게 풍겨 오는 이상한 냄새가 코를 찌른 순간 몸을 움찔했다.

……야외 화장인가.

예전에는 지방에 가면 토장을 목격할 때가 많았다. 하지만 요즘은 화장이 주류다. 게다가 예전에는 야외에 불을 피워 놓고 화장을 했지만, 점차 내화벽돌로 지은 건물이 등장했고 거기에 중유 보일러식 화장로가 추가됐다. 이쯤 되면 어느 지방에서나 정식 화장장이 생기기를 바라게 된다.

그래도 토장 풍습을 이어 나가는 마을이 지금도 적지 않게 남아 있었다. 주로 토장을 하는 곳에서는 화장 설비를 찾아보기가 힘들다. 즉, 화장이 필요할 때도 예전처럼 야외에서 태울 수밖에 없는 셈이다.

민속 탐방을 위해 방방곡곡을 돌아다니는 가사이에게 야외 화장을 관찰하는 건 상당히 귀중한 기회라고 할 수 있었다. 그래서 가사이는 주저하면서도 불쾌한 냄새가 나는 쪽으로 걸음을 옮겼다. 이 또한 민속학자의 습성이리라.

그런데도 가사이가 여전히 찜찜한 예감을 떨치지 못한 건 좀 더 근본적인 문제가 있었기 때문이다.

이렇게 이른 아침에 화장하다니, 아무리 생각해도 이상해.

무슨 사정이 있어 저녁에 장례를 치렀다고 해도, 다음 날 아침까지 좌관(座棺)에 담긴 시신을 방치해 둘 리가 없다. 오히려 밤새 시신을 불태울 것이다. 적어도 가사이는 이른 아침에 야외 화장을 한다는 소리를 들어 본 적이 없었다.

몹시 뒤숭숭한 기분으로 산길에서 벗어난 가사이는 짐승 길 같이 좁은 곁길로 들어가 무성한 덤불을 헤치며 아래로 내려갔다. 고개를 넘어서 내려가는 것과 거의 같은 방향이었다. 그렇다면 산길을 따라가다가 옆으로 빠지는 것이 훨씬 편하다. 하지만 이상한 냄새를 또 맡는다는 보증이 없었다. 오히려 냄새를 놓칠 우려가 컸다. 이런 곳에 관해서는 되도록 마을 사람에게 물어보고 싶지 않았다. 상대도 말하고 싶지 않으리라. 설령 물어보더라도 나름대로 신뢰 관계를 쌓고 나서다. 이러한 가사이의 순간적인 판단과 행동은 지금까지 쌓은 경험에 바탕을 두고 있었다.

하지만 아무리 내려가도 계속 덤불뿐이었다. 게다가 짐승 길이 구부러져서 목적지인 마을에서 점점 멀어지는 기분이 들었다. 하기야 야외 화장은 대부분 마을 외곽에서 한다. 그런 의미에서는 올바른 방향으로 나아가고 있는 셈이지만, 키 큰 풀과 나무에 둘러싸인 채 걸어가자니 아무래도 불안한 마음이 가시지 않았다.

그러자 불현듯 어젯밤에 맛보았던 공포가 되살아났다. **그것**이 마치 바로 뒤에서 쫓아오는 듯한 망상이 고개를 쳐들었다. 물론 터무니없는 상상이다. 하지만 산속에 혼자 있으면 온갖 생각이 쉽사리 폭주하는 법이다. 가사이도 마찬가지였다. 위험한 줄 알면서도 달려갔다. 일단 달리기 시작하자 멈출 수가 없었다.

다행히도 앞쪽에서 무슨 기척이 느껴진 덕분에 호되게 넘어지기 전에 발을 멈췄다. 덤불을 부스럭부스럭 시끄럽게 헤치고 나가면 이쪽의 존재를 상대에게 알려 주는 꼴임을 재빨리 깨달았기 때문이다.

가사이가 발소리를 죽이고 조금씩 나아가자 덤불 너머로 좁지만 트인 풀밭이 보였다. 만약 아무것도 없는 상태라면 외따로 떨어진 밭뙈기처럼 느껴질지도 모른다. 하기야 곡식이나 채소는 전혀 보이지 않으니, 야외 화장에 대한 지식이 없는 사람에게는 어쩐지 으스스한 수수께끼의 공간으로 느껴졌으리라.

풀밭 한가운데에 장작이 우물 정(井)자 모양으로 쌓여 있었다. 생나무로 보였는데, 이는 불기운을 조절해서 과도한 온도 상승을 막기 위해서다. 자세히 보자 장작 아래에 숯이 깔려 있었다. 그리고 장작 위에 좌관을 올려놓았다. 좌관은 동그란 통 비슷한 형태의 관으로, 책상다리나 꿇어앉은 자세 또는 양 무릎을 끌어안은 자세로 시신을 넣는다. 원래는 토장용 관인데 길쭉한 관에 비해 못자리를 적게 쓰는 이점이 있다. 하지만 화장할 때는 사정이 달라서 애를 먹는다.

쌓은 장작 주변을 돌며 마지막 점검을 하는 듯한 중년 남자의 험악한 표정에서도 야외 화장이 얼마나 어려운지가 전해졌다. 원래 남을 가까이하지 않는 성격이 얼굴에 드러났을 수도 있지만, 남자가 오만상을 짓고 있는 건 역시 장작 위의 좌관이 신경 쓰이기 때문이리라.

이 남자가 화장꾼인 건 틀림없다. 마을에 따라서는 돌아가며 맡는데, 여자라 해도 거부할 수 없는 역할이다.

풀밭 구석에는 물이 든 통과 국자, 커다란 거적, 그 이상으로 거대한 망, 그리고 말뚝 몇 개가 놓여 있었다. 물통, 국자, 거적의 용도는 알겠지만 대체 망과 말뚝은 뭣 때문에 갖다 놓은 건지 아무리 생각해도 수수께끼였다.

수수께끼 하면…….

아직 장작에 불을 지피지 않았다. 즉, 이상한 냄새가 날 리 없다. 그렇다면 산중턱에서 희미하게나마 느껴진 냄새는 이 풀밭에 스며든 시취였을까. 어쨌거나 기분이 좋지는 않았다.

장작 점검을 마쳤는지 남자는 땅에 깔아 둔 숯에 불을 붙였다. 잠깐 연기만 피어오르는가 싶더니 단숨에 불이 확 타올랐다. 장작 사이와 장작 속에 짚과 나뭇가지도 넣어 두었기 때문이리라. 쌓인 장작 꼭대기에 다다른 화염이 순식간에 좌관을 태웠다. 나무니까 당연하지만 눈 깜짝할 사이에 관이 사라졌다.

그러자 여자로 추정되는 꿇어앉은 자세의 시신이 쑥 나타났다. 흰색 수의에 확 불이 번지는가 싶더니 한순간에 여자치고는 짧은 머리털이 불타서 없어졌다. 그리고 사람의 살이 타는 독특한 냄새가 주변에 잔뜩 풍겼다.

시신이 타오르자 남자는 국자로 물통의 물을 거적에 듬뿍 뿌린 후, 불덩이로 변한 시신에 거적을 덮어씌웠다. 생나무를 장작으로 사용한 것과 마찬가지로, 불기운을 줄임으로써 온도 상승을 막아 시신의 뼈가 무너져 내리지 않도록 하는 방법이다. 요컨대 시신을 찌는 셈이다. 이렇게 하면 등뼈도 박살 나지 않으므로 유골을 깨끗하게 회수할 수 있다.

민속학적인 지식으로 알고는 있었지만, 이렇게 화장하는 장면을 직접 관찰하는 건 요즘 시대에 극히 귀중한 경험이다. 그래서 가사이는 기뻤지만 바로 난감한 상황에 빠졌다. 바람의 방향이 바뀌어 고약한 냄새가 정통으로 풍겨 왔기 때문이다.

가사이는 참지 못하고 덤불에서 뛰쳐나갔다. 한편으로 남자에게 바로 싹싹하게 인사하는 것도 잊지 않았다.

남자는 비명을 지르지는 않았지만 경악한 표정으로 흠칫하더니, 그대로 도망칠 자세를 취했다. 시신을 본격적으로 불태운 순간 느닷없이 낯선 사람이 덤불에서 불쑥 튀어나왔으니 무리도 아니다.

"……뭐, 뭐, 뭐야, 너?"

그래도 남자는 간신히 그 자리에 머물렀다. 화장꾼이 불타기 시작한 시신을 내팽개치고 도망칠 수도 없는 노릇이다.

"앗, 수상한 사람 아닙니다."

가사이는 이런 상황에서 제일 어울리지 않는 말을 꺼냈다. 그 증거로 겁먹은 남자의 얼굴에 수상쩍다는 표정이 더해졌다.

"저는……."

가사이는 소속 대학과 학부, 그리고 민속 탐방차 근처 마을 들을 돌아다니고 있다는 사실을 짤막하게 설명한 후, 만약을 위해 대학에서 준비해 준 명함을 건넸다.

하지만 이것만으로 남자의 경계심을 완전히 풀기는 물론 어렵다. 가사이는 이럴 때는 이 지방에서 겪은 일을 들려줘서 조금이라도 친근감을 쌓는 것이 효과적임을 경험상 알고 있었다.

"느닷없이 죄송합니다만 이 고장 분이신, 앗, 실례지만 성함은 어떻게 되십니까?"

"……지, 지로."

"지로 씨께 꼭 의견을 여쭙고 싶은 기괴한 일을 실은 어젯밤에 겪었거든요."

가사이가 대뜸 이야기를 꺼냈지만 지로는 눈을 희번덕거리면서도 일단 귀를 기울일 자세였다. 막무가내로 나오는 가사이에게 꼼짝없이 말려든 모양새였다.

"어젯밤 저는 옆옆 마을에서 옆 마을까지 고개를 넘어가려고 했습니다. 좀 더 일찍 출발할 예정이었지만, 마을 어르신의 말씀에 푹 빠지는 바람에 늦어졌어요. 실은 제 나름대로 목적이 있기도 해서요."

도키 가사이의 이야기를 정리하면 다음과 같다.

이 지방의 마을에서 마을로 이동하는 동안 가사이는 호기심을 자극하는 민간전승을 얻어들었다. 어두워진 후 고개를 넘으려 하면 무시무시한 괴이와 맞닥뜨린다는 이야기였다.

이런 괴담 자체는 전혀 드물지 않다. 애당초 고개는 '경계'다. 마을과 마을의 경계선을 의미하는 한편으로, 현세와 이계 사이에 그어진 보이지 않는 선으로 받아들여지기도 하는 곳이다. 더구나 어두워지고 나서……, 라는 시간대는 그야말로 이매망량•의 영역이라 할 수 있었다. 이렇듯 심상치 않은 공간과 시간이 합쳐졌으니 뭔가 괴이한 것이 생겨나도 딱히 이상할 것 없었다.

다만 이 이야기를 제일 먼저 꺼낸 노인에게 아무리 물어봐도 정작 중요한 괴이의 내용에 관해서는 '모르쇠'로 일관하는 것이 묘했다. 다른 마을 사람들과 대화하다 고개의 괴이를 언급했을 때도 마찬가지였다. 조금이라도 아는 낌새가 있는 사람에게 어떤 이야기냐고 캐물어 봐도 어째선지 다들 말을 얼버무렸다.

몰라서가 아니라 말하고 싶지 않으니까…….

아무래도 그런 기분을 지울 수가 없었다. 덧붙여 '고개'는 특정한 장소를 가리키는 게 아니라 이 부근 일대의 산길을 의미하는 듯했다.

일부러 마을을 나서는 시간을 늦춘 탓에 날이 저물 무렵에야 그 나지막한 야산의 기슭에 섰다. 별로 높지는 않지만 계류 옆 산길, 굽이진 언덕, 걷기 힘든 바위너설 등 산을 넘기까지 험난

• 온갖 종류의 요괴와 괴물을 통틀어 가리키는 말

한 곳이 꽤 많았다. 덤으로 달빛도 산속에는 닿지 않는다. 헤드램프가 없으면 거의 암흑이나 다름없었다. 때문에 처음에는 괴이를 경계할 여유가 있었지만 얼마 지나지 않아 그럴 여유는 싹 사라졌다.

드디어 고개에 다다랐을 때 가사이는 완전히 녹초가 됐다. 오랜 세월 비바람을 맞아 많이 상한 모습으로 서 있는 산길 오른편의 도조신(道祖神)•이 마치 가사이를 맞이하며 위로하는 것처럼 보였다.

가사이가 도조신에 기대는 자세로 앉으려 했을 때, 시야에 뭔가가 얼핏 비쳤다.

바로 시선을 주자 산길 왼편에 펼쳐진 무성한 덤불 너머 풀밭에 허름한 불당이 있었다. 오두막 정도 크기라 처마 아래를 빌리면 충분히 쉴 수 있을 듯했다. 땅바닥에 앉는 것보다는 훨씬 편할 테니, 가사이는 도조신에게 머리를 꾸벅 숙인 후 불당으로 향했다.

일단 나무 계단에 앉아 잠시 숨을 돌렸다. 그리고 수통의 물로 목을 축이자 그제야 살 것 같았다.

야산 꼭대기라고는 하나 키 큰 상록수가 오밀조밀 모여 있는 탓인지, 달빛의 은혜를 별로 받지 못해 주변은 상당히 어두

• 악령이 침입하는 것을 막고, 통행인이나 마을 사람들을 재난으로부터 지키기 위해 마을 입구, 언덕, 길 등에 모시는 신

웠다. 그래도 덤불에서 산길로 나오는 부근은 희미하게 달빛이 비쳐들었다. 그래도 밝게 느껴지지 않는 건 달빛이 약간 불그스름했기 때문이다.

……기분 나쁜 색깔이로군.

단순한 자연현상에 불과할 테지만, 이런 시간에 산속에서 그런 현상을 겪자 평범하게는 받아들일 수가 없었다. 오히려 노인들이 입을 꾹 다물고 자세한 내용을 알려 주지 않은 괴이가 출현할 듯한 조짐으로 느껴졌다.

지레 겁먹지 말고 정신 바짝 차려.

슬슬 갈까.

가사이는 스스로를 타이른 후 일어서려다 알아차렸다.

붉은 기가 도는 희미한 달빛 속에서 뭔가가 둔탁하게 반짝였다. 결코 손전등 같은 조명기구의 불빛은 아니다. 훨씬 약해서 미덥지 못한 불빛이었다. 그런데도 불길하게 느껴진 건 어째서일까.

원래 '빛'은 정신적인 밝기에도 영향을 주는 법이다. 하물며 지금 가사이는 야밤의 산속에 있다. 불빛을 보면 보통은 안도감을 느끼지 않을까.

으스스하게 반짝이는 정체 모를 불빛이 갑자기 사라졌나 싶더니 사람 형체가 서 있었다.

깜짝 놀랐지만 눈을 떼지 않고 바라보자 아무래도 여자인 듯했다. 그것도 젊어 보였다. 이런 곳에 대체 왜……, 그런 기분으로 유심히 관찰하다 목덜미에 소름이 쫙 끼쳤고, 위팔에도 닭살이 돋았다.

그 여자는 입이 귀까지 찢어져 있었다.

입꼬리부터 두 귀 밑부분까지 쩍 벌어졌다. 마치 낫 모양의 초승달을 옆으로 눕힌 것처럼, 입을 크게 벌린 채 웃고 있었다.

가사이가 꼼짝도 못 하고 굳어 버린 사이에 달빛이 쓱 가려져서 컴컴해졌다. 구름 뒤에 숨은 것이리라. 덕분에 무시무시한 여자의 모습도 시야에서 사라졌지만, 그렇다고 안심할 수는 없었다.

만약 이쪽으로 온다면…….

워낙 어두워서 가까이 접근할 때까지 절대로 눈치채지 못하리라. 그걸 잘 아는 만큼 가사이는 안절부절못했다. 그렇다고 도망치려 해도 산길은 여자 쪽에 있었다. 불당 뒤편은 깊은 숲이라 발을 들여놓을 엄두도 나지 않았다.

가사이는 도무지 살아 있는 것 같지 않은 기분으로 더욱 굳어 버렸다. 그때 다시 달빛이 비쳤다. 구름 사이로 불그스름한 달이 얼굴을 쑥 내밀었다.

……없다.

입이 귀까지 찢어진 여자가 사라졌다. 조심조심 덤불로 다가가 산길 좌우를 살펴보았지만 어디에도 없었다. 너무 어두워서 확실치는 않지만, 적어도 근처에 숨어 있을 걱정은 하지 않아도 될 듯했다.

안도한 순간 두 다리가 부들부들 떨렸다. 가사이는 비틀비틀 불당으로 돌아가서 계단에 주저앉아 겨우 한숨 돌렸다.

잠시 쉬고 출발하려다가, 잠깐만……, 하고 가사이는 생각했다.

이대로 고개를 넘어 산길을 내려가면 또 어디선가 그 여자와 마주치지는 않을까. 그것은 자신이 올라온 마을 쪽 산길에 서 있었다. 어쩌면 그 괴이한 여자는 자신과 같은 방향으로 나아가고 있는 것 아닐까. 그렇다면 자신의 앞쪽을 나아가고 있는 셈이다. 가령 도중에 멈춰 서기라도 한다면, 그것을 따라잡는 꼴이 된다.

오늘 밤은 여기서 야숙할까.

방방곡곡을 돌아다니다 보면, 바깥에서 하룻밤을 보내는 일도 드물지 않다. 벌써 여러 번 경험해 봤으므로 전혀 망설임이 없었다. 불당의 처마 밑을 빌릴 수 있는 만큼, 오히려 낫다고도 할 수 있었다.

다만 그렇다고 편안히 눈을 붙일 수는 없었다. 비교적 어디서나 금방 잠드는 체질이었지만 이 밤만큼은 아니었다.

……입이 찢어진 그 여자는 알아.

고개의 불당에 내가 있다는 걸…….

갑자기 변덕을 부려서 되돌아오지는 않을까. 애당초 그 여자의 근거지가 이 산이라면……. 밤새 산길을 어슬렁어슬렁 돌아다닐지도 모른다. 어쨌든 다시 고개에 나타날 가능성이 결코 작지 않을 것 같기도 했다.

일단 그런 생각에 사로잡히자 잠을 청할 기분이 싹 달아났다. 가사이는 좁은 처마 밑에서 몸을 이리저리 뒤척이며 거의 뜬눈으로 밤을 보냈다.

다음 날 아침, 주변의 키 큰 나무들 때문에 눈부신 아침 햇살은 비쳐 들지 않았지만, 시끄러운 들새 울음소리에 깨어났다. 수면 부족이 심했지만 이래서는 마음 편히 누워 있을 수가 없었다.

가사이는 포기하고 일어나서 늘 가지고 다니는 건빵과 수통의 물로 간단히 요기를 마친 후, 드디어 고개를 넘었다. 그리고 산길을 절반쯤 내려갔을 때 이상한 냄새를 맡은 것이다.

2

이렇듯 어젯밤부터 오늘 아침까지 있었던 일을 가사이는 전부 지로에게 들려주었다. 그러자 지로의 입에서 익숙지 않은 말이 흘러나왔다.

"……쿠치바온나."

그게 뭐냐고 가사이가 묻자 이 지방에 출몰하는 요괴라고 했다. 한자로는 '口食女'라고 쓴다고 한다.

"옛날이야기에 나오는 '후타쿠치온나'• 같군요."

"뭐야 그건?"

흥미를 보이는 지로에게 옛날이야기를 들려주자 마치 어린애처럼 기뻐했다. 처음에 가까이하기 힘든 인상이라 느꼈던 것이 믿기지 않을 만큼 순박한 웃음이었다.

지나온 마을에서 들었던 '고개에 나타나는 괴이'의 정체는 쿠치바온나 아닐까.

그렇게 짐작하고 가사이가 계속 캐묻자 갑자기 지로가 말을 어물거렸다. 어젯밤에 겪었던 일을 자세하게 들려주자 지로는 가사이에 대한 경계심을 풀었다. 그렇기에 쿠치바온나에 대해서도 알려 주었다. 그리고 가사이가 후타쿠치온나 이야기를 들려줌으로써 더 허물없는 사이가 됐다.

그런데 좀 더 깊이 파고들었다고 왜 갑자기 입을 다문 걸까.

"이보게, 이다음에도……."

지로는 탐색하는 듯한 눈빛으로 말했다.

"대학교의 어쩌고저쩌고 학문을 위해 마을 사람들에게 다양한 이야기를 들을 거지?"

• 사람과 똑같이 생겼으나 정수리나 뒤통수에 커다란 입을 숨긴 여자 요괴

"네. 민속학이라고 합니다."

"여기서 가르쳐 줘도 되겠지만, 대신에 마을 사람에게는 쿠치바온나에 대해 물어보지 않겠다고 약속하겠나?"

"고개에서 겪은 괴이한 일에 대해서도요?"

"그건 말해도 상관없고, 혹시나 상대가 쿠치바온나에 관해 나불나불 떠든다면 물론 이야기를 나눠도 상관없어."

다카바 마을 사람에게 쿠치바온나 이야기는 아무래도 금기인 모양이다. 따라서 마을 사람이 아무것도 말해 주지 않으리라는 것을 지로는 안다. 따라서 자신이 알려 주었다는 사실이 들통나면 여러모로 난처하다. 그런 사정이 있는 것이리라.

가사이는 호기심이 잔뜩 발동했지만, 아무렇지도 않은 척 그러겠노라고 지로와 약속했다.

"요 부근에는 옛날부터 다른 곳에는 없는 무서운 풍토병이 있었어."

'치쿠바(畜這)병'이라고 이름부터 무서운 병이라고 한다. 무슨 한자를 쓰는지 듣고 가사이도 혐오감을 느꼈다.

"이 병에 걸리면 고열 때문에 착란상태에 빠져서 짐승처럼 기어다니게 되지."

그야말로 병명처럼 무시무시한 증상이다.

"낫기는 합니까?"

지로는 힘없이 고개를 저었다.

"뭐, 빨리 치료하면 살기도 한다는데, 의사도 알아차리기가 힘든 병이라서 말이야. 그래서 기어다니고 나서야 치쿠바병임을 알지만, 그때는 이미 늦었지."

"치쿠바병으로 돌아가신 분이 쿠치바온나가 되는 건가요?"

'치쿠바'의 음절을 바꾸면 '쿠치바'가 된다는 것을 알아차리고 묻자 지로는 말없이 고개를 끄덕였다.

"그렇다면 여자만 병에 걸리는 겁니까?"

하지만 지로가 고개를 저어서 가사이는 크게 당황했다.

"제가 마주친 건 쿠치바온나 같은데, 그럼 쿠치바오토코도 있는 건가요?"

"그건 아니고."

지로는 재미있다는 듯한 표정을 지었지만 바로 진지한 표정으로 되돌아와 말을 이었다.

"치쿠바병에 걸리는 건 거의 남자야."

"……네?"

"남자에게 치쿠바병이 옮은 여자가 기어다니던 끝에 죽으면 쿠치바온나가 되는 거지."

"애초에 여자가 걸리는 일은……."

"내가 알기로는 없어."

"남자가 남자에게 옮는 경우는요?"

"역시 없지."

"여자가 남자에게 옮는 원인은……."

"그야, 댁이 상상하는 그대로야."

요컨대 이 무서운 병은 남녀의 성적 관계를 통해 전염되는 모양이다. 게다가 남자가 여자에게 일방적으로 옮긴다.

……음, 요괴로 변해서 나타날 만도 하군.

가사이가 수긍했음을 지로도 알아차린 듯했다. 그리고 동시에 겸연쩍은 표정을 지은 건 둘 다 가해자 쪽인 남자였기 때문인지도 모른다.

"치쿠바병의 원인은 모르고요?"

"몇 년쯤 전에 현의 보건소에서 사람이 나와서 이것저것 조사한 후, 이걸 하지 마라, 저건 안 된다, 어디어디에는 들어가지 마라, 뭐는 먹지 마라 등등 주의를 주고 나서는 많이 줄어서 한때는 사라진 모양이지만."

완전히 박멸되지는 않은 듯하다고 분명 지로는 말하고 싶은 것이리라.

풍토병은 특정한 지역에서만 발생하는 병으로, 원인은 크게 기후, 토지, 생물상 등의 자연환경과 옛날부터 이어져 오는 풍습 등의 생활환경 두 가지로 나누어 볼 수 있다. 전자라면 대책을 세우기 쉽지만, 후자는 마을 사람들 사이에 깊이 뿌리내린 경우도 있어서 해결에 시간이 걸릴 때도 많다.

지로의 말투로 보건대 아무래도 후자인 듯하다고 가사이는 추측했다. 그렇다면 더 이상 섣불리 파고들지 않는 편이 좋다. 아무리 속을 터놓았을지언정 지로도 다카바 마을 사람이다. 마을의 치부일지도 모를 특유의 풍습을 외지인이 파헤치려 하면 못마땅해할 것이다.

"요 부근에서는 아직도 토장을 주로 합니까?"

가사이가 화제를 바꿔서인지 지로는 안도한 듯한 표정으로 대답했다.

"주변 마을에서는 화장을 하는 추세지. 구덩이를 파서 묻는 토장에 비하면 역시 편하잖아. 하지만 그야 제대로 된 화장장이 근처에 있으니까 그런 거고, 우리 마을에서는 야외에서 태워야 하니까 아직 그 정도는 아니야."

"다카바 마을에서는 토장을 할지 화장을 할지 유족이 선택하는 거로군요."

"묫자리야 남자 친척들이 파면 되니까 상관없지만, 야외 화장을 하려면 내게 맡겨야 하니까."

지로는 크게 한탄하면서도 마을의 화장은 자신의 두 어깨에 달려 있다고 자부하는 표정이었다.

"하지만 이렇게 훌륭하게 화장을 해 주시니, 분명 유족 분들도 지로 씨께 고마워하겠죠."

"그럼, 그럼."

지로는 맞장구를 친 후, 문득 생각났다는 듯 말했다.

"이 고인의 유족은 뭐, 그렇지도 않겠지만."

"어째서요?"

"고인이 몇 년 전에 시집갔던 고모다 가문은 우리 마을에서 두 번째로 돈 많은 집안이지만, 시집살이가 극성이라서 말이야."

"설마 돌아가신 후에도 그런다고요?"

믿기지 않는 기분으로 가사이가 묻자 지로는 측은하다는 표정으로 대답했다.

"지어미는 끝까지 지아비를 모셔야 마땅하거늘, 먼저 죽는 건 도리에 어긋나는 짓이다. 그게 고모다 가문의 가르침이라 아무도 화장하는 걸 보러 오지 않아."

"……다른 지방에서도 비슷한 이야기를 가끔 듣습니다."

가사이는 무심코 대답한 후 바로 언성을 높였다.

"하지만 장례식 때까지 이렇게 지독하게 굴다니, 그런 사례는 지금까지 본 적이 없어요."

"대신에 친정에서 여동생이 산을 두 개나 넘어서 여기에 얼굴을 내밀었으니 분명 고인도 성불하겠지."

"그나마 다행이로군요."

"시집간 언니는 집안일에 방해만 된다는 꾸중을 듣고 자랑하던 긴 머리를 싹둑 잘라 버린 모양이지만, 동생은 옛날에 언니가 그랬던 것처럼 머리를 길고, 예쁘게 길렀더군. 게다가 자매가 둘 다 미인이야."

치쿠바병의 감염, 쿠치바온나라는 민간전승, 가혹한 시집살이를 생각만 해도 여자들이 이 마을에서 어떤 수난을 겪는지 절절히 느껴져 남자인 가사이는 가슴이 아팠다.

지로가 반달 모양 참빗을 꺼내 물끄러미 바라보며 쓰다듬었다. 어쩌면 고인의 여동생이 여기 왔을 때 떨어뜨린 것일지도 모른다. 하지만 지로의 태도를 보건대 빗을 돌려줄 마음은 없는 듯했다.

가사이의 눈빛을 느꼈는지 지로는 얼른 참빗을 품에 넣더니 분위기를 전환하듯 말투를 바꾸었다.

"이보게, 일부러 야외 화장하는 걸 보러 올 만큼 괴짜니까, 분명 장례식도 좋아하겠군."

"네, 뭐, 그렇죠."

오해의 소지가 큰 말이었지만 뭔가 있다는 것을 알아차리고 가사이는 고개를 끄덕였다.

"오늘 해 질 무렵, 한때 마을에서 제일가는 지주였던 오오타 가문에서 장례를 치를 예정이야."

"연이은 장례로군요. 이번에는 어느 분이?"

"은거한 영감님이 작고하기도 전에 현재 당주인 아들이 덜컥 가 버렸지."

"그런데 저 같은 사람이 태평스럽게 견학하러 가도 괜찮을까요?"

"장례 행렬을 방해하는 것도 아닌데 뭘. 얌전히 지켜만 보면 딱히 상관없겠지."

지로에게 오오타 저택의 위치를 들은 후, 가사이는 마을 사람 가운데 민속 탐방에 협력해 줄 사람이 없을지 물어보았다.

그러자 지로가 지금까지 수다스러웠던 입을 꾹 다물었다. 당혹스러워하는 표정을 보건대, 심술을 부리려고 입을 다문 게 아니라 가르쳐 주고 싶어도 가르쳐 줄 수 없는 딜레마에 빠진 듯했다.

"저 같은 외지인이 난데없이 찾아가서 이야기를 듣기는 역시 쉽지 않겠죠."

가사이가 이해심을 담아 말하자 그제야 지로는 가냘픈 목소리로 알려 주었다.

"다나시 할머님이라면……."

"지로 씨께 소개받았다고 말씀드려도 될까요?"

가사이는 힘없이 고개를 끄덕인 지로에게 감사를 표하고 다나시 가가 어디 있는지 물어보았다.

"여러모로 감사했습니다."

다시 인사했지만 어째선지 지로의 태도는 쌀쌀맞았다. 마치 가사이와 괜히 대화를 나눴다고 이제 와서 후회하는 것처럼. 그런데도 "또 만날 수 있겠지." 하고 중얼거린 건 가사이와의 대화가 싫지는 않았다는 증거일까.

다카바 마을로 향한 가사이는 다나시 가부터 방문했다. 노부인과 남자 중학생 손자, 둘이서 사는 집이었다. 손자는 이미 학교에 가서 집에는 노부인밖에 없었다. 지로와 이야기를 나누는 동안 어느새 시간이 그렇게 됐다.

가사이는 갑작스럽게 방문해서 죄송하다고 사과하고 자신의 신원과 목적을 설명한 후, 지로의 소개로 왔음을 전했다. 원래는 소개자의 이름을 제일 먼저 꺼내는 것이 도리지만, 이때는 순간적인 판단에 따라 그렇게 했다.

이 판단이 들어맞은 듯했다. 노부인은 여행자의 갑작스러운 방문에 놀라면서도 따스하게 맞아 주었다. 그리고 대학교 학자가 조사하러 왔다는 것을 알고는 협력적인 태도를 보였다. 그런데도 지로의 소개로 왔다는 말을 꺼낸 순간, 아주 잠깐이지만 안색이 변한 것처럼 느껴졌다.

……역시 그런 건가.

가사이는 드디어 이해가 갔다. 지로가 초면의 외지인에게 마을의 치부라고 해야 할 이야기를 주저 없이 꺼낸 건, 그가 마을에서 애물단지 취급받는 입장이었기 때문이다.

다나시 할머님은 분명 그런 지로를 차별하지 않고 대해 주는 몇 안 되는 마을 사람 아닐까.

"암, 그 사람의 소개라면 얼마든지 협력해야지."

가사이의 추측이 들어맞은 듯, 노부인은 바로 미소를 지으며 가사이를 집에 들였다.

이 노부인 덕분에 일이 순조롭게 진행됐다. 소개받은 사람이 또 소개해 주는 형태로 차례차례 마을 사람들의 이야기를 들을 수 있었다. 다만 쿠치바온나의 민간전승에 대해서는 아무리 에둘러 암시해도 말해 주는 사람이 없었다. 기껏해야 '일찍이 고개에 요괴가 나온 모양이다'라는 옛날이야기 정도밖에 나오지 않았다. 체험자를 직접 만나 보고 싶다고 부탁해도 다들 모른다고 둘러댔다. 그러자 치쿠바병에 관해 물어볼 용기도 나지 않아 가사이는 맥없이 다나시 가로 돌아갔다.

고맙게도 노부인이 점심은 자기 집에서 먹으라고 제안했다. 가사이는 호의를 받아들여 맛있는 음식을 배불리 먹었다. 그때 '이 사람이라면'이라는 생각으로 쿠치바온나에 관해 물어보았다.

"별걸 다 아시는구먼."

노부인은 많이 놀란 듯했지만, 지로에게 들었다는 것을 바로 알아차렸는지 몹시 난감한 표정을 지었다.

"다른 집에서는 절대 화제로 삼지 않는 편이 좋을 거요."

그래도 일단 충고를 하고 나서 대강 이야기해 주었다. 그러나 지로에게 들은 것 이상의 정보는 없었고, 지로만 한 적극성도 느껴지지 않았다.

"그밖에 또 뭘 아시오?"

이번에는 노부인이 물어보았다. 지로가 어디까지 말했는지 알아보려는 심산이리라.

노부인에게는 호감을 느꼈다. 지로도 마찬가지일 것이다. 그러나 여기서는 시치미를 떼는 편이 낫겠다고 가사이는 생각했다. 그래서 쿠치바온나에 관해서는 어디까지나 일종의 괴이담 정도로 알고 있는 척했다.

오후에는 뭘 할 예정이냐고 묻길래, 소개받은 사람들에게 이야기를 듣다가 저녁에는 오오타 가문의 장례 행렬을 구경할 생각이라고 대답하자 노부인이 인상을 찌푸렸다.

“그 집 장례식에는 되도록 관여하지 않는 편이 좋다오.”

“어째서요?”

“애당초 아무리 대단한 학자 선생님이라도 남의 집 장례 행렬에 너무 관심을 보이는 건 바람직하지 못한 일이지.”

분명 뭔가 사정이 있는 듯했지만, 노부인은 정공법으로 나왔다. 그렇게 되자 가사이도 할 말이 없었다. 결국 이 일은 흐지부지 넘어갔지만…….

3

가사이는 오후에도 바쁘게 마을 사람들의 집을 돌아다녔지만, 저녁이 가까워질수록 마음이 뒤숭숭해졌다. 다나시 할머님의 충고를 무시하기는 미안했다. 하지만 노부인의 말에 따른다면 지로가 제공해 준 정보를 헛되이 버리는 셈이다. 어느 쪽을 선택해도 둘 중 한 명의 마음을 저버리는 꼴이다.

가사이는 망설이고 고민하면서도 오오타 저택으로 향했다. 역시 뼛속까지 민속학자이기 때문이리라.

안 그래도 아침부터 음울하게 흐린 날씨였는데, 큼지막하니 훌륭한 나가야 문•이 보이는 곳까지 오자 언제 비가 뿌려도 이상하지 않을 만큼 시커먼 먹구름이 하늘을 뒤덮었다. 하필 이런 날 저녁녘에 장례 행렬을 따라가다니, 아무리 학문을 위해서라고 해도 기분이 울적해질 것만 같았다. 여전히 호기심은 컸지만 기꺼이 장례 행렬을 견학할 기분은 도저히 아니었다.

여간해서는 얻기 힘든 기회인데 이래서는 안 되지.

가사이는 스스로를 질타하며 나가야 문 주변을 둘러보다가 난감한 상황임을 깨달았다. 주변에 몸을 숨길 만한 곳이 전혀 없었다. 그렇다고 훤히 보이는 곳에 우두커니 서서 기다릴 수도 없는 노릇이다. 유족에게 보이는 곳에 자리 잡고 있다가 따라가는 건 아무리 그래도 실례이리라.

자, 어떻게 할까.

떡하니 버티고 서 있는 나가야 문을 다시금 바라보며 고민하

• 문 양쪽이 나가야로 이루어진 대문

다 가사이는 중요한 사실을 떠올렸다.

도시와 달리 지방에서 장례를 치를 때는 보통 정문으로 출관하지 않는다. 이만큼 큰 저택이라면 관을 안치하는 방도 중정이나 뒤뜰 곁이리라. 일단 그런 공간에 관을 내놓은 후, 출관도 뒷문으로 할 것이다.

깜빡했다.

자조하며 오오타 저택 뒤쪽으로 돌아가자 상상했던 광경과 딱 마주쳤다. 뒷문으로 나오는 관을 사람들이 맞이하려는 참이었다. 다만 장례 행렬의 규모가 너무 작아서 가사이는 고개를 갸웃했다.

한때는 제일가는 지주였고 지금도 이만한 저택을 소유한 가문인데…….

원래 같으면 장례 행렬이 길게 늘어설 테고, 마을 사람들도 당연히 그 뒤를 따르리라. 하지만 다른 건 둘째 치고 친척 수가 유난히 적다. 고인과 가까운 사람만 입는, 수의와 흡사한 소복을 거의 모두가 입고 있으니 이 짐작은 틀리지 않았을 것이다. 즉, 가까운 일가 사람만 장례 행렬에 참여하는 듯했다.

다나시 할머님의 충고에는…….

어쩌면 무서운 의미가 숨어 있는 것 아닐까. 그래서 오오타 가문의 장례 행렬에 접근하지 않도록 말리려 한 걸까.

뒷문 근처 잡목림에 몸을 숨긴 채 가사이는 그렇게 생각했다. 그러는 사이에 장례 행렬이 반듯하게 줄을 섰고, 드디어 관을 운반하기 시작했다.

……역시 이상해.

보통은 마을을 한 바퀴 돌 테고 그때 마을 사람들도 서서히 모여들 텐데, 장례 행렬은 뜬금없이 마을과 반대 방향으로 나아갔다.

가사이는 가만히 있을 수가 없어서 뒤를 밟았다. 조촐한 장례 행렬이니 좀 더 가까이에서 관찰하면 뭔가 발견할 수 있을지도 모른다. 이렇듯 희한하게 장례를 치르는 이유를 꼭 알아내고 싶었다.

잠시 나아가자 앞쪽에 대나무 숲이 보였다. 저기로 들어갈 모양이었다. 아무래도 길이 좁은 데다 낙엽도 많은 듯했다. 함께 발을 들여놓으면 분명 미행을 눈치채리라. 노부인의 충고가 의미를 띤 이상, 그건 피하고 싶었다.

대나무 숲을 빠져나가면…….

살펴보자 길이 안쪽으로 구부러져서 이쪽으로 조금 돌아오는 형태였다. 그 길 중간에 마침맞게도 높다란 소나무가 한 그루 있었다.

저기 올라가면…….

장례 행렬을 바로 위에서 내려다볼 수 있다. 그야말로 구석구석까지 훤히 보인다.

가사이는 서둘러 밭두렁을 가로질러 그 길로 앞질러 갔다. 그리고 장례 행렬이 대나무 숲에서 나오기 전에 솜씨 좋게 굵은 소나무를 척척 올라갔다.

너무 높이 올라가면 장례 행렬을 관찰하기 힘들다. 그렇다고 너무 낮으면 들킨다. 양쪽 다 걱정이었는데 다행히 소나무 가지가 도움을 주었다. 그럭저럭 높은 곳에 뻗어 나온 가지에 걸터앉을 수 있게끔 갈라진 곳이 있었고, 솔잎도 무성했다. 몸을 숨기기에 이상적인 곳이리라.

가사이는 크게 기뻐했지만 점점 불안해졌다. 나름 시간이 흘렀건만 장례 행렬이 모습을 드러내지 않았다.

……설마 샛길이 있었나.

대나무 숲을 통과하지 않고 중간에 다른 길로 꺾어 들었는지도 모른다. 그렇다면 이제 와서 따라잡기는 힘들다.

가사이는 굵은 나뭇가지에서 몸을 내밀어 보일 리 없는 대나무 숲 속을 살펴보려 했다. 그때 느닷없이 장례 행렬이 쑥 튀어나와서 허둥지둥 솔잎 속에 숨었다. 솔잎 사이로 장례 행렬을 관찰했지만, 극단적으로 인원이 적다는 것 말고는 눈에 띄게 마음에 걸리는 점이 없었다. 그런데도 대체 왜 으스스한 느낌이 드는 걸까. 장례 행렬이니까 당연하다고 할 수도 있겠지만, 그밖에도 뭔가 이유가 있을 것 같았다.

시커먼 먹구름으로 뒤덮인 하늘 아래, 장례 행렬이 다가올수록 기묘한 기척이 점점 강해졌다. 소나무 위에 있어도 피부로 느껴질 정도였다.

이윽고 장례 행렬이 소나무 아래에 다다랐다. 바로 위에서 관찰할 수 있으니 평소 같으면 기뻤겠지만, 이미 그런 기분도 싹 가셨다. 이제는 장례 행렬이 한시라도 빨리 지나가기를 바란다는 걸 가사이는 문득 깨달았다.

그러나 어째선지 장례 행렬은 소나무 아래서 딱 멈췄다.

그리고 믿기지 않게도 좌관을 땅에 내려놓고 소복을 입은 친척들은 되돌아갔다.

……엇?

가사이는 어안이 벙벙해졌다. 장지로 가는 도중에 관을 내려놓고 장례 행렬만 떠나는 풍습은 지금까지 들어 본 적이 없었다.

이 지방 특유의 관습일까.

아니면 오오타 가문에서 전해져 내려오는 관례일까.

아니다, 아무리 생각해도 이상하다. 무엇보다 이 소나무가 특별한 장송 의례에 관련된 나무일 것 같지는 않았다. 만약 그렇다면 어떤 형태로든 받들어 모셔야 하지 않겠는가. 나무 아래에 사당이라도 하나 없으면 이상하다. 하지만 이 소나무는 그저 시골길 한가운데 덩그러니 서 있을 뿐이다.

……어떻게 된 거지?

방치된 좌관을 나무 위에서 내려다보고 있자니, 어릴 적에 할머니에게 들었던 옛날이야기 중 하나가 문득 가사이의 머릿속에 되살아났다. 확실히 기억나지는 않지만 다음과 같은 이야기였을 것이다.

한 야마부시•가 높고 굵직한 나무 아래를 지나가는데 새끼 너구리 한 마리가 낮잠을 자고 있었다. 장난기가 발동한 야마부시가 나각을 불자 새끼 너구리는 놀라서 허둥지둥 도망쳤다. 야마부시는 크게 웃음을 터뜨리고 나무 아래서 쉬었다.

잠시 후 길 저편에서 장례 행렬이 나타났다. 게다가 이쪽으로 다가왔다. 부정을 타겠다고 생각한 야마부시는 장례 행렬이 지나갈 때까지 나무에 올라가 있기로 했다.

그런데 장례 행렬은 나무 밑에서 멈추더니 관만 내려놓고 가버렸다.

야마부시가 떨떠름해하고 있는데 관 뚜껑이 열리고 속에서…….

그런 이야기 아니었던가. 전부 낮잠을 방해받은 새끼 너구리가 야마부시에게 앙갚음하려고 벌인 짓이었을 것이다.

그 결말에는 크게 안도했지만, 달아날 곳 없는 나무 위에 남자가 있고 바로 밑에 놓인 관에서 죽은 사람이 빠져나와 나무를 기어오른다……, 이런 절체절명의 상황이 너무 무서워서 어렸던 가사이는 벌벌 떨었다.

• 일본의 원시적인 산악신앙과 밀교가 혼합된 수험도의 수행자

설마…….

그 옛날이야기와 똑같은 일이 이제 벌어지는 건가.

아니지, 말도 안 되는 소리야.

황망함과 두려움이 뒤섞인 기분으로 가사이가 나무 위에서 좌관을 내려다보고 있자니…….

……드륵.

관 뚜껑이 조금 움직인 것 같았다.

착각인가…….

가사이는 양손으로 두 눈을 비비고 다시 바라보았다.

……드륵, 지익.

분명 관 뚜껑이 미끄러지듯 조금씩 옆으로 움직였다.

……드르륵, 지이이익.

그러다 움직임이 빨라졌나 싶더니…….

……덜그럭, 탁.

관 뚜껑이 땅에 떨어지며 몹시 메마른 소리가 울려 퍼졌다.

…….

불쑥 눈에 들어온 좌관 속에서 시신이 만세를 부르는 것처럼 두 손을 쳐들고 있었다. 방금 그렇게 해서 관 뚜껑을 움직였다는 듯이.

……스륵스륵.

시신이 느릿느릿한 동작으로 좌관에서 기어 나왔다. 이마에 하얀 삼각건을 두르고 수의를 입은 모습으로 좌관에서 나오려 했다.

그런 무시무시한 광경을 목격하고도 가사이는 나무 밑에서 벌어지고 있는 일을 믿을 수가 없었다.

……말도 안 돼.

하지만 가사이가 어떻게 느끼든 실제로 관에서 시신이 기어 나왔다. 그리고 소나무 바로 밑에 네발로 엎드려 고개를 숙인 채, 귀를 기울이는 것처럼 그 자리에서 꼼짝도 하지 않았다.

……주르륵.

한쪽 발이 미끄러져서 가사이는 하마터면 나뭇가지에서 떨어질 뻔했다. 그 때문에 가사이가 있다는 걸 알아차렸는지 시신이 갑자기 행동에 나섰다.

……타닥, 탁.

시신이 양손으로 나무껍질을 두드리는 둔탁한 소리가 나무 밑에서 들렸다.

……타닥, 탁.

시신이 소나무를 올라오기 시작했다.

……타닥, 탁, 타닥.

순식간에 절반을 넘어섰다. 얼마 안 있으면 가사이가 걸터앉은 나뭇가지에 다다른다.

무심코 올려다보자 아직 더 올라갈 수 있을 듯했다. 하지만 곧 한계가 온다. 더는 못 올라갈 것 같은 가지가 나온다. 그때는 어디로 도망치면 좋단 말인가.

그런 걱정도 한순간이었을 뿐, 가사이는 즉시 위로 올라갔다. 밑에서 닥쳐오는 공포를 목전에 두자 몸이 저절로 움직였다.

가사이는 나뭇가지 두 개를 더 올라간 후 솔잎에 몸을 숨겼다. 더는 못 올라간다. 섣불리 올라갔다가는 나뭇가지가 부러진다. 몸을 숨겨도 의미는 없지만 본능적으로 그렇게 했다. 저것이 다가오는 모습을 보고 싶지 않았다. 일종의 도피 행동에 불과했지만, 이것만큼은 어쩔 수 없었다.

……부스럭부스럭.

솔잎을 헤치고 시신이 얼굴을 쑥 내민다.

그런 상상을 멈출 수가 없었다. 가능하면 두 눈을 감고 싶었지만, 아무것도 보이지 않는 상태도 무섭다. 그렇다고 눈을 뜨고 있으면 저것을 정면으로 보게 된다.

……부스럭부스럭.

거의 다 왔음을 알아차리고 가사이는 반사적으로 몸을 젖혔다. 저것으로부터 조금이라도 멀어지고 싶다는 기분이 무의식중에 반영된 행동이었으리라.

그러자 솔잎 속에서 갑자기 새 한 마리가 나타났다. 가사이를 보고 놀란 낌새도 없이 귀엽게 고개를 갸웃거렸다.

그러고 보니…….

소나무를 기어오르는 섬뜩한 소리가 어느 틈엔가 사라졌다. 새가 날아가기를 기다렸다가 솔잎 사이로 살그머니 아래를 내려다보자 시신의 모습이 사라지고 없었다.

……백일몽이었나.

지금은 구름 낀 저녁이니 도저히 환한 낮에 꾼 꿈으로 치부하고 넘어갈 수는 없겠지만, 그렇게라도 받아들이지 않으면 설명이 안 된다.

하지만 나무 밑동을 보고 움찔했다.

……좌관이 있어.

역시 현실이었던 건가. 하지만 그렇다면 시신은 어디로 갔는가. 어디로 사라졌다는 말인가.

가사이는 한동안 나무 위에 있었지만, 아무리 기다려도 시신이 다시 나타날 일은 없을 듯했으므로 조심스레 나무에서 내려왔다. 그 사이에 좌관도 사라지지 않을까 싶었지만, 가사이가 땅에 내려선 뒤에도 좌관은 여전히 나무 밑동에 놓여 있었다.

좌관을 들여다보았지만 아무것도 없이 텅 빈 상태였다. 다만 무슨 냄새가 확 풍겼다. 무슨 냄새인지는 알 수 없었지만, 굳이 냄새를 맡으며 알아내고 싶은 생각은 없었으므로 재빨리 그 자리를 떠났다.

가사이는 망설인 끝에 결국 다나시 가로 되돌아갔다. 방금 경험한 기괴한 일을 노부인에게 들려주고 싶었지만, 중학생 손자가 집에 돌아왔기에 그만두기로 했다. 그날 밤은 노부인의 부탁도 있고 해서 가사이가 각 지방에서 겪은 일들을 손자에게 들려주었다.

다음 날 아침, 학교에 가는 손자와 함께 가사이도 다나시 가를 나섰다. 실은 노부인에게 어젯밤 일을 말하고 꼭 의견을 듣고 싶었다. 하지만 노부인은 "되도록 관여하지 않는 편이 좋다오." 하고 사전에 충고했다. 하룻밤이 지나자 그 충고가 가슴을 무겁게 짓눌렀다. 도저히 말할 수 있을 기분이 아니었다.

다카바 마을을 포함한 그 지방 일대의 민속 탐방을 마치고 두 달쯤 지났을 무렵, 지로에게 편지가 왔다. 지로가 대학교 앞으로 부친 편지가 가사이의 새로운 체류지로 전송됐다.

편지에 적힌 내용을 정리하면 다음과 같다.

고모다 가와 오오타 가에서는 장례를 치르고 초칠일을 맞을 때까지 각자 부쓰마•에서 죽은 며느리와 당주를 공양했다. 그렇다고 특별한 일을 하는 것은 아니다. 국화나 용담꽃 등의 꽃, 떡이나 과일 등의 공물, 물과 밥, 초와 선향, 이렇듯 필요한 다섯 가지 공양물을 그저 평범하게 차려 놨을 뿐이다.

그런데 매일 아침, 이상한 일이 발생했다. 하룻밤 만에 꽃은 시들고, 떡이나 과일은 지저분하게 먹은 흔적이 남아 있고, 물

• 불단이나 위패를 안치해 놓는 방

은 쏟아지고, 밥은 사라지고, 초와 선향은 부러지는 변고가 반드시 일어났다. 소름 끼칠 만큼 두 가문에 똑같은 일이 벌어졌다고 한다.

애들의 장난인가 싶어 다그쳤지만 아무래도 아닌 듯했다. 짐승의 소행인가 싶기도 했지만, 그렇다면 꽃이 시들고 초와 선향이 부러지는 건 설명이 안 된다. 애당초 하룻밤 만에 꽃이 시들어 버리는 현상에 어떤 원인이 있다는 말인가.

두 가문은 어쩔 줄 몰라 막막한 와중에도 이 괴이 현상을 쉬쉬했다. 하지만 서로 간에 들통났을 뿐만 아니라 얼마 지나지 않아 마을에도 소문이 퍼졌다.

……지벌을 받은 거야.

……재앙이 내린 거지.

……저주가 틀림없어.

그렇게 수군거리는 소리에 두 가문의 유족들은 겁을 먹고 벌벌 떨었지만, 그렇다고 공양을 그만둘 수도 없는 노릇이었기에 매일 공양물을 차려 놨다. 하지만 다음 날 아침이 되면 죄다 무참한 모습으로 변한다. 마치 죽은 자는 성불할 수 없다……, 라고 선언하는 듯이.

어떤 경위가 있었는지는 확실치 않지만 오오타 가문 분가의 한 청년이 불침번을 서기로 했다. 불빛이라고는 불단의 촛불뿐인 부쓰마에서 혼자 밤을 새우는 것이다.

이 이야기를 전해 들은 고모다 가문에서도 불침번을 세우려 했지만, 하겠다는 사람이 아무도 없어서 단념했다는 모양이다.

오오타 가문에서는 위안거리 삼아 술과 안주를 준비했다. 하지만 공교롭게도 청년은 술에 약했다. 그런데도 거듭 술잔을 기울인 건 역시 무서웠기 때문이리라. 청년이 앉은 곳 정면에는 문제의 불단이 있다. 그걸 감시하는 역할이라고는 하나, 가만히 보고 있은들 아무 재미도 없다. 오히려 울적해진다. 그런 기분을 달래기 위해 술을 마신다. 그러다 자신이 처한 상황이 갑자기 무서워진다. 그래서 술을 마신다. 계속 마신다. 그 탓에 밤이 깊어지자 꾸벅꾸벅 졸기 시작했다.

고개를 끄덕, 끄덕하며 졸다가 화들짝 놀라며 깨어나 불단을 확인한다. 그런 행동을 되풀이하다가 또 눈을 번쩍 떴을 때였다.

불단 오른쪽 옆면의 어둠 속에서 하얀 손이 스르르 나왔다. 그 손이 공양물을 잡고 스르르 들어갔다.

청년이 비명을 지르며 앉은 채 뒤로 물러나자 불단 뒤편에서 거무튀튀한 뭔가가 쑥 튀어나와 부쓰마를 뛰쳐나갔다. 청년은 반사적으로 그것을 쫓았다. 나중에 돌이켜 보니 스스로도 믿을 수 없었던 모양이지만, 당시는 술김에 그랬는지도 모른다.

거무튀튀한 그것은 원숭이처럼 오오타 가를 뛰쳐나가 마을 외곽을 향해 달려갔다. 청년도 기를 쓰고 뒤쫓았다. 하지만 따라잡은들 어떻게 하면 좋을지 모른다. 정말이지 아무 생각도 없었다. 그저 기세만 앞세워 쫓아갔다.

이윽고 거무튀튀한 그것은 묘지로 사라졌다.

청년은 바로 멈춰 서서 더 쫓아갈지 말지 망설였다. 그것이 숨어서 기다리고 있을 것만 같았다. 그러나 묘지까지 쫓아가 놓고 들어가지 않았다는 사실을 알면 본가 사람이 뭐라고 하겠는가. 분가 사람인 부모님의 입장을 생각하면 여기서 달아날 수도 없었다.

청년은 마음을 단단히 먹었다. 다행히 별빛이 밝았다. 묘지를 한 바퀴 둘러보고 나오면 그것을 찾으러 들어갔다고 핑계는 댈 수 있으리라.

청년이 묘비 사이로 천천히 걸음을 옮겼을 때였다.

나지막한 묘비 너머에 입이 찢어진 여자가 우뚝 서 있는 모습이 눈에 들어왔다. 입꼬리에서 두 귀 밑부분까지 쫙 찢어진 입으로 쿠치바온나가 소리 없이 웃고 있었다. 당장이라도 청년을 삼킬 것처럼 입을 크게 벌린 채…….

도망쳐 돌아온 청년이 난리법석을 친 탓에 오오타 가문은 저주받았다……, 라는 무시무시한 소문이 마을에 완전히 뿌리를 내렸다. 같은 현상이 일어난 고모다 가문도 마찬가지로 저주받았다고 여겨졌다. 하지만 그런 소문만으로는 끝나지 않을 엄청난 사건이 얼마 후 두 가문에서 발생했다.

상중 기간이 끝나는 사십구재 때 고모다 가에서 식중독이 발생해 참석자 중 절반이 사망했다. 그다음 날 오오타 가의 사십구재에서도 똑같은 사건이 발생해 참석자의 3분의 1이 사망했다. 사망자 외에 중증자도 나왔으며, 경증으로 그친 사람도 정신적인 충격이 심해서 거의 빈껍데기 같은 상태였다. 두 가문 모두 다시 재기하려면 시간이 꽤 걸릴 듯했다.

고모다 가문과 오오타 가문은 끝장났다……, 라는 악의 어린 소문이 순식간에 마을에 퍼져 나갔다.

지로의 편지는 거기서 느닷없이 끝났다.

4

겨울이 가까워졌다. 곧 덴큐 마히토의 생일이 다가온다.

"싫어라."

도쇼 아이는 지하로 내려가는 도서관 1층의 계단에 서서 반사적으로 몸을 부르르 떨며 중얼거렸다.

추운 계절이 찾아와서 싫은 것이지, 덴큐의 생일이 가까워진 탓에 싫은 것은 아니었다. 애당초 어쩌다 덴큐가 사수자리임을 얻어들었을 뿐, 생년월일까지는 모른다.

도서관 지하는 한여름에도 시원하게 느껴졌고, 괴민연에서는 특히 더 그랬다. 하지만 쾌적하냐고 묻는다면 그건 아니라고 대답하지 않을 수 없다. 늘 정체 모를 뭔가의 기척이 느껴지므로 등골이 오싹하다. 그렇듯 으스스한 분위기에서 비롯되는 서늘함이므로 기분 좋을 리 없다. 거기에 이제는 겨울의 냉기가 더해지는 꼴이다. 안 그래도 지하는 쌀쌀한데, 괴민연은 한술 더 뜨니까 정말이지 못 해 먹을 노릇이다.

"싫어라."

다시 한 번 중얼거린 후 아이는 어쩔 수 없이 계단을 내려갔다. 물론 도조 겐야가 여행을 떠난 곳에서 편지를 보냈기 때문이다.

인기척 없는 지하 복도를 총총히 걸어가는데 문득 목덜미에 차가운 기운이 느껴졌다. 마치 얼어붙은 손끝으로 쓱 문지른 것처럼. 홱 돌아보았지만 아무도 없었다. 한낮에도 침침한 복도가 뻗어 있을 따름이었다.

아이는 무심코 집게 핀을 빼서 목덜미까지 머리카락을 늘어뜨렸다. 겨울에는 이래야 따뜻해서 좋지만, 활동적인 아이는 머리를 올리고 다닐 때가 많다. 하지만 지금은 아니다. 조금이라도 더 목을 보호하고 싶다는 기분밖에 들지 않았다.

그때부터는 종종걸음으로 복도를 나아가 괴이 민속학 연구실이라고 적힌 명패 앞에 섰다. 한기가 느껴지는 초겨울인데도 역시 문은 활짝 열려 있었다. 덕분에 아이도 마음 편히 드나들기는 하지만, 반대로 방이 꾀는 것 같은 기분이 들기도 한다.

"안녕하세요."

문가에서 안쪽에 말을 걸었지만 평소처럼 아무 대답도 없었다. 그렇다고 덴큐 마히토가 자리를 비웠다고 볼 수는 없으므로 정말로 난감하다. 실제로 지금도 인기척이 났다. 다만 그것이 덴큐인지 아닌지, 애당초 사람인지 아닌지 섣부른 짐작을 허락하지 않는 것이 이 방의 무서운 점이었다.

여기서 망설이는 게 제일 안 좋아.

경험상 알고 있던 아이는 성큼성큼 안으로 발을 들여놓았다. 수많은 서가를 돌아서 나아가자 안쪽 벽 앞의 책상에 앉아 있는 덴큐 마히토의 뒷모습이 보였다. 아무래도 집중해서 원고지에 글을 쓰고 있는 듯했다.

아이는 덴큐 뒤쪽에 있는 직사각형 책상까지 살금살금 다가갔다.

"안녕하세요."

"으악!"

다시 한 번 평범하게 인사했을 뿐인데 덴큐는 소스라치게 놀랐다.

"……뭐야, 너였어?"

"무슨 인사가 그렇게 야박해요?"

"너야말로 인사는 방에 들어오기 전에 해."

"했거든요. 덴큐 씨가 몰랐을 뿐이죠."

"……."

아이는 아무 대꾸도 못 하는 덴큐를 만족스럽게 쳐다보다가 흥미진진하게 책상 위를 들여다보았다.

"소설 쓰고 있었어요?"

덴큐는 냉큼 원고를 정리하더니 약간 지긋지긋하다는 어조로 말했다.

"또 선생님께서 네 앞으로 편지를 보내신 거야?"

"그게 아니면 지가 여기 왜 오겠어요?"

"아이고, 골치야."

아이는 한숨을 내쉬는 덴큐에게 따졌다.

"일부러 전해 주러 오잖아요. 조금쯤은 고마워하라고요."

"내가 왜……."

"앗, 하지만 이번 수수께끼는 풀기가 꽤 어려울지도 모르겠어요."

아이는 원래라면 '괴이'라고 표현해야 할 부분을 일부러 '수수께끼'라고 돌려 말했다. 그러지 않으면 덴큐 마히토가 혹하지 않기 때문이다.

"어떤 수수께끼인데?"

아니나 다를까 바로 반응을 보이길래 지금까지처럼 아이가 원고를 읽어 주었다.

그러는 동안 맛볼 수 있는 즐거움은 뭐니 뭐니 해도 덴큐의 표정 변화다. 분명 겁을 먹었다고 느껴지는 순간이 아이는 정말 좋았다. 그러면 편지를 읽는 아이의 목소리에도 힘이 들어간다. 조금이라도 더 덴큐에게 겁을 주려고 최대한 현장감이 느껴지도록 온 힘을 다한다.

이번에도 만족스러운 결과가 나와서 아이가 흐뭇해하고 있는데, 느닷없이 덴큐가 폭탄 발언을 했다.

"체험자인 도키 가사이는 선생님 본인이시군."

"……네?"

"설마 몰랐어?"

덴큐가 완전히 바보 취급하는 시선을 던져서 아이는 발끈했다. 하지만 거짓말을 할 수도 없으므로 모호하게 고개를 끄덕였다.

"선생님의 필명은 알아?"

"어, 도조 마사야(東城雅哉)시죠. 굳이 따지면 도조 겐야가 훨씬 필명 같지만요."

덴큐는 뒷부분의 지적을 무시하고 말했다.

"도조 마사야의 한자를 하나씩 다른 방법으로 읽으면 '도키 가사이'가 돼."

"앗, 진짜네……."

"그밖에도 단서가 있지."

"뭔데요?"

"제일 처음에 '자칭 재야 민속학자'라고 자기소개를 했는데, 화장꾼 지로를 만났을 때는 대학교 명함을 내밀었어. 이건 모순이잖아."

"화, 확실히……."

전혀 알아차리지 못한 건 사실이지만 의기양양해하는 덴큐의 얼굴을 보자 묘하게 화가 났다.

"이번 편지는 지금까지와 사정이 다르네요."

아이의 말투에서 뭔가 느껴졌는지, 덴큐는 명백히 경계하는 표정으로 물었다.

"뭐가 다른데?"

"즉, 선생님은 진짜 괴이와 맞닥뜨리셨다는……."

"그럴 리가 있나."

덴큐는 바로 부정했지만 부자연스러울 만큼 정색하는 티가 났다.

"그렇지만 진짜가 아니라면 선생님이 다카바 마을에 머무르시는 동안, 이미 수수께끼를 풀지 않으셨겠어요?"

"음, 뭐, 그야……."

"하지만 보내신 건 이런 내용의 원고뿐이었어요."

"요전처럼 동봉한 편지글은?"

"없었어요. 이 원고뿐이에요. 즉, 이번에는 순수하게 괴이 체험을 보고하신 거죠. 그러니 덴큐 씨는 쿠치바온나가 나타난 두 가지 사례와 좌관에서 시신이 기어 나온 이야기를 아무도 없는 써늘하고 어두침침한 연구실에서 홀로 생생하게 기록해야 하는 거예요."

"그, 그런 말투는 그만둬."

"하지만 잘 생각해 봐요. 선생님이 수집해서 알려 주시는 민속학적 괴이담을 기록하는 게 덴큐 씨의 본래 역할이잖아요."

"당연하지. 그런데 네가 드나들기 시작한 뒤로……."

"네, 실례 많았어요. 이 괴괴하고 어두침침하니 으스스한 방의 책상에 홀로 앉아 선생님이 보내 주신 괴이담을 기록해요."

"그러니까 그런 식으로 표현하지 말래도."

덴큐는 어린애처럼 화냈지만, 이대로는 아이의 술수에 넘어갈 뿐임을 깨달은 듯했다.

"애당초 괴이 현상이라고 판명된 건 아니야."

"선생님이 수수께끼를 풀지 않으셨는데도요?"

한순간 덴큐는 궁지에 몰린 표정을 지었지만 애써 말을 꺼냈다.

"아까 그 모순은 선생님의 메시지일 거야."

"그게 무슨 뜻이죠?"

"이번 보고는 완전히 소설 형식으로 진행된다는 뜻이지."

"지난번에도 그랬는걸요."

"그것도 소설 형식이었지만 어디까지나 객관적으로 서술됐어. 왜냐하면 선생님이 제삼자의 입장이셨기 때문이지. 하지만 이번에는 당사자셔. 따라서 도키 가사이의 심리묘사는 그대로 선생님의 심리에 해당하지. 그렇게 따지면 너무 겁을 내는 것 아닌가? 선생님은 어린애 같은 감성을 지니고 계시니까, 물론 괴이 현상 앞에서 순수하게 겁내시기도 해. 그래도 이번에는 아무래도 너무 지나친 것처럼 느껴져."

"즉, 그 부분의 묘사는 창작이라고요?"

덴큐가 고개를 끄덕이길래 아이는 대체 무슨 목적으로, 하고 물어보려다가 입을 다물었다. 물론 덴큐 마히토를 겁주기 위해서라고밖에 볼 수 없다.

……선생님, 아주 매정하신 처사시군요.

아이는 속으로 도조 겐야에게 호소했지만 그 마음을 알 턱이 없는 덴큐는, "선생님은 이미 수수께끼를 푸셨을 거야. 그러니 나도……." 하고 말하자마자 실내를 서성이기 시작했다.

그런 덴큐 마히토를 보며 도쇼 아이는 서로 모순되는 기분을 느꼈다. 덴큐가 추리를 위해 심사숙고하는 것이 기쁘면서도, 그 전에 한 번도 수수께끼 풀이를 시도하지 않았던 것이 걱정됐다.

지금까지 긴 책상에 마주 앉아 이야기를 나눌 때, 덴큐는 일단 추리부터 늘어놓았다. 그 추리가 틀렸음을 깨닫고 나서야 자리에서 일어나 실내를 돌아다녔다. 그리고 다시 자리에 앉아 올바른 추리에 도달한다. 하기야 실제로 증명된 건 아니니까 진실인지 아닌지는 불명확하지만, 적어도 아이는 올바른 추리라고 느꼈다.

하지만 지금 덴큐는 한 번도 추리를 하지 않고서 실내를 돌아다니고 있다. 이 이례적인 사태가 과연 길인지, 흉인지 아이는 염려됐다.

쿠치바온나와 좌관에서 기어 나온 시신은 괴이로 볼 수밖에 없는데.

걱정하는 아이는 본체만체, 덴큐는 서가 사이를 이리저리 서성였다. 평소보다 오래 걸리는 것 같아서 걱정이 더 커졌다.

이윽고 덴큐는 비녀를 하나 들고 돌아왔다. 기온•의 무희가 머리에 꽂을 법한, 꽤 사치스러운 물건이다. 이런 비녀가 왜 연구실에 있는 걸까. 그런 생각만 해도 묘하게 무서워지는 건 여기가 괴이 민속학 연구실이기 때문이리라.

게다가 덴큐가 비녀를 든 채 빤히 바라봐서 아이는 얼굴이 화끈 달아올랐다.

이거, 너한테 어울려.

그런 말이 덴큐의 입에서 나올 것만 같아서 정신이 혼미할 지경이었다. 견디다 못해 아이가 벌떡 일어설 뻔했을 때였다.

"응, 쿠치바온나야."

• 교토의 대표적인 번화가이자 환락가

"네?"

"내 눈앞에 쿠치바온나가 있어."

"……지 말인가요?"

다른 의미에서 얼굴이 달아올랐다. 아니, 머리에 열을 받았다고 해야 할까.

"들어 봐……."

덴큐가 말을 이으려 하자 아이는 한 손을 척 들어 제지했다.

"잠깐만요. 지가 추리할게요."

"뭐라고?"

놀랐는지 덴큐의 눈이 휘둥그레졌다. 아이는 재빨리 냉정함을 되찾으면서 말했다.

"탁상 추리에 막힌 덴큐 씨는 늘 이 방을 돌아다니다가 진상에 다다르죠. 여기 있는 서적이나 장식품에서 수수께끼 풀이의 힌트를 얻는 것 아닌가요?"

"탁상 추리라니 혹시 이 긴 책상에 앉아서 이야기하는 걸 그렇게 표현하는 건가?"

아이가 의기양양하게 고개를 끄덕이자 덴큐는 가볍게 코웃음 치더니, 겸손함이라고는 없이 아주 도전적으로 대꾸했다.

"그래서 내 흉내를 내겠다는 거야?"

"네, 해 볼게요."

"솜씨 한번 볼까."

덴큐는 아주 여유로운 태도였지만, 아이가 연구실 여기저기를 돌아다니며 새까만 가면, 작은 가쿠베에지시 인형, 《페로 동화》와 《그림 동화》, 카터 딕슨의 《유다의 창》을 들고 와서 책상 위에 늘어놓자 점차 흥미롭다는 표정을 지었다.

"일단 망자 사건 말인데요. 덴큐 씨는 이 검은 가면을 보고 잘린 머리를 연상했어요. 머리 없는 여자라는 괴이에서는 가쿠베에지시 인형을 보고 물구나무서기를 떠올렸고요. 호귀의 엽기적인 살인 사건에서는 《페로 동화》와 《그림 동화》에 수록된 〈빨간 두건〉에서 늑대의 배를 가르는 장면을 단서로 삼았죠. 자시키 할멈의 살인 미수 사건에서는 카터 딕슨의 《유다의 창》에 그려진 천장 없는 입체 평면도를 보고 1층의 천장 위, 즉 2층의 존재에 주목한 거고요. 그렇죠?"

"이야, 용케 알아차렸군."

진심으로 감탄하는 덴큐의 마음이 전해졌으므로 아이는 우쭐할 뻔했지만 아직 이르다며 마음을 다잡았다.

"카터 딕슨의 《He Wouldn't Kill Patience》가 안쪽에서 봉인된 완벽한 밀실이라고 해 놓고, 왜 《유다의 창》이었을까. 마음에 걸리길래 서점에 갔을 때 이 책을 찾아서 훑어봤더니, 그 평면도가 있더라고요. 그제야 덴큐 씨가 어떻게 추리하는지 알 것 같아서, 지금까지의 사건을 돌이켜 보니 각각에 힌트가 됐을 법한 장식품과 책이 떠올랐어요."

"굉장해."

덴큐가 박수를 치길래 점잔 빼듯 아이가 가볍게 고개를 숙이자, 바로 재촉이 날아들었다.

"그럼 이번에는 어떻게 추리해야 할까?"

아이는 신중하게 생각하며 말을 꺼냈다.

"덴큐 씨는 비녀를 들고 돌아와서 지 얼굴을 가만히 바라봤죠."

"그랬지."

"당연하지만 지 예쁜 얼굴에 반했을 가능성도 있겠죠."

"새, 생뚱맞게 무슨 소리를……."

"이제야 겨우 알아차린 건지, 전부터 알고 있었지만 빤히 바라보기가 부끄러워서 기회를 노리고 있던 건지는 모르겠지만……."

"바, 바보 같은 소리 하지 말고, 빨리 추리나 진행해."

덴큐가 딱딱한 말투로 화를 냈지만 분명 쑥스러움도 담겨 있었으므로 아이는 웃음을 참느라 혼났다.

"그 밖의 가능성이 있다면 뭘까? 지 겉모습이 지금까지와는 달랐다는 것 아닐까요?"

"오오."

"그렇다면 머리카락 아니겠어요? 지는 오늘 머리를 내렸어요. 비녀에서 여자의 머리카락을 연상하는 건 아주 자연스러운 이치죠."

"과연. 그래서 그 두 가지가 어떻게 연결되는데?"

"고모다 가문에 시집간 여자가 세상을 떠나서 화장됐을 때, 고인의 여동생이 달려왔잖아요. 그때 떨어뜨린 반달 모양 참빗을 지로 씨가 주웠고요. 비녀와 빗, 둘 다 머리 장식이에요."

아이는 내린 머리를 양손으로 만지작거리다가 갑자기 행동에 나섰다.

"일단 이렇게 얼굴 전체에 늘어지도록 머리털을 내리고, 반씩 갈라서 두 귀 쪽으로 모은 후 길게 땋아요. 땋은 머리 두 가닥을 얼굴 앞으로 가져와서 양 끝에 참빗을 꽂은 후, 입에 물죠. 달빛밖에 비치지 않는 산속이나 별빛밖에 없는 묘지에서 목격하면, 반달 모양의 참빗과 거기서 뻗어 나가는 땋은 머리 두 가닥의 형태가 마치 입이 크게 찢어진 얼굴처럼 보일 거예요. 이게 쿠치바온나의 정체 아닐까요?"

"정체라는 말이 나온 김에 묻자면, 그거 대체 누구야?"

"화장된 고인의 여동생이요."

"응, 참빗을 떨어뜨렸으니까. 그런데 그 사람은 왜 쿠치바온나가 된 거지?"

"도조 선생님은 옆옆 마을에서 문제의 다카바 마을로 향하셨어요. 여동생은 산을 두 개 넘어서 언니의 장례식에 달려왔고요. 즉, 두 사람은 같은 마을에서 출발한 셈이에요. 그래서 그 고개에서 딱 마주친 거고요. 다만 선생님이 먼저 도착하고 여동생이 나중에 왔죠. 시간은 밤중, 장소는 익숙지 않은 산속,

게다가 넘어가야 할 고개 근처 불당에는 낯선 남자가 있어요. 정황상 여동생은 만약의 상황에 대비하기 위해 쿠치바온나로 변장한 게 아닐까 싶네요."

"분명 본인의 꾀는 아니겠지."

"그게 무슨 말이죠?"

"그 자리에서 뚝딱 생각해 낸 게 아니라, 여차할 때 그렇게 하라고 어렸을 적에 할머니나 어머니에게 배웠을 거야."

"앗, 그렇군요."

"고개에 나타난 쿠치바온나는 그렇다 치고, 고모다 가와 오오타 가의 불단이 어질러진 사건은 어떻게 설명할 거지?"

"물론 양쪽 다 범인은 화장된 고인의 여동생이에요. 이런저런 절차 때문에 고모다 가에 묵었을 테니 얼마든지 불단을 어지럽힐 수 있었어요. 오오타 가도 시골집이니 문단속이 그렇게 엄중하지는 않았겠죠."

"공양물이 사라지거나 먹은 흔적이 남는 건 이해하겠는데, 꽃이 시드는 현상은?"

"불단에 바치는 꽃은 국화를 비롯해서 다 비슷비슷해요. 그러니 묘지에 가서 며칠 전에 시든 꽃을 들고 와서 불단의 새 꽃과 바꿨겠죠."

"여동생은 왜 그런 짓을 했는데?"

"두 가문에 심술을 부렸던 거겠죠. 실은 복수하고 싶었겠지만, 여동생 입장에서 대놓고 무슨 짓을 할 수는 없었을 거예요. 그렇게 생각하니 가엾네요."

"구체적으로 설명해 봐."

고인의 여동생에게 동정심을 보이는 아이와는 대조적으로, 덴큐는 어디까지나 수수께끼 풀이를 우선했다.

"일단 언니에게 고된 시집살이를 시킨 고모다 가문에 앙갚음해 주겠다는 마음이었겠죠. 오오타 가문에 그런 짓을 한 이유에 대해서는 좀 대담하게 상상해 봤는데요. 고모다 가문에서 고생하던 언니는 어떤 일을 계기로 오오타 가문의 당주와 불륜 관계에 빠졌어요. 남편에게서는 결코 얻을 수 없는 걸 상대에게서 발견했는지도 모르죠. 그런데 운 나쁘게도 오오타 가문의 당주가 치쿠바병에 걸려서 언니에게도 옮은 거예요. 그래서 거의 연달아 두 사람의 장례가 치러졌다……, 이런 추리는 어떤가요?"

"아직 토장이 주류인 마을인데 언니를 야외 화장한 건 그 때문이야. 토장을 하던 시대에도 전염병에 걸려 죽은 사람만큼은 마을 수호신을 모시는 뒷산에서 화장했으니 말이야."

그렇게 말하며 덴큐가 또 박수를 쳤다. 아까보다 힘차고 진심 어린 박수로 느껴졌기에, 아이의 얼굴에도 무심코 웃음이 맺혔다.

"여기까지는 됐다 치고……."

덴큐는 갑자기 박수를 멈추고 물었다.

"좌관에서 시신이 기어 나온 현상은 어떻게 설명할래?"

"정말로 무서운 전래 동화 같은 내용이라 그 이야기밖에 정보가 없었다면 막막했겠죠. 하지만 쿠치바온나의 정체와 불단을 어지럽힌 사건의 진상을 추리했으니, 나머지는 간단해요."

"자, 들어 볼까."

"오오타 가문은 옛날에 마을에서 제일가는 지주였어요. 그런 가문의 장례 행렬치고는 너무 규모가 작았다는 걸 도조 선생님의 서술로 알 수 있죠. 게다가 저녁이 되기를 기다렸다는 듯이 집에서 출발했고요. 분명 마을 사람들의 눈을 피하기 위해서겠죠. 이건 당주의 죽음에 꺼려지는 요소가 있기 때문에……, 라는 추리의 상황증거인 셈이에요."

"방금 네 추리도 거기에 바탕을 뒀지."

"고모다 가문에도 같은 지적을 할 수 있어요. 고인을 이른 아침에 화장한 것도 전날 저녁에 장례 행렬이 나갔기 때문이겠죠."

"보통은 그대로 밤새워 화장하겠지. 하지만 꺼림칙하기 그지없는 치쿠바병으로 죽은 사람을 혼자 밤중에 불태우는 건, 아무리 화장꾼이라도 내키지 않았을 거야."

덴큐는 시험하는 듯한 눈빛으로 말을 이었다.

"야외 화장하는 곳에 왜 망과 말뚝이 있었을까?"

"그러고 보니……. 어, 화장하고 남은 유골을 덮기 위해? 앗, 그렇구나. 화장은 오전 중에 끝나겠지만, 유족 입장에서는 밝을 때 뼈를 거두고 싶지 않을 거예요. 마을 사람들의 눈을 피하기 위해서라도 역시 어두울 때 뼈를 거두고 싶겠죠. 그렇다고 그냥 내버려두면 동물이 엉망으로 망쳐 놓을 우려가 있어요. 그래서 유골에 망을 씌우고 말뚝을 박은 거죠."

"정답이야."

"그리고 오오타 가문의 장례 행렬도 야외 화장을 하는 곳으로 향했어요. 물론 오오타 가문도 최대한 비밀리에 일을 끝내고 싶었겠죠. 그런데 도조 선생님이 장례 행렬을 졸졸 따라가셔서……."

"선생님은 들키지 않을 자신이 있으셨겠지만, 그럴 때 선생님은 시야가 좁아지는 경향이 있으시니까 말이야."

아이는 한숨을 푹 쉬는 덴큐에게 맞장구를 치고 말했다.

"오오타 가문 사람들은 정체불명의 외지인이 따라오는 걸 눈치채고 대나무 숲에서 대책을 세우기로 했어요. 다행히 외지인은 앞질러 가서 소나무에 올라갔죠. 그 사이에 사람을 보내서 가져온 새 좌관에 유족 중 한 명이 들어갔고, 그걸 소나무 아래까지 옮겨서 외지인을 위협해 더는 따라오지 못하도록 했다. 거의 모두가 수의와 흡사한 소복 차림이었으니 쉽게 바뀌칠 수 있었다……, 이런 추리는 어떤가요?"

아이는 일말의 불안을 안고서 확인했다.

"도조 선생님이 소나무 밑에 놓여 있던 좌관을 들여다보았을 때, 아무것도 없이 텅 빈 상태였지. 만약 정말로 당주의 시신을 넣은 좌관이었다면 불경, 염주, 저승길 노잣돈, 주먹밥, 과자 등이 들어 있었을 거야. 설령 따로따로 넣지 않았더라도, 두루주머니에 담아서 고인의 품에 안겼겠지."

"즉, 좌관이 뒤바뀌었다……."

"그런 뜻이야."

덴큐는 단언한 후 웬일로 아이의 의견을 물었다.

"사십구재 때 두 가문에 식중독이 발생해 사망자가 나온 사건도 고인의 여동생 짓이라고 생각해?"

아이는 바로 고개를 저었다.

"아니요. 그렇게까지 복수할 마음이 있었다면, 애당초 불단을 어지럽히는 식으로 못된 장난 수준의 심술을 부리지도 않았겠죠."

"그렇지."

"그렇다면……."

쿠치바온나의 지벌 아닐까, 하고 아이가 말을 꺼내기 전에, "좋아. 이걸로 이번에도 해결됐군." 하고 덴큐가 냅다 '종료'를 선언했다. 물론 대화가 무서운 쪽으로 흐르는 걸 막기 위해서이리라.

그런데 이때 둘밖에 없을 방에서 속삭이는 목소리 같은 것이 들렸다. 덴큐뿐만 아니라 아이도 등골이 오싹했는데…….

5

한순간 움찔한 후 소리의 정체를 짐작한 도쇼 아이는 서둘러 괴민연의 문으로 향했다.

"앗, 역시."

복도에서 조교수 호소이가 조심조심 실내를 들여다보고 있었다. 아이를 보고 호소이의 얼굴에 피어오른 안도감이 바로 거만함으로 바뀌었다.

"역시라니, 무슨 말본새가 그래? 내 목소리가 들렸으면 냉큼 맞으러 나와야지."

"어? 아무 소리도 안 들렸는데요……."

"그럴 리가 있나. '겐야 있나'라고 속삭였단 말이야."

그래서야 방 안쪽까지 제대로 들리겠느냐고 생각하면서도, 아이는 그 점을 일부러 지적하지 않고 물었다.

"왜 소곤대신 건데요?"

"……평소에는 고요하니 소리 하나 없는 괴민연에서 나지막한 이야기 소리가 들렸으니 목소리를 낮춰야지."

무슨 설명이 이러나 싶었지만, 요컨대 무서웠던 것이리라. 그래서 "겐야 있나?" 하고 습관적인 말을 던질 때도 그만 속삭이고 만 것이 틀림없다.

"그나저나 녀석은 있겠지."

아이가 앞에 있기 때문인지 호소이는 거들먹거리는 태도로 말했다. 그래서 아이는 일부러 어두운 표정을 지으며 겁먹은 투로 말했다.

"……이, 이상하네요."

"뭐가?"

"괴민연에는 지금 저밖에 없거든요……."

"……."

"책을 읽다가 깜빡 졸았거든요. 그런데 소곤소곤 이야기하는 소리가 들린 것 같아서……. 무서워서 떨고 있는데 문가에서 무슨 기척이 나서 머뭇머뭇 나와 보니 선생님이 계시는……."

"……."

"잠깐 같이 가셔서 연구실을 살펴……."

"아차차, 거기 가 봐야 하는데."

말을 마치기가 무섭게 호소이는 줄행랑을 쳤다.

"선생니임."

아이는 불러 세우는 척만 한 후, 씩 웃으며 긴 책상으로 돌아왔다. 하지만 책상 밑에 숨은 덴큐 마히토를 보고 깜짝 놀랐다.

"뭐, 뭐 하는 거예요?"

"호소이 선생님이잖아."

어리둥절한 기분으로 아이가 고개를 끄덕이자, "저 선생님, 논문을 제출하라고 잔소리가 심해서." 하고 더 이해가 안 가는 대답이 돌아와서 아이는 무심고 고개를 갸우뚱했다.

"그래요? 하지만 호소이 선생님은 늘 도조 선생님께 볼일이 있는 모양이던데요."

"응? 이상한데."

그러자 이번에는 덴큐가 고개를 갸우뚱했다.

"그게, 호소이 선생님이 늘 '겐야 있나' 하고 지에게 묻거든요."

아이가 그렇게 대답하자 덴큐는 쓴웃음을 지었다.

"그거 나야."

"네?"

"그러니까 '겐야'는 날 가리키는 거라고."

"……하, 하지만 덴큐 씨는 덴큐 씨잖아요."

아이는 크게 혼란스러워하며 당연한 사실을 말했다.

"너랑 이렇게까지 오래 알고 지낼 줄은 몰라서 처음에 오해했던 걸 내버려뒀는데……."

"무, 무슨 오해요?"

덴큐는 안쪽 책상에서 동인지 〈신로〉를 들고 와서 목차에 적힌 '덴큐 마히토'라는 이름을 가리켰다.

"이건 내 필명이야."

"……엇. 그럼 본명은요?"

"쓰루야 슌사쿠."

덴큐는 목차의 다른 항목에 있는 '쓰루야 슌사쿠'를 가리켰다.

"본명과 필명, 양쪽으로 글을 쓰는 건가요? 약았어!"

아이가 엉뚱한 반응을 보이자 덴큐는 쓴웃음을 지으며 설명했다.

"나만 그러는 게 아니야. 여기 코마쓰나 도시유키라는 사람도 본명과 본명의 철자를 바꾼 '나쓰마유키 도시코'라는 필명을 사용해. 동인지에서는 흔한 일이야."

"아니요, 역시 이상해요. 본명이고 필명이고 겐야와는 무관하잖아요."

전혀 수긍하지 못하는 아이를 보고 덴큐는 다시 설명했다.

"호소이 선생님은 너와 처음 만난 후에 내게 널 '동성애자'라고 소개했어. '도쇼 아이(瞳星愛)'라는 한자를 다른 발음으로 읽음으로써 그 선생님 나름대로 붙인 별명이었지."

"수준이 너무 낮아요."

아이는 호소이가 새삼 싫어지다가 문득 깨달았다.

"즉 호소이 선생님은 '쓰루야(弦矢)'를 '겐야'로 읽었다……."

"응. 물론 도조 겐야 선생님을 의식하고서 그런 식으로 부르는 거지."

소심한 사람이 심술궂으면 이렇게 되나 싶어서 아이는 더더욱 호소이가 거북해졌다.

"덴큐 마히토라는 필명은 대체 어디서……."

아이는 문득 이름의 유래가 궁금해져서 물어보았다.

“일단 성씨인 ‘쓰루야(弦矢)’에서 ‘덴큐(天弓)’가 떠올랐어.● 그리고 ‘슌사쿠(駿作)’라는 이름에서 말마변과 사람인변을 떼어 내 마히토(馬人)로 만들었지.”

“전갈자리에 활을 겨누는 사수자리의 켄타우로스도 그 작명과 관계있지 않나요?”

“활과 화살을 든 반인반마니까?”

“덴큐 씨는 사수자리니까요.”

아이가 그걸 어떻게 아는지 조금은 의문스러운 듯했지만, 기쁨이 더 큰 듯 덴큐는 기분 좋게 웃었다.

“호소이 선생님을 멋지게 쫓아내 줘서 정말 고마워.”

“그런데 덴큐 씨, 선생님이 이렇게까지 집요하게 찾아오는 걸 보면 실은 논문을 제출해야 하는 거 아니에요?”

“……뭐, 그렇지.”

“그럼 얼른 제출해요.”

“응, 조만간…….”

“소설 쓸 시간에 논문을 먼저 완성하는 편이…….”

“그나저나 참 멋지게 호소이 선생님을 쫓아냈단 말이야.”

덴큐가 전혀 귀를 기울이지 않아서 아이는 울컥했다.

“전부터 물어보고 싶었는데요.”

● 쓰루야는 ‘활시위와 화살’이라는 뜻이고, 덴큐는 ‘하늘의 활’이라는 뜻에서 무지개를 가리킨다.

"뭔데?"

"분명 호소이 선생님도 비슷한 체험을 하신 것 같은데요……."

"뭐냐니까?"

"왜 덴큐 씨가 나가고 아무도 없는 괴민연에 누가 있는 듯한 기척이 느껴지는 건가요?"

"그, 그게 무슨……."

"부정해도 소용없어요."

아이가 단호하게 말하자, 덴큐는 예상외의 대답을 내놓았다.

"그게 정말이라면 네가 떼어 내면 되겠군."

"뭐라고요?"

"너희 할머니는 유명한 영매시잖아. 분명 네게도 그 피가 흐르고 있겠지. 그러니……."

"하, 할머니가 딱히 유명하지는……. 무엇보다 지에게 그런 힘은 없어요."

"아니지, 아니지, 격세유전이라는 게 있잖아."

"덴큐 씨, 겁난다고 해서 그런 말로 지에게 괴민연의 괴이를 떠넘기려고 하면……."

"누, 누가 겁낸다는 거야? 난 이 방에서 혼자 소설을 쓰고 있어. 너야말로 함부로 그런 말 하지 마."

"그야 덴큐 씨가 창작을 무엇보다도 우선하기 때문이죠. 이 방만큼 집필에 전념할 수 있는 곳은 또 없다고 전에도 그랬잖아요."

"내가 억지로 참고 있다는 거야?"

"그래요. 만약 아니라고 주장할 거면, 다음에 여기서 괴담회를 열든가요."

"뭐, 뭐야, 갑자기……."

"겨울철 괴담회도 아주 별미라고요."

이렇듯 티격태격 말다툼을 벌이는 두 사람은 물론 서로의 장래에 대해 아직 전혀 몰랐다.

얼마 후 도쇼 아이는 할머니에게 물려받은 특이한 능력이 더 강해진다. 그 결과, 일본에서도 손꼽히는 영매가 되어 '아이젠님'이라 불리며 수많은 괴이를 물리친다.

쓰루야 슌사쿠도 작가로 데뷔하지만 언제부터인가 '읽으면 저주받는다'라며 기피될 만큼 무시무시한 괴기 소설을 쓰기 시작하면서 일부 애독자들에게 컬트적인 인기를 얻는다.

그리고 두 사람은 부부로 맺어져 훗날 귀여운 손자를 얻는다. 슌이치로라고 이름 지어진 그는 남에게 드리워진 죽음의 조짐을 볼 수 있는 특수한 능력을 타고나, 성장한 후 '사상학 탐정'으로 활약한다.

그러한 미래가 기다리고 있는 줄도 모르고, 두 사람은 반쯤 장난치듯 계속 시시덕거렸다.

주요 참고 문헌

· 《민속 민예 쌍서 11 바다의 민속학》
(마키타 시게루, 이와사키 미술사, 1966)

· 《일본 문학 전집 별권 1 현대 명작집. 들국화의 무덤, 게공선, 벚나무 섬, 스물네 개의 눈동자 외》(가와데쇼보, 1969)

· 《가격으로 보는 메이지, 다이쇼, 쇼와 풍속사》
(주간 아사히 편찬, 아사히 신문사, 1981)

· 《가격으로 보는 메이지, 다이쇼, 쇼와 풍속사 속편》
(주간 아사히 편찬, 아사히 신문사, 1981)

· 《하야카와 미스터리 총 해설 목록 1953~1993》
(하야카와쇼보 편집부 편찬, 하야카와쇼보, 1993)

· 《전국 요괴 사전》(지바 미키오 편찬, 쇼가쿠칸, 1995)

· 《일본 민가의 조형. 고향, 보금자리, 미(美)의 계승》
(가와무라 요시유키, 단코샤, 2000)

· 《자시키 동자를 본 사람들》(다카하시 사다코, 이와타쇼인, 2003)

· 《산신을 본 사람들 이와테 이와이즈미 이야기》
(다카하시 사다코 저, 이시이 마사미 감수, 이와타쇼인, 2009)

· 《도오노 기담》
(사사키 기젠 저, 이시이 마사미 편찬, 가와데쇼보신샤, 2009)

· 《기피 민속지, 차별의 문화적 요인》
(미야타 노보루, 지쿠마 학예 문고, 2010)
· 《시정 잡담과 괴이. 노무라 슌이치 저작집 제7권》
(노무라 슌이치 저, 노무라 슌이치 저작집 편집 위원회 편찬, 세이분도, 2012)
· 《사자성어 · 격언 사전》(다케다 아키라, 고단샤 학술 문고, 2013)
· 《학교 괴담, 구전 문예의 전개와 형태상》
(쓰네미쓰 도오루, 미네르바쇼보, 2013)
· 《고사 수집가》
(구스타보 파베르존 파트리아우 저, 다카노 마사지 번역, 스이세이샤, 2014)
· 《토장의 마을》(다카하시 시게유키, 고단샤 현대 신서, 2021)

걷는 망자

「괴민연」에서의 기록과 추리

1판 1쇄 발행 2024년 7월 18일
1판 3쇄 발행 2024년 9월 25일
지은이 미쓰다 신조 | **옮긴이** 김은모 | **펴낸이** 최원영
편집부장 윤영천 | **편집부** 김서연 이지윤 | **북디자인** 형태와내용사이
본문조판 양우연 | **국제업무** 박진해 조은지 남궁명일 | **마케팅** 김민원 조은걸
펴낸곳 (주)디앤씨미디어 | **출판등록** 2002년 4월 25일 제20-260호
주소 서울시 구로구 디지털로 32길 30 코오롱디지털타워빌란트 1301-1308호
전화번호 02.333.2513 | **팩스** 02.333.2514

ISBN 979-11-92738-35-2 03830

정가 16,900원